NARZIß UND GOLDMUND

纳尔奇思与歌尔得蒙

[德国] 赫尔曼·黑塞 著
Hermann Hesse
杨武能 译

译林出版社

图书在版编目（CIP）数据

纳尔奇思与歌尔得蒙 /（德）赫尔曼·黑塞著 ; 杨武能译. -- 南京 : 译林出版社, 2025. 5. --（黑塞精选集）. -- ISBN 978-7-5753-0581-5

Ⅰ. I516.45

中国国家版本馆CIP数据核字第2025WB2943号

纳尔奇思与歌尔得蒙 [德国] 赫尔曼 · 黑塞 / 著 杨武能 / 译

责任编辑 张 睿 韩继坤
装帧设计 孙逸桐
校 对 王 敏
责任印制 颜 亮

出版发行 译林出版社
地 址 南京市湖南路 1 号 A 楼
邮 箱 yilin@yilin.com
网 址 www.yilin.com
市场热线 025-86633278
排 版 南京展望文化发展有限公司
印 刷 苏州市越洋印刷有限公司
开 本 787 毫米 ×1092 毫米 1/32
印 张 13.75
插 页 2
版 次 2025 年 5 月第 1 版
印 次 2025 年 5 月第 1 次印刷
书 号 ISBN 978-7-5753-0581-5
定 价 45.00 元

黑塞自述[1]

1877 年 7 月 2 日，我出生在黑森林地区的卡尔夫。我的父亲是波罗的海日耳曼人，来自爱沙尼亚；我的母亲方面，她的父母是施瓦本人和法裔瑞士人。我的祖父是一位医生，外祖父是一位传教士和印度学家。我的父亲也曾在印度短暂做过传教士，母亲年轻时在印度生活过几年，并且在那里传过教。

我的童年是在卡尔夫度过的，后来我搬到巴塞尔住了几年（1880—1886）。我的家人国籍各不相同，我就在两个不同民族间成长起来，生活在两个方言各异的国家里。

我在符腾堡的寄宿学校度过了大半的学生时代，还在毛尔布伦修道院的神学院学习过一段时间。我的成绩不

1　本文作于黑塞获诺贝尔文学奖之时，收入霍斯特·弗伦茨所编《诺贝尔奖演讲录：文学奖，1901—1967》（阿姆斯特丹爱思唯尔出版公司，1969）。

错，拉丁语很好，只不过希腊语普普通通；但我是个不太服从管教的孩子，很难适应虔敬派的教育体制——这种教育的目标是压制与摧毁人的个性。从十二岁起，我就想成为诗人；对于成为诗人来说，并没有什么常规的或者是官方的路径，所以为了决定离开学校后该做什么，我很是苦恼过一些时候。后来，我离开神学院和文理中学，跟随一位工匠做学徒；十九岁时，辗转工作于图宾根和巴塞尔的多家书店与古董店。1899 年，我的一小卷诗集付梓，随后又有其他几部篇幅不大的作品问世，但都默默无闻。直至 1904 年，我在巴塞尔写就、以瑞士为背景的小说《彼得·卡门青》大获成功。我放弃了售书的工作，娶了一名巴塞尔女子，养育了几个儿子，并搬到了乡间。彼时，远离城市与文明的乡村生活就是我的目标。从此，我一直生活在乡村，先是在盖恩霍芬的康斯坦茨湖畔居住到 1912 年，后来搬到伯尔尼附近，最终在离卢加诺不远的蒙塔尼奥拉定居下来，至今还住在这里。

1912 年，我定居瑞士，不久第一次世界大战爆发，年复一年，让我愈加抵触德国的民族主义；自从我对群众性的建议和暴力进行了悄声抗议后，我就持续受到来自德国的攻讦，谩骂的信件也如洪水般涌来。德国官方的恨意在希特勒时期达到了顶峰，不过都被这些所抵消：年轻一代追随我，他们以国际性与和平主义的思维进行思考；我与罗曼·罗兰结下了友谊，这份友谊持续到他离世；远在印度、日本等国家，也有人与我有同样想法，并表达支持。希特勒垮台之后，我在德国重获认同，但由于受到纳粹的压制和战争的破坏，我的作品还没有得到再版。

1923年，我放弃了德国国籍，成为一名瑞士公民。第一次婚姻结束后，我独自生活了多年，后来再婚。诚挚的朋友们在蒙塔尼奥拉为我准备了一栋房子。

在1914年以前，我热爱旅行；我经常前往意大利，还曾在印度生活过几个月。此后，我几乎完全放弃了旅行，有十多年没有出过瑞士。

希特勒统治时期以及第二次世界大战爆发后，我花费了十一年的时间来创作两卷本小说《玻璃球游戏》(1943)。完成这部长篇作品后，由于眼疾发作，加上年老带来的其他各种疾病，我无法再从事更大篇幅的创作。

在西方哲学家中，对我影响最大的是柏拉图、斯宾诺莎、叔本华、尼采，以及历史学家雅各布·布克哈特。但他们对我的影响都没有印度哲学和稍后的中国哲学那样大。我对美术相当熟稔，也很喜欢，但与音乐的关系更为亲密，受到的启发也更多。从我多数的作品中，都可以看到这一点。在我看来，我自己特点最为鲜明的作品是诗歌（诗集，苏黎世，1942），小说则包括《克诺尔普》(1915)、《德米安》(1919)、《悉达多》(1922)、《荒原狼》(1927)、《纳尔奇思与歌尔得蒙》(1930)、《东方之旅》(1932)、《玻璃球游戏》(1943)。《回想录》(1937，1962年增订版）涵括了诸多自传性内容。我的政治随笔集最近在苏黎世出版，书名是《战争与和平》(1946)。

先生们，希望我这极为简略的概述能令你们满意，我的健康状况已不允许我更为详尽地进行下去了。

（韩继坤　译）

目 录

第　一　章

玛利亚布隆修道院的大门前，有一个由成对的小圆柱支撑着的拱顶；拱顶外边，紧挨着大路，耸立着一棵栗子树——一位气质高贵、树干粗壮、孤孤单单的南国之子，是多年以前一位去罗马的朝圣者把它带到这里来的。圆形的树冠柔软地伸展到大路上空，微风吹来便婆娑地抖动、摇曳。春天，周围一片绿色，连修道院内的核桃树都已经长出淡红色的嫩叶，这棵栗子树却仍然光秃秃的；到夜晚最短的夏季，它才从一簇簇树叶中开出泛着淡青色微光的、形状与众不同的花朵，散发出一股股酸涩的闷香；十月里，水果和葡萄已经收完，秋风才从那渐渐变黄了的树冠中把那些带刺的果实摇落，出生在意大利邻近地区的修道院副院长格雷戈尔便用自己房中的壁炉烤食这些果实，院里的男孩子们便为争夺它们而扭滚在一起；可是栗子却并非每年都能成熟。这棵栗子树的树冠，在修道院入口处的上空奇特而多情地拂动着，宛如一位来自异乡的思想细腻而又多愁善感的客人；在它和大门口那些修长的、成对的小圆石柱之间，在它和拱窗上那些石头雕饰、壁架和立柱之间，存在着某种神秘的亲缘关系，同样受到意大利人和拉丁文学者的喜爱，却让本地居民视为异己。

在这棵来自异国的树下，已经走过好几代的修道院学生；他们腋下夹着习字板，一边走，一边谈笑嬉闹，争论不休，而随着季节的变换，有时赤着脚，有时穿着鞋，有时嘴里衔着一枝花，有时口里咬着一个核桃，有时手中攥着一个雪球。新的学生不断到来，隔几年就换一批面孔，但大多数却彼此相像，都是些金黄色的小鬈毛。有的毕业后留下来，先当试修士，再当修士，削了发，穿上修士服，系上丝腰带，研读经典，指点学生，直到老，直到死。另一些学习期满就由父母领走，回到骑士的城堡，回到商人和手工业者的家中，奔向世界，享乐的享乐，干活的干活，偶尔回修道院来做客，后来成了家，又送自己的小儿子来当神父们的学生，并且仰头瞥一眼这棵栗子树，脸上带着微笑，心中充满感慨，最后又各自归去。在修道院那一间间的卧室里和大厅中，在那端庄的圆拱窗和红石凿成的笔直的成对圆柱之间，总有人在生活、授课、钻研、管理、统治；在这儿曾从事各种各样的艺术和科学，并且代代相传，有虔诚的和世俗的，有光明的和阴暗的。人们也编写和诠释书籍，想出来种种的体系，搜集古人的著述，临摹名画的真迹，培养民众的信仰，嘲笑民众的信仰。博学与虔诚，单纯与狡诈，福音的智慧与希腊人的智慧，圣迹与邪术，在这儿通通得到一定的施展，各自适得其所；这儿既可隐居和苦修，又可进行社交和享乐；至于是前者占上风还是后者大行其道，都取决于当时的院长是个怎样的人以及时代的潮流如何。这座修道院之所以出名和朝拜者不断，有一阵子是因为它有一些驱魔师和能识别精怪的修士；有一阵子是因为它有美妙的音乐；有一阵子是因为它的某个神父妙手回春，能治百病；有一阵子又因为它的梭子鱼汤和鹿肝包子可口得很；总之，它在每个时代都有所擅长。而且，在它众多的修士和学生中间，在这些或者虔诚，或者冷淡，或者吃斋，或者肥胖的人中间，在这些留在修道院中生活了一辈子的人中间，任何时候总会有那么一两个特殊人物，大家要么爱他，要么怕他；他显得出类拔萃，让大家久久惦念，虽然同时代的其他人早已被忘记得干干净净。

眼下，在玛利亚布隆修道院里，也有这样两位与众不同的特殊人物，是一老一少。在那些充斥在寝室、教堂和课室的同伴中间，他俩是无人不知道、无人不敬重的。老的一位是院长达尼埃尔，年轻的一位是个叫纳尔奇思的学生；这小伙子前不久才当上试修士，但由于才华出众，尤其是希腊文异常好，已经被破格任命为教师。这两个人，一位院长和一位试修士，在院内都举足轻重，都为众人所瞩目和好奇，钦佩和羡慕，同时也暗中受到诽谤。

院长为大多数师生所热爱，他没有冤家，为人极为善良、忠厚、谦虚。只有院里的学者们在对他的爱戴中带有一点轻蔑，因为达尼埃尔院长人可以成为一位圣者，而不是一位学者。就算他的忠厚是一种智慧，可他的拉丁文毕竟很糟，而对希腊文干脆一窍不通。

这为数不多的学究偶尔嘲笑嘲笑老院长学识浅薄，可对纳尔奇思却佩服得五体投地；因为这位神童，这位美少年的希腊文非常漂亮，风度举止也潇洒大方，无懈可击，并且长着一双沉静而深邃的思想家的慧目，两片线条俊美的薄嘴唇。他的希腊文顶呱呱，学者因此喜欢他。他高尚文雅，院中几乎所有的人都因此爱戴他，许多人简直对他入了迷。他老成持重，彬彬有礼，只有少数人看不惯他这副模样。

院长和试修士，每人都以自己的方式肩负着一个杰出人物的命运，以自己的方式驾驭着其他人，以自己的方式忍受着痛苦。比起院里的其他人来，他们都觉得相互更加亲近，都受着对方更强烈的吸引；尽管如此，他们却走不到一块儿，无法向对方表示温情。院长对青年极为关怀，极为照顾，就像关心一株珍奇而脆弱的幼苗，一个也许过于早熟、也许已遭到危险的弟子。青年对院长的任何命令、任何建议、任何称赞都竭诚领受，从无怨言，从无不快。要是院长对他的品评正确，他唯一的缺点就是高傲的话，那么他也很善于藏而不露。他立身行事确实无可厚非，确实是个完人，比大家都要优越。只不过在学者圈子之外，他很少有真正的朋友；他只是孤芳自赏，感到周围的人们都是冷冰冰的。

“纳尔奇思，”有一次院长在听完告解后对他说，“我承认自己对你的批评失之过严。我常常认为你高傲，也许我这样讲冤枉了你。不过，年轻人，你很孤单寂寞，尽管有些崇拜者，却没有朋友。我曾经希望，有什么理由可以时不时地责备你一下就好了；可是我找不到这样的理由。我很希望，你什么时候也能像和你同年龄的小伙子似的淘淘气；可你从来也不是这样。我有时真为你有些担心啊，纳尔奇思。”

青年抬起头，黑色的眼眸望着老院长。

“敬爱的神父，我非常希望别让您担心。是的，我可能是高傲，神父。我请您因此惩罚我。我有时候也很想惩罚自己。送我进苦修室去吧，或者罚我干一些低贱的差事。”

“你这两种想法都太幼稚，我的孩子。”院长说，“何况你能说会道，又善于思考；要是我罚你做低贱的工作，那岂不是浪费了主的恩赐吗？看来你一定会成为一位教师和学者。难道你自己不愿意这样吗？”

“请原谅，神父，我对自己的愿望并不十分清楚。我始终会喜欢科学的，这又有什么办法呢？不过我不相信，科学会成为我唯一献身的事业；决定一个人命运和使命的，并不会总是他的愿望，应该还有一些其他东西，前定的东西。”

院长倾听着，神色变得严肃起来。但他苍老的脸上立刻又泛起笑意，说道：“就我对人的了解而言，我们大家，尤其是在年轻的时候，都有些喜欢把神的意志和自己的愿望混为一谈。既然你以为已经知道自己的天职，那你告诉我，你认为自己的天职究竟是什么？”

纳尔奇思眯缝起黑色的眼睛，把眼眸隐藏在了长长的黑色睫毛后面。他沉思着。

“讲啊，我的儿子。”院长在长久的等待后催促道。纳尔奇思垂着眼帘，用低沉的声调讲了起来。

“我以为自己知道，尊敬的神父，我首先是注定了该过修道院的生活。我会成为——我相信——我会成为修士，成为神父，成为副院长或者也许是院长。我这只是一厢情愿罢了。我无意担任要职。可是将来，这些职务会加在我身上。”

两人久久地不再言语。

“你为什么会有这样的信念呢？”老院长迟疑地问，“在你身上，除了博学，还有其他什么品质促使你这么想呢？”

“有这样一种品质，”纳尔奇思不慌不忙地回答，“我能感觉出人们的类型和天赋，不仅仅对我自己，对其他人也是一样。这种品质迫使我去为我所管辖的人造福。倘若我生来不该过修道院生活，那我准会成为一名法官或者政治家。”

“有可能。”院长点点头，“可是，你这种辨别他人和知道他们命运的才能，有没有在谁身上试验过呢？”

“我试验过。”

“你乐意给我举个例子吗？”

“乐意。”

“好。因为我不愿在我的弟子本人不知道的情况下探听他们的秘密，所以你也许可以告诉我一些你认为知道的我本人的情况——你的院长达尼埃尔的情况吧。”

纳尔奇思抬起眼睑，看着院长。

“这是您的命令吗，神父？”

“我的命令。”

“让我讲很难啊，神父。”

“我强迫你讲也很为难，孩子。不过我还是要这样做。说吧！”

纳尔奇思低下头，很轻很轻地说：“您的情况，我知道的不多，尊敬的神父。我知道，您是一位主的仆人，您宁愿去牧放羔羊，在苦修所里敲铃，听农民忏悔，也不愿来掌管一所大修道院。我知道，您对圣母玛利亚特别热爱，向她祈祷得最勤快。您常常祷告她，希望院内别因为研究希腊人的科学和其他种种科学，扰乱和危害您的弟子们的灵魂。您有时还祈祷，希望自己对格雷戈尔副院长不要失去耐性。您有时也祈祷获得善终。我相信，您的祈祷会被圣母听见，您会得到善终的。”

院长这小小的接待室里鸦雀无声。最后，老人开口了。

“你是一个幻想家，有幻想。”白发老人和蔼可亲地说，“不过，虔诚与美好的幻想也会骗人；你丢掉幻想吧，就像我那样别去相信它。你看得出来吗，我的小幻想家，我对这件事心里有什么想法？”

“看得出来，神父，您的想法出于一片好心。您在想：‘这个年轻弟子受了坏影响，他想入非非，沉思默想得太多了。我也许可以处罚他一下，这对于他没坏处。不过，我在处罚他的同时，也要同样地处罚自己才是。’——这就是您刚才想的。”

老院长站起身，微笑着向试修士挥手告别。

“是的，小伙子，”他说，“对你的这些幻想可别太认真；上帝要求我们的不仅仅是这个。让我们设想一下，你为了使一位老人快乐，预言他会获得善终。让我们设想一下，这位老人非常乐意地听了一回你的预言。这就够了。可你明天在早弥撒以后，得多念一遍经，要诚心诚意地掐着念珠祈祷，不可马虎了事；我自己也会同样地去做。好，去吧，纳尔奇思，咱们谈得足够了。”

又有一次，在教学计划的某个问题上，任教的神父中最年轻的一位与纳尔奇思之间发生了分歧，院长不得不进行调解。纳尔奇思竭力主张对教学做某些改革，并把改革的理由讲得头头是道，很有说服力；可洛伦茨神父出于某种嫉妒心，咬紧牙关不肯承认，每谈过一次都要沉默几天，赌几天气，直到纳尔奇思感觉自己在理，又一次提起这件事为止。洛伦茨神父颇为难堪，最后便说："好，纳尔奇思，这个争论，我看咱们可以了结了。你是知道的，决定权在我，不在你；你并非我的同事，而是我的助手，你得服从我。不过嘛，此事在你看来非常重要，我的职权尽管比你大，学识和才能却不如你，所以我也不想自作主张，现在让我们把它提交给院长大人，请他来决定吧。"

他们也就这样办了，达尼埃尔院长耐心而和蔼地听着两位学者对语法教学发表不同看法。他俩详细地阐述和论证了自己的观点以后，老人高兴地望着他们，摇了摇自己那白发苍苍的脑袋，说："亲爱的兄弟，你们两位大概都不相信，在这件事上我和你们懂得一样多吧。纳尔奇思非常关心教学，努力想改进教学计划，这是值得称赞的。可是，既然他的上司持有不同意见，纳尔奇思就只能保持沉默和服从，要知道不管这些改进有多么重要，也不能因为它们而破坏院里的秩序和顺从精神。所以，我要批评纳尔奇思，批评他不懂得谦让。你们两位年轻的学者啊，我希望你们任何时候也不要指摘比你们愚蠢的上司；此乃克服高傲的第一良方。”他以这样一个善意的玩笑把两人打发走了。不过，他绝对没有忘记在以后的日子里留心观察，看那两位教员是否已经言归于好。

这期间，修道院中又出现了一张新的面孔；此地尽管人来人往，出现过的面孔异常之多，可这张新面孔却不会不引起注意，并让你很快把它忘记。这是一个少年，他父亲早就为他报了名，但直到今年春天他才来修道院入学。那一天，少年和他父亲把自己的马拴在栗子树下，门卫就从大门内出来，迎着他们走去。

少年顺着那棵过了冬还光秃秃的栗子树的树干往上瞧。“这样的一棵树，”他说，“我还从来没有见过哩。多么漂亮和稀罕啊！我很想知道它叫什么名字。”

父亲是位上了年纪的绅士，有一张忧愁而有点皱纹的脸，他对儿子的话全不在意。但门卫一见这个少年便心里喜欢，于是回答了他。少年亲热地道过谢，伸过去手，说：“我叫歌尔得蒙，来这儿上学的。”门卫望着他慈爱地笑笑，赶在两位客人的前面穿过大门，走上了宽阔的石阶；歌尔得蒙也毫不迟疑地跨进修道院，心里觉得在这儿已经碰见两个可以结交的朋友，就是那棵树和这名门卫。

客人先受到担任校长的神父迎接，傍晚又得到院长的接见。父亲向他们两位介绍了自己的儿子歌尔得蒙；他们也邀请他，一位帝国的官员，在院中小住一些时候。可他只打算打扰一夜，说是明天必须赶回家去。他把自己那两匹马中的一匹赠给修道院，院方也收下了。和教士们的谈话进行得拘谨而索然无味；但不管是院长也好，神父也好，两人都很满意地注视着恭恭敬敬的、一言不发的歌尔得蒙，这个文弱的美少年立刻博得了他们的好感。翌日，他们毫不惋惜地送走父亲，却满心欢喜地把儿子留了下来。歌尔得蒙被一一介绍给了老师们，并在学生寝室分到一个铺位。他毕恭毕敬地、满脸难过地送别自己的父亲，站在那儿目送着他，直到他骑着马的身影穿过谷仓和磨坊之间，消失在了修道院外院的狭窄拱门中。歌尔得蒙转过身来，金黄的长睫毛上挂着泪珠；这当儿，门卫已迎上前来，爱抚地拍了拍他的肩膀。

“小少爷，”他安慰歌尔得蒙，“你千万别难过。大多数学生开头都有一点儿想家，想父亲，想母亲，想兄弟姐妹。不过你很快便会发现：这儿也可以生活，而且过得挺不错。”

“谢谢，门卫大哥，”少年道，“我没有兄弟姐妹，没有母亲，只有父亲一个亲人。”

“可你在这儿可以找到许多同伴，获得知识。音乐和其他一些你还不知道的有趣的东西，各式各样的东西，你很快就会看到的。要是你还需要谁帮助你，就只管来找我好了。”

歌尔得蒙望着他微笑着。“噢，我非常感谢您。如果能劳您的驾，那就请您马上领我去看看我父亲留在这儿的那匹小马。我很想去问候它一下，看它在这儿过得好不好。”

门卫立即拉着他的手，带他走进谷仓旁的马厩。里面一片幽暗，在温暖的空气中，弥漫着浓烈的马汗、马粪和大麦的气味。在一个隔间里，歌尔得蒙找到了驮他来这儿的那匹栗色小马驹。这畜生也立刻认出了他，远远地就把脑袋伸了出来；少年双手搂着马脖子，把脸颊贴在它宽宽的、带有白斑的额头上，温柔地抚摸着它，凑近它耳朵轻声说：“布莱斯，我的小驹子，我的乖乖，你过得怎么样？你还爱我吗？你也有吃的吗？你也在想家吗？布莱斯，好朋友，你能留在这儿太好啦，我要经常到你这儿来，来看看我的小马儿。”说着，他从袖管的褶壁中掏出一个早饭时省下的面包来，掰成一小块一小块，喂进马嘴里。随后，他离开布莱斯，跟着门卫走过院子；这院子跟一座大城市的市集广场一般宽广，有些地方长着菩提树。在里门旁，他向门卫道过谢，并握了握手。这时刻，他才发现已经忘记了昨天人家指给他的去教室的路，尴尬地笑一笑，脸红了起来，于是请求门卫领他去；门卫也乐于这么做。接着，歌尔得蒙跨进教室，那儿已经有十几个少年坐在位子上；助教纳尔奇思朝他转过脸来。

“我叫歌尔得蒙，”他说，“新来的学生。”

纳尔奇思点点头，脸上一丝笑意也没有，指着后排的一个位子示意他坐下，立刻又讲起课来。

歌尔得蒙坐下了。他感到惊讶，老师竟如此年轻，比自己大不了几岁；并且他发现，这位教员如此眉清目秀，气宇轩昂，一脸认真严肃却又令人敬重，招人喜爱，因此更是又惊又喜。门卫待他和蔼可亲，院长对他非常慈祥，外面的厩舍中站着布莱斯，这小马驹是他故乡的一部分；眼下再加上这位年轻得惊人的教员，严肃得像一位学者，高贵得像一位王子，再听听他那沉着、冷静、朴实、自然的声音吧！歌尔得蒙满怀感激地倾听着，虽然没能立刻听懂讲的是些什么。他心情舒畅。他来到了一些善良可爱的人中间；他打定主意要爱他们，要和他们交朋友。回想今天早上，他醒来躺在床上，心里真是憋得慌，长途旅行以后的倦意也未消散，他在送别父亲时禁不住流下了眼泪。可是现在好了，他满意了。他久久地、一次又一次地打量着这位年轻的教员，欣赏他那修长而挺直的身材，那冷静而炯炯有神的眼睛，那吐字清晰而有力的嘴唇，那抑扬顿挫的不倦的嗓音。

可是，下课铃一响，学生们就吵吵嚷嚷地从座位上站起来。这时歌尔得蒙却吓了一跳，并有些难为情地发现，他竟睡了一会儿。而且发现这个的还不只是他自己；他邻座的几个也看见了，并在那里咬耳朵告诉别人。等年轻的教员一离开教室，同学们便围住歌尔得蒙，拽的拽，推的推。

“睡醒啦？”一个怪笑着问。

“好个优秀生！”另一个讥讽说，“以后一定会成为修道院的光荣啊。才上第一堂课就入了定！”

“咱们抬这小子上床去吧。”有谁提议说。大家于是抓住新同学的胳膊腿儿，哄笑着抬起了他。

歌尔得蒙又惊又恼，手脚不住地挣扎，想要脱开身，结果挨了一顿推搡，才被丢下来，这时有一个学生还紧紧拽住他的脚。他猛地一脚把这家伙踹开，跟着又扑向站得最近的一个同学，和他展开了一场激烈的格斗。他的对手是个大块头，其余的人全在一旁兴致勃勃地瞧热闹。眼见歌尔得蒙并不示弱，连连让大个子结结实实地吃了几拳，这家伙在学生中的几个朋友没等他招呼便一拥而上。可是突然间，所有的人都惊慌地跑开了。他们前脚刚离开，校长马丁神父后脚便跨进教室来，站在独自留在原地的少年面前。他惊奇地打量着歌尔得蒙，见他脸上有些伤痕，面色绯红，一双蓝眼睛闪着窘迫的光芒。

“你怎么啦，嗯？”神父问，“你叫歌尔得蒙，是吗？这些坏小子，他们欺侮你了，是不是？”

“噢，没有，”少年回答，“我已和他算过账了。”

“和谁？”

“我不知道。我谁也不认识。有一个和我打了一架。”

“原来这样。是他先动手的吗？”

“我不知道。不，我想，是我自己先动手的。他们寻我的开心，我便恼了。”

“好，好，做得对，孩子。不过得记住：你再在教室里打架，就会受处罚的。喏，现在听我的话，吃点心去吧，去吧！”

神父笑吟吟地目送着歌尔得蒙，看他如何羞愧地走出教室，边走边用手指努力梳理着揉乱了的金黄色头发。

歌尔得蒙自己觉得，他在修道院中干的第一件事很不像话，很是愚蠢；他在吃点心的餐桌旁找到了班上的同学，心情颇为懊丧。不料同学却对他又尊敬又亲热，他也像个骑士似的跟自己的对手讲了和，并且顿时感到自己成了这个小团体中的一员。

第　二　章

如今歌尔得蒙已跟大家和好起来，不过并没能很快找到一个真正的朋友。在同学中间，他觉得没有谁和他特别性情相投，或值得他亲近。他们呢，也感到奇怪：这个动起拳头来挺厉害的新同学，并非如他们希望的那样是个好样的斗士，原来他竟这么文质彬彬，看样子很想争取当个模范生哩。

在修道院中，歌尔得蒙觉得有两个人对他有吸引力，使他喜欢，他老是想着他们，对他们怀着钦佩、爱戴和敬畏之情；他们是院长达尼埃尔和助教纳尔奇思。他爱把院长看作一位圣者；院长的忠厚和善良，他那明亮的充满关怀的目光，他那发布指示和行使管理职权的谦卑方式，他的温良沉静的举止，所有这些都对歌尔得蒙有着强烈的吸引力。他真巴不得能当这位虔诚长者的贴身仆人，唯命是听地待在他身边，心悦诚服地服侍他，永远为他献身，同时从他那儿学习到一种纯洁的、高尚的、圣人一般的生活方式。因为歌尔得蒙打定主意不只是从修道院学校毕业就了事，而要争取永远留在修道院中，把自己的一生都奉献给上帝；他自己的志愿是这样，他父亲的希望和指示也是这样，而上帝本身的决定和要求恐怕同样如此。全院上下似乎谁也没看出这个容光焕发的美少年会有如此想法；然而，他身上却压着一个重负，一个出身的重负，它神秘地决定了歌尔得蒙必须赎补罪孽，做出牺牲。就连院长也未看出这一点，虽然他的父亲一再向老人暗示，明确表示了希望儿子能留在修道院中的心愿。似乎歌尔得蒙的出生与某种隐私有牵连，似乎有什么不可告人的原因要求他儿子来赎罪。可是，院长很不喜欢这位父亲，因此对他讲的话以及他整个装模作样的为人，都仅报以有礼貌的冷淡，把他的那些暗示也就不怎么放在心上。

歌尔得蒙所爱戴的另一个人，目光可要锐利一些，他已多少有些预感，只是没有讲出来罢了。纳尔奇思看得很清楚，现在有一只非常珍贵的金丝雀已飞到了他身边。因为清高而显得孤独的他，立刻在歌尔得蒙身上发现了类似自己的影子，虽然在任何一点上，他俩看起来都截然相反。纳尔奇思面目黝黑清瘦，歌尔得蒙却容光焕发，朝气蓬勃。纳尔奇思是个思想家，遇事善于条分缕析，歌尔得蒙却似乎是个梦想家，有着一颗童心。然而尽管有差异，却有一个共同点把他们联系起来：两人都气质高贵，才华出众，品性超群，都受到命运特殊的关照。

纳尔奇思不久便窥探清楚了少年的人品和命运，对他怀着强烈的兴趣。歌尔得蒙也热切地仰慕着自己这位相貌堂堂而又聪明绝顶的老师。不过，他为人羞怯，除了竭尽全力做一个认真听讲、学业优秀的学生外，就找不到其他办法博取纳尔奇思的欢心。而且妨碍他的还不止羞怯；他隐约感到纳尔奇思对于他乃是一种危险，这也使他不敢去接近他。他既不能以善良谦卑的院长作为自己的楷模，也不能把聪明过人、博学多才、思维敏锐的纳尔奇思当成自己的榜样。但尽管如此，他又苦心孤诣地效法他们，效法着这两个水火不相容的极端。这可常常苦了他。在刚入学的几个月，歌尔得蒙不少时候感到心烦意乱，无所适从，以致萌生出打算逃走的想法，要不然就干脆和同学们一起鬼混，以此排遣内心的苦恼和愤懑。为了同学对他的小小作弄和无理，这个性情温柔敦厚的少年时常会突然火冒三丈，只有费很大的劲才能克制住自己，闭上眼睛，脸色惨白，一言不发地扭过头走开。随后他就去马厩里找他的布莱斯，把头靠在马脖子上，吻着它，自己却啜泣起来。可久而久之，他的痛苦有增无已，便显露在外表上：他已变得面颊消瘦，目光暗淡，众人喜爱的笑容也很难再看到了。

他自己却不知道自己的境况。他衷心希望能做一个好学生，能很快被选拔为试修士，以便日后成为神父中安静而诚笃的一员；他相信自己正以全部的精力和天赋在朝着这个神圣的目标努力，丝毫不曾察觉自己心中还存在任何其他的欲望。因此，在他不得不正视现实，发现这样一个单纯而美好的目标却很难达到时，他心里就别提有多诧异和难过了。他有时心灰意懒，神不守舍，因为他在自己身上发现了种种该受谴责的倾向和情况，诸如学习时不耐烦和心不在焉，听课时想入非非或者打瞌睡，对拉丁文教员心怀反感和不驯顺，对同学不耐心和动辄发脾气，等等。尤其令他伤脑筋的是，他对纳尔奇思的爱和他对达尼埃尔院长的爱竟如此难以协调。在此情况下，他却常常相信，他在内心深处很有把握地感觉到纳尔奇思也是爱他的，并且在关注着他，对他抱有期望。

事实上，纳尔奇思对他的关心，远远超出了少年本人的预料。他盼望着能使这个英俊、爽朗、可爱的少年成为自己的朋友；他感到他可以对自己起到相反相成的作用；他很愿意照顾他，开导他，指引他，提高他，帮助他成才。可是纳尔奇思却迟疑着。他之所以迟疑，有许多原因，而且所有的原因他几乎都心中有数。首先妨碍着他的，是一种对那些爱上了学生或试修士的教员和神父的厌恶；这种人为数不少。他自己也常常感到，有些成年男人的贪婪目光盯着他，心里非常反感；对于这些人的亲昵举动和谄媚，他总是报以无言的拒斥。现在他算理解他们了——他也面临着一种诱惑，心里总想博取美少年歌尔得蒙的欢心，总想逗引出他甜蜜的笑容，总想用手温柔地抚摸他那金黄色的鬈发。不过他绝不会这样做，绝不会。何况他身为助教，有着教师的身份，却没有教师的权力和威信，已经习惯于谨小慎微了。他已经习惯于在比他小几岁的少年面前，摆出一副要大二十岁的老成持重的面孔；他已经习惯于严格禁止自己对某个学生表现出任何偏爱，相反却强迫自己对每一个他所讨厌的学生显得格外公正，格外关怀。他的职责是为精神服务，他把自己严谨的生活奉献给了这一职责；只有在一些失去警觉的短暂时刻，他才偷偷地因自己的清高、自己超群的学识、自己过人的聪敏而扬扬得意。不行，不管与歌尔得蒙结交多么具有诱惑力，这都是一种冒险；他绝不能够容忍它来触动自己生活的核心。他生活的核心和意义就是为精神服务，为主的金言服务，就是静静地、深思熟虑地、毫不利己地引导自己的学生——还不仅仅是自己的学生——向着崇高的精神目标前进。

时光飞逝，歌尔得蒙在玛利亚布隆修道院里做学生已经一年有余；在院子里那些菩提树和那棵美丽的栗子树下，他已和同伴们玩过上百回学生们喜爱的各种游戏：赛跑，打球，抓强盗，打雪仗。眼下又到了春天，歌尔得蒙却感到疲倦和身体不舒服，经常头疼，上课时要费很大的劲才能打起精神，保持注意力。

一天傍晚，阿道夫找他谈话。阿道夫就是第一次见面便和他打了一架的那个大块头，他俩去年冬天已开始一起学习阿基米德几何学了。谈话是在晚饭后的一小时自由活动时间里进行的；在这一个钟头里，学生们可以在寝室里玩，可以在自修室聊天，也可以到修道院的外院去散步。

“歌尔得蒙，”阿道夫一边拉着他走下台阶，一边说，“我要对你讲一件事，一件很有意思的事。可你是个模范生，有朝一日肯定还想当主教的——你得先对我发誓，保证不出卖朋友，不到教员那儿去告发我。”

歌尔得蒙十分干脆地起了誓。他知道，修道院有修道院的荣誉，学生们有学生们的荣誉，两者有时是矛盾的；可是，跟任何其他地方一样，不成文的法律总比成文的法律更加强有力，只要他是个学生，就免不了受到学生守则和荣誉观的制约。

阿道夫把他拽到大门边的菩提树下，凑在他耳朵旁边嘀咕说："有这么几位大胆的同学说过（他自己也是其中之一），他们从上几代的学生那里继承了一个传统，就是要不断提醒自己，他们并不是修道士，因此便时不时地溜出修道院，到村子里去逛一个晚上。那真是又有趣又冒险，谁要是好样的谁就不能不去；到了半夜便可以溜回来了。"

"可那会儿院门已经关了呀。"歌尔得蒙打断了阿道夫的话。

"不错，当然关了，可事情的乐趣也就在这里。不过大家认识几条秘密的路径，能够神不知鬼不觉地摸回院来。再说呢，这也不是第一次喽。"

歌尔得蒙记起来了。"到村子里去"这句暗语他确实已经听见过，指的是学生们夜间跑出去偷偷地寻欢作乐，干各种的冒险勾当。可这是为院规所严格禁止，一经发现要受重罚的。歌尔得蒙吓了一跳。"到村子里去"乃是罪过，乃是犯禁。然而他同样也很清楚，对于一个“好样的”学生来说，去冒这样的险也因此成了一种荣誉；谁被邀请参加，谁就算获得了某种奖赏。

歌尔得蒙非常想说不行，并且马上跑回寝室睡觉去。他原本就感到非常疲倦，就感到很不舒服，整个下午一直头痛。可是，当着阿道夫的面他却有些害臊。而且到外面去冒险，说不定真会碰见一些新鲜有趣的事，这一来倒可以把头痛、烦恼以及所有的不愉快通通给忘了。此乃一次闯入世界的旅行，虽然是偷偷摸摸的、犯禁的，不十分正大光明，但说不定却是一次解放，一次体验。他犹豫不决，阿道夫却一个劲地劝他，突然他纵声大笑，说了一声：“行啊。”

这时宽阔的外院一片昏暗，院门也已经关闭。他跟着阿道夫，在无人察觉的情况下消失在了菩提树下的阴影里。阿道夫领他溜进磨坊；磨坊里光线晦暝，磨轮发出隆隆的响声，他们很容易穿过去而不被人们听见和看见。他们从一扇窗户爬出来，站在一摞潮湿、溜滑的厚木板上，这时已伸手难见五指。他们拖出一块木板来搭在小溪上，走了过去。此时已到了院外，脚下泛着微光的便是那条通往黑魆魆的树林中的驿道。一切都令人激动和充满神秘感，很合歌尔得蒙的心意。

树林边上已站着一个同学，名字叫康拉德。三个人一起等了半晌，大个子艾伯哈特才跑来。四个小伙子走进树林。在他们头顶上，夜鸟正发出聒噪；在静静的云朵间，几颗流星闪耀着明亮而湿润的光辉。康拉德滔滔不绝地讲着笑话，其他人间或也跟着笑两声，但总的说来，他们都被一种既恐怖又庄严的黑夜气氛笼罩着，心怦怦直跳。

走了将近一小时，他们便穿出树林，到了一个村子里。看上去全村人都已入睡；在黑色的房架桁木之间，低矮的山墙微微泛白，哪儿都见不到一点点灯光。在阿道夫的带领下，他们一声不响地、蹑手蹑脚地绕过几幢房子，翻过一道篱笆，站在了一片菜园中。他们踩着菜畦松软的泥土，在台阶上踉跄了一下，最后停在一所住宅的墙外。阿道夫敲了敲一扇百叶窗，等了一会儿又敲了敲，这时房里便发出窸窸窣窣的响声，紧跟着亮起一盏灯来，百叶窗也开了，小伙子们便一个跟着一个爬进窗去，到了一间有漆黑的烟囱和泥地的厨房里。灶台上摆着一盏小小的油灯，细细的灯芯上跳动着一束微弱的火苗。灯光里站着一个大姑娘，一个瘦瘦的农家女婢，她和来人一一握了手。这时候，从她身后的黑暗中又走出来一个少女，拖着两条又长又黑的辫子，年轻得几乎还是个小姑娘。阿道夫取出带来的礼物，修道院里吃的半个大白面包，以及一些纸裹着的东西；歌尔得蒙猜想可能是几支偷来的圣香或者蜡烛什么的。长辫子少女摸着黑出门去了，半晌才提着一只用灰色黏土烧的酒壶走回来，壶上装饰着一朵蓝色的花。她把酒壶递给康拉德，康拉德喝了一口又传给其他人，于是大家便挨个喝了起来。那是一种烈性的苹果酒。

微弱的灯光下，两个少女坐在小木凳上，学生们则围着她俩席地而坐。大家一边低声交谈，一边喝果子酒，讲话最多的数阿道夫和康拉德。不时还有一个小伙子站起来，走过去摸一摸大姑娘的头发和脖子，凑着她耳朵嘀咕几句，小的那个姑娘却没谁敢碰。歌尔得蒙想，看样子大的那个是婢女，这小美人才是家中的千金。不过是也罢，不是也罢，都和他没有关系，他反正不会再来了。秘密外出和夜间行经树林固然挺美，挺不平常，使人心情激动和充满着神秘感，却也没有什么危险。虽说院规禁止这种事，但违犯禁令并没有使良心承担什么重负。可是眼下半夜三更来找姑娘玩，他感到不仅仅是犯禁，而且是罪过了。对于其他人来说，这也许只算一次小小的越轨行为，可对他就不止于此；他明知自己注定要过清心寡欲的修士生活，和姑娘们混在一起是绝对不允许的。不，他再也不会跟着来了。在这油灯荧荧的、寒碜的厨房中，歌尔得蒙的心狂跳着，充满了忧虑。

他的同学们却在姑娘面前逞英雄，在谈话时常掺杂几句拉丁文，以显示自己了不起。所有三位似乎都受着大姑娘的青睐，他们轮流凑上去笨手笨脚地做些亲昵的小动作，充其量莫过于偷偷地吻一下罢了。他们看来非常清楚，在此地允许他们干些什么。由于整个交谈都是悄声进行的，那场面本来有些滑稽可笑；不过歌尔得蒙却没有这样的感觉。他蹲在地上，两眼凝视着那小小的灯焰，一声不吭。偶尔他斜着眼睛瞟一下其他人相互间的亲热举动，目光中也带着少许的欲望。他呆愣愣地凝视前方，心中却非常想去看看那个拖着两条辫子的小姑娘，而这个正是他所不应该看的。可每当他的意志松懈下来，目光不自觉地溜到那张文静、甜蜜的少女的脸上时，他都会发现她那双黑眼睛也正在盯着自己的脸，她望着他简直像着了迷。

大约过了一小时——歌尔得蒙从来没有经历过这样长的一小时——学生们的趣话和亲昵消耗尽了，屋里不再有声音，大家坐在那儿都有些尴尬，艾伯哈特更打起哈欠来。于是女婢催客人开路，大家便站起身来，一一和她握手，最后轮到了歌尔得蒙。随后康拉德便从窗户爬出去，艾伯哈特和阿道夫也紧紧跟上。在歌尔得蒙也往外爬的时刻，他蓦地感觉有一只手抓住了自己的肩膀。可他无法停下来，直到在窗外的地上站稳，才迟疑地转过身，看到那个梳两条长辫子的少女从窗口探出了身子。

“歌尔得蒙！”她轻轻唤道。歌尔得蒙脚下像生了根。

“你还来吗？”她问。她那羞怯的语音听上去宛如一声轻轻的叹息。

歌尔得蒙摇摇头。姑娘伸出两手捧住他的脑袋，他的太阳穴感受到了从她那小手传来的温暖。姑娘俯下身子，直到自己的黑眼睛紧紧靠着他的眼睛。

“再来吧！”她柔声说，嘴唇轻轻挨到他的嘴唇，孩子气地吻了吻。

歌尔得蒙穿过菜园追赶其他人，在菜畦上踉跄了几次，鼻子闻到了潮湿的泥土味和粪便臭，手也在一丛玫瑰上划伤了。他翻过园篱，跟着伙伴们出了村子，朝着树林赶去。“再也不准来了！”他的意志命令道。“明天再来吧！”他的心哀求道。

夜游者一路上没碰见任何人，平安无事地回到了玛利亚布隆，接着跨过小溪，钻出磨坊，穿过长着菩提树的院子，再循暗道爬上房檐，钻天窗进入内院，最后溜回了寝室。

第二天早上，大个子艾伯哈特睡得非常沉，是人家用拳头把他给揍醒的。大家全都准时参加了早弥撒，喝了粥，到了教室里；只有歌尔得蒙一个人没精打采，面色很坏，连马丁神父都来问他是不是病了。阿道夫狠狠瞪了他一眼，他只好说没有什么。可快到中午上希腊文课时，纳尔奇思在课堂上一直盯着他。他也看出歌尔得蒙像是病了，然而并不言语，只是仔细地观察着他。上完课，他叫来歌尔得蒙。为了不引起别的学生注意，他派歌尔得蒙到图书室去办点事，随后自己也跟到了图书室。

“歌尔得蒙，”他说，“我能够帮助你吗？我看得出来，你碰到了为难的事。你大概病了吧。要不这样，我们就让你去睡觉，给你送一碗病号汤和一杯葡萄酒来。你今天根本听不进希腊文喽。”

他久久地等待着回答。面容苍白的少年抬起困惑的眼睛望了望他，低下头，再把头抬起来，嘴唇哆哆嗦嗦，想说什么却说不出来。蓦地，他身子往旁边一倒，脑袋倚在书桌上，恰好在桌边镶着的两个橡木小天使的脑袋之间，同时放声痛哭起来，弄得纳尔奇思也感到困窘，只好把目光转向一边，过了好一会儿才过去捧住抽泣着的歌尔得蒙的肩膀，扶他站了起来。

“好啦，”他用歌尔得蒙从未听到过的那种温柔声调说，“好啦，小兄弟，你只管哭吧，哭了马上会好受一些。喏，坐下来，不用讲话。我看你是够难受的了。今天一上午，你准是很费劲地坚持着，不让人看出你有什么异样，你做得很好嘛。这会儿尽情哭吧，哭是你眼下能做的最好的事情。不哭啦？哭够啦？又没什么啦？那也成，那咱们就到病房去，你得躺在床上，到今天晚上就会好受得多。走吧！”

他领着歌尔得蒙绕过自修室，来到一间病房里，从两张空着的病床中指了一张给他。当歌尔得蒙顺从地开始脱衣服的时候，纳尔奇思便走出去，到校长那儿为他请了病假。随后他到厨房，按照自己的诺言为歌尔得蒙要了一碗病号汤和一杯葡萄酒；这两种修道院惯用的汤剂，是大多数轻病人十分欢迎的。

歌尔得蒙躺在床上，努力恢复头脑的清醒。一个钟头以前，他也许还能弄明白，是什么使他今天感到说不出的疲倦，心里紧张得要命，以致脑袋发蒙，两眼冒火。那是一种每分钟都在进行、每分钟又都失败了的费尽心机的努力，努力要把昨天晚上的事忘记——不是忘记那夜晚本身，不是忘记那从幽闭的修道院中逃出来、既愚蠢又快活的出游，不是忘记林间的穿行，也不是忘记走过黑色溪涧上狭窄滑溜的小桥，或者在篱笆上翻来翻去，或者从窗户里钻进钻出，而是要忘记在那扇幽暗的厨房小窗前的唯一一瞬，忘记姑娘的呼吸和话语，忘记她那小手的触摸和她嘴唇的亲吻。

可是眼下又增加了点什么，又多了一种新的恐惧，又多了一次新的经历。纳尔奇思关心他，爱他，为他操劳——他，这个文雅、清高、聪明的人，这个嘴唇薄薄的、说话讥诮的人。可是他自己呢，却在这个人面前控制不住自己，自惭形秽，结结巴巴，临了竟号啕大哭起来！他未能用希腊文，用哲学，用精神的豪迈和处世的淡泊这些极其高贵的武器，去赢取这位杰出人物对自己的好感，反倒在他面前出乖露丑，显得懦弱而又可怜！他永远不能原谅自己这件事，永远不能正视纳尔奇思的眼睛而不带羞愧！

可是哭过以后，心情毕竟大大放松了；病房中的孤独和寂静，还有柔软的床铺，都使他感到惬意；绝望的情绪已经消减了一大半。一小时后，值日的修士进房来，送来一碗麦糊、一块白面包和一小杯学生们平常只在过节时才可以喝的红葡萄酒。歌尔得蒙坐起来吃喝着，把碗里的麦糊吃了一半就搁下了，重新沉思起来；然而思想却不能集中，便再端起碗又吃了几匙。过了些时候，当房门被轻轻推开，纳尔奇思走进屋来探望病人时，歌尔得蒙已经躺下睡了，脸上又恢复了红润。纳尔奇思久久地注视着他，心中怀着爱怜、好奇，外加几分妒忌。他看出来：歌尔得蒙没有病，明天也无须再送葡萄酒给他。可是他也知道，魔障已经冲破，他俩可以成为朋友了。但愿歌尔得蒙今天需要他的帮助，他也可以为他出一些力；往后也许他自己会变得虚弱起来，需要人家的帮助和爱护。而一旦到了这步田地，他从这位少年身上会得到所需要的东西。

第　三　章

在纳尔奇思与歌尔得蒙之间开始了一种奇特的友谊；这样的友谊只令很少的人称心，有时甚至令他们双方本身都感到不满意。

纳尔奇思作为一位思想家，一开始为此事最感到头痛。对于他来说，一切都是精神，爱也如此；不假思索地倾心，对他来说是办不到的。在与歌尔得蒙的友谊中，他起着主导作用。相当长一段时间，只有他懂得这种友谊的命运、范围和意义。相当长一段时间，他只是一厢情愿地在爱，并且知道他只有帮助歌尔得蒙醒悟过来，他的朋友才能真正属于他。当歌尔得蒙衷心地、热诚地、无忧无虑地投身到这新的生活中时，纳尔奇思却清醒地、负责地肩负起了他崇高的使命。

对于歌尔得蒙而言，这新生活是一种解脱和康复。那漂亮少女的青睐和亲吻，在他年轻的心中唤起了强烈的爱的需要，但与此同时又吓得他往后退缩，陷入了绝望的境地。因为他从内心深处感到，他迄今的全部生活理想，他所信仰的一切，他自以为注定要担负的所有使命，都让那窗前的一吻，都让那双黑眼睛的一瞥，从根本上给破坏了。父亲决定他过教士生活，他非常情愿地接受了这一决定，带着青春时期初次迸发的狂热心情向往着那虔诚的、英雄般的苦修的理想；正因为如此，第一次与女人萍水相逢，第一次在感官上享受到女性的爱抚，第一次接触女性，就不免使他感到他的大敌和魔星就在这里，女人对于他是危险的。现在还好，命运拯救了他，在这最危急的时刻把纳尔奇思的友谊带给了他，给了他一片满足自己欲望的盛开的花园，给了他一座寄托自己虔诚的崭新的祭坛。这儿允许他爱，这儿允许人献身而不犯罪，他可以把自己的心献给一位可钦佩的、年长的、更聪明的友人，可以把危险的欲火变成供奉牺牲的圣焰，变成崇高的精神。

然而，还在结下这份友谊的第一个春天，歌尔得蒙就碰到了奇异的障碍，碰到了出乎意料的谜一般难解的冷淡，碰到了一些令他震惊的要求。因为他万万没想到，他的朋友会是与他恰恰相反的另一极。在他看来，友谊需要的只是爱，只是诚恳的自我牺牲，以便变两人为一人，以便消除差别和矛盾。可纳尔奇思却是多么严厉和自信，多么明智和无情啊！似乎什么无私的献身，什么怀着感激之情在友谊的乐土上携手并进，统统都是他所不知道的，不希望的。他似乎不能承认，不能容忍漫无目标地梦游者似的往前走。诚然，在歌尔得蒙患病期间，他关心过他，帮助过他，在学习生活的种种问题上真心诚意地指点过他，给他解答过课本中的疑难，扩大了他在语法学、逻辑学和神学这些领域中的眼界；可是，他却仿佛对他这个朋友从来也不是很满意，从来也不完全同意他的意见，是的，常常还嘲笑他，把他不当一回事似的。歌尔得蒙感到，这不仅仅是作为教员的怪癖，不仅仅是年长者和优越者的傲慢，而是背后另有其他更深沉的、更重要的原因。这更深沉的原因到底是什么，他却弄不清楚；因此，和纳尔奇思的友谊又常常使他感到忧愁与为难。

事实上，纳尔奇思非常了解他的朋友是个怎样的人；他既非盲目地倾心于他的少年英俊，也非盲目地被他那旺盛的精力和蓬勃的朝气所吸引。他绝不是想用希腊文来填塞一颗年轻火热的心，用逻辑学来报答纯真无邪的爱的那种教书匠。也许他太爱这个金发少年了；而对他来说，这正是一种危险。须知，爱对于他来说并非自然的状态，而是一种奇怪的事。他不能容许自己爱得入迷，不能容许自己满足于这一双俊眼的顾盼，这一头光亮的金发的亲近；他不能容许自己享有这种爱，哪怕只有一瞬间感官的享受。因为，如果说歌尔得蒙只是感觉自己注定了要当修士和苦行者，要终身追求神圣的生活的话，那他纳尔奇思已经实实在在注定了过这样一种生活。对于他，只能有一种爱，一种最高形式的爱。至于对歌尔得蒙命定成为苦修者这一点，纳尔奇思根本不信。他比谁都更了解这个人，尤其现在他爱他，就越发如此。尽管他与歌尔得蒙的天性适得其反，他也能深深地了解他的天性；因为这种天性乃是他自己失去了的另外一半天性。他看到，这一天性被一层坚硬的外壳包裹着；自身的妄想、教育的失误、父亲的训诫等，便构成了这个外壳。他早已预感到了歌尔得蒙年轻生命的并不复杂的全部秘密。他对自己的任务也很了解：把这一秘密揭示给当事者，把他从那个坚硬的外壳中解放出来，还他以自然的本性。这可能是困难的，而最难的地方则在于，他将因此而失去自己的爱友。

他非常缓慢地接近着自己的目标。几个月过去了，他连一个重大步骤都未能采取，没能相互进行一次深谈。友谊尽管深厚，两人的距离却仍然太远，中间还隔着一条很深的鸿沟。他们犹如两个并排走着的人，一个视力很好，一个却是瞎子；然而瞎子对自己的失明全然无知，这只有对他本身，才是一件轻松愉快的事情。

那天晚上的经历震撼了少年，使他在心力交瘁的时刻投入纳尔奇思的怀抱里；如今，纳尔奇思就想用解开这个谜的办法，来打开第一道缺口。这件事做起来，不如他想的那么困难。歌尔得蒙早已觉得有必要对那晚上的事进行忏悔；可是除去院长以外，他对谁都不完全信任，而院长呢，又并非他的忏悔神父。因此，当最近纳尔奇思瞅准一个有利的机会，向他的朋友提起他俩结交之初的情况，碰了碰那个秘密时，歌尔得蒙便坦率地说："可惜你还没授神职，不能听告解；我倒是很想办个告解了结这件事，为此受罚也乐意。不过我不能把它对我的忏悔神父讲。"

线索已经找到了，纳尔奇思便小心翼翼地、狡猾地继续刨根问底。"你是在回想你仿佛生病了的那个早上吧，"他试探着说，"你没有忘记它，因为我们那一天成了朋友。我也经常不由自主地想到那时的情形。这点你也许不曾注意到，我当时真是想不到啊。"

"你想不到？"他的朋友困惑得嚷起来，"想不到的人是我呀！我才真正想不到，我呆呆地站着，吞吞吐吐说不出一句话，临了竟像个孩子似的哭了起来！嗨，到这会儿我还害臊呢。我曾以为，我永远也没脸见你。我竟在你面前表现出那么一副可怜巴巴的模样！”

纳尔奇思继续摸索前进。

“我明白，”他说，“这对你来说是不愉快的。像你这么个坚强勇敢的小伙子，竟在朋友面前哭哭啼啼，加上他还是位教员，这实在跟你不相称。嘿，我当时还真当你病了呢。只要真的是发高烧，就连亚里士多德也难保行为不古怪。可你后来却表明压根儿没有病！压根儿并不发烧！恐怕这就是你害臊的原因吧。谁也不会为自己发高烧害臊，是吗？你之所以害臊，是因为你出了其他毛病，是因为它把你给制住了。难道出了什么特别的事情吗？”

歌尔得蒙犹豫了一下，然后慢慢地说：“是的，是发生了一些特别的事。就让我假设你是我的忏悔神父吧，这件事反正得讲出来才好。”

于是，他低下头，对他的朋友讲了那天晚上的前前后后。

纳尔奇思听完以后笑吟吟地说：“不错，‘到村子里去’确实是犯禁的。可是有许多犯禁的事人们尽可以做，做过以后尽可以一笑置之，要不也可以忏悔忏悔，然后事情就了啦，同它再没有关系。为什么偏偏你就不能允许自己像几乎所有的学生那样，也干一干这类小小的蠢事呢？问题难道有如此严重吗？”

歌尔得蒙勃然大怒，高声嚷道：“瞧你讲起话来真像一位老师！你可清楚了解这是怎样一个问题？！当然，偶尔违反一下院规，和同学在一起胡闹胡闹，我也并不认为是什么大罪过，尽管这对正准备终身在修道院中生活的我来说，是很不相宜的。”

“等一等！”纳尔奇思大声说，“你不知道吗，朋友，对于许多虔诚的神父来说，这样一种准备阶段恰恰是必要的？你不知道吗，一个放荡者的生活，恰恰能够成为通往圣徒生活的捷径之一？”

“嗨，别说啦！”歌尔得蒙驳斥他，“我想告诉你：使我良心负疚的，不是那么点不守教规，而是其他因素。是那个姑娘！是一种我没法向你诉说清楚的感觉！也就是说，我感到我一旦屈服于诱惑，哪怕只是伸过手去碰一碰那少女，我就再也不能回头，罪孽就会像地狱一样张开大口把我吞掉，永远也不会再把我吐出来。从此我的一切美梦，一切德行，一切对上帝的爱和对善的爱，便统统完了！”

纳尔奇思点点头，陷入了深思。

“你对上帝的爱，”随后他字斟句酌地、不慌不忙地说，“和你对善的爱，并不总是一码事。唉，事情要这么简单就好喽！所谓的善，我们知道，都存在于戒律里，但上帝却不仅仅存在于戒律里；嘿，戒律只体现上帝微乎其微的一部分。你可以恪守戒律，却离上帝非常之远。”

“你不明白我的意思吗？”歌尔得蒙抱怨地问。

“我当然明白你的意思。你感觉‘女人’，感觉‘性’，就是你所谓的‘世俗’和‘罪孽’等一切的体现。其他种种罪孽，你似乎都觉得自己要么根本没有能力去犯，要么就算犯了也不至于压倒你，因为它们是可以忏悔的，可以改正的。只有这一种罪孽却不行！”

“是的，我正是这种感觉。”

“你瞧，我了解你的想法。而你的想法也不是完全没有道理，那关于夏娃和蛇的故事，毕竟并非无稽之谈。不过，亲爱的，你到底还是不对。倘若你是达尼埃尔院长或者你受洗时据以命名的圣克里索斯托姆斯[1]，倘若你是一名主教或者神父，或者至少是一名普普通通的修士，那你也

---

1 古希腊有名的天主教传教士，他的希腊文名字与歌尔得蒙这个名字的意思都是“金口”。

可以算对。可你却什么也不是。你只是一个学生，尽管你希望一辈子过修道院生活，或者说你父亲希望你这样，可是你还不曾宣誓，还没有接受祝福哩。就算你今天或者明天受到一个漂亮女子的勾引，屈服于她的诱惑，你也并未破戒，并未违反誓约呀。”

“并未违反纸上的誓约！”歌尔得蒙十分激动地喊道，“却违反了长期以来存在于我心中的、没有形成文字的，可又是最神圣的誓约。难道你看不出来，你那适用于其他许多人的道理，对我不适用吗？你自己不也是还没有接受祝福，没有起誓，但同样从不允许自己接触任何女性吗？或者我看错了你？或者你并非如此？或者你压根儿就不是我所认为的那样一个人吧？你不是早已在心中许下了你还不曾当着教长们的面许下的约言，并永远感到有义务遵守它吗？难道你不是与我同一类人吗？”

“不，歌尔得蒙，我不是你所想象的与你同类的人。是的，我也谨守着一个没有写成文字的誓约，这点你说对了。但我绝对不是与你同属一类。我今天告诉你一句话，有朝一日你会想起这句话。我告诉你：我们的友谊除了向你表明，你是一个和我完全不同的人以外，压根儿就没有其他任何目的和意义！”

歌尔得蒙愕然站着；纳尔奇思讲这话的目光和声调都是不容反抗的。他只好默不作声。可纳尔奇思为什么要讲这些话呢？为什么纳尔奇思没有说出来的誓言就该比他的神圣呢？他压根儿不把我当一回事儿吗？他还仅仅把我看成一个孩子吗？他俩之间奇妙的友谊又开始使歌尔得蒙感到迷惑不解，心里十分难过。

纳尔奇思对歌尔得蒙的天性之谜已不再怀疑：在背后起作用的是夏娃，是人类之母。不过，在一个如此俊美、如此健康、如此精力旺盛的少年身上，觉醒的性爱又怎么可能碰到如此强烈的敌意呢？看来，必定还有一个鬼魅在作祟。这样一个暗中存在的敌人，破坏了这位美少年内心的和谐，借他自己最原始的欲望来把他撕裂成了两半。既然如此，就必须找到这个鬼魅，用咒语使它现出原形来，然后才可能将它战胜。

这段时间，歌尔得蒙越来越受到同学们的疏远和冷淡，但人家却感到是他疏远了他们，出卖了他们。谁都对他与纳尔奇思的友谊看不顺眼。有些不怀好意的家伙中伤他们，说他们的关系是违反自然的；而说这话的人，恰恰又是这位美少年的那些觊觎者。但是另外一些人心里固然明白这当中并无什么可怀疑的罪孽，却也同样摇头。一句话，谁也不乐意他俩结交；人们似乎觉得，他俩在一起会像高傲的贵族那样疏远他们自认为合不来的人。这可是有碍发扬集体精神，不符合修道院宗旨，而且违反基督教本性的呀。

关于他俩的一些说法，也传到了达尼埃尔院长耳朵里，其中有谣言，有责难，也有诽谤中伤。在自己四十多年的修道院生涯中，他亲眼看到过许多次少年之间结下亲密友谊的情况，这在修道院已成为常事，是一种美好的副产物，虽然有时包含着快乐，有时包含着危险。达尼埃尔院长不加干涉，待在一旁持静观态度。像他俩这样热烈而排他的友谊实在罕见，无疑也是有些危险；但对于它的纯洁性，他却一刻也未曾怀疑过，所以便听其自然。如果纳尔奇思不是处在一个介于学生和教师之间的特殊地位，院长也许会毫不犹豫地采取一些措施来隔开他俩了。对于歌尔得蒙来说，远离所有的同学而单单和一个年长者亲密交往，和一位教师亲密交往，毕竟是不对的。只不过纳尔奇思这样一个非凡而杰出的青年，这样一个被所有教员视为与自己智力相当甚至更加优越的人，难道因此就可以解除他的教职，断送他的前程吗？倘使他作为教师不称职，倘使他俩的友谊使他玩忽职守，在学生中厚此薄彼，达尼埃尔院长一定会马上撤销他。然而并无任何可以责难他的事实，有的只是谣言，只是旁人的嫉妒和猜疑。再说院长了解纳尔奇思的特殊禀赋，了解他那异常深刻的、也许多少有点自以为是的识人本领。他并不过分器重这种本领，纳尔奇思身上的其他一些品质更为他所喜欢。但是他却不怀疑，纳尔奇思在歌尔得蒙这个学生身上发现了一些特别的东西，比他自己或其他任何人都更加了解歌尔得蒙。对于院长本人而言，歌尔得蒙除去气质优雅招人喜爱以外，值得注意的只是某种过早表现出来的虔诚，或者甚至可以算作早熟的狂热吧：他现在仅仅做一个学生和客人，就自认为是修道院的一分子，简直已经把自己当成一名苦修士了。至于说纳尔奇思会赞成或者甚至助长这种令人感动然而并不成熟的热情，院长却觉得没有必要担心。对于歌尔得蒙，值得担心的倒是他的朋友可能把某种精神的优越感和学者的傲慢传染给他。不过恰恰对于这样一个学生，被传染的危险倒并不大；他尽可以让他们试一试。他身为院长，如果只管理一些平凡、庸碌之辈，而不管理富有个性的杰出人物，真不知要省事多少、安闲多少、舒服多少；想到这里，他忍不住微笑着叹了口气。不，他不愿跟着人家胡乱猜疑；这两个杰出的人都信赖他，他不愿辜负这一信任。

纳尔奇思对他的朋友费了许多脑筋。他那识别人的类型和使命的特异禀赋，早已把歌尔得蒙的情况清清楚楚地告诉了他。这个少年身上充沛的活力和照人的光彩，都表明他具有一个个性强烈、富于情感和灵性的人的一切特征；或许他就是一位艺术家，要不，至少也是个有着巨大的爱情力量，把自己的命运和幸福寄托在爱情上，愿为爱情献身的人。可现在，这样一个多情种子，这样一个感官敏锐、感情丰富的人，这样一个能够深刻体验和热爱花香、日出、奔马、飞鸟和音乐之美的人，为什么偏偏会热衷于当一名教士和苦行者呢？纳尔奇思为这个问题绞尽了脑汁。他知道，歌尔得蒙的父亲助长了这种狂热。不过，他能够一手造成这种情况吗？他到底对儿子施了什么魔法，竟使他坚信这样一种自己的使命和义务呢？这位父亲究竟是怎样一个人？尽管纳尔奇思经常有意把话头引到他身上，歌尔得蒙谈得也不少，但纳尔奇思仍想象不出他是什么样子，仍看不透这位父亲。这难道不奇怪和可疑吗？要知道，每当歌尔得蒙讲到他小时候抓过的鳟鱼、捕过的蝴蝶，每当他模仿鸟叫，以及描写一位同伴、一只狗或者一个乞丐的时候，你面前就会出现生动的形象，就会真看见什么。然而当他谈起他的父亲时，你却什么也见不到。是的，这位父亲在歌尔得蒙的生活中要真是一位如此重要、如此强有力地起支配作用的角色，那么，他一定会以另外的方式来讲他，赋予他另外一些形象！纳尔奇思看不起这样一位父亲，不喜欢这样一位父亲，有时甚至怀疑他实际上究竟是不是歌尔得蒙的父亲。他只是一个空虚的偶像。然而，他又从何而来这么大的权威呢？他又怎么能给歌尔得蒙的心灵灌进这样一些完全为其天性所不容的妄想呢？

与此同时，歌尔得蒙也在苦苦思索。尽管他深信那朋友对自己的挚爱，却仍然经常感觉到不快：纳尔奇思总还有点当他是个孩子，并不认认真真地看待他。而且，他的朋友一再要他明白，他和他并非同样的人，这又意味着什么呢？

不过，歌尔得蒙也没有成天想来想去。长时间的冥思苦想，他可办不到；还有其他事情可以打发这漫长的日子。他常常待在门卫那儿，他和门卫是很亲热的。他不时地苦苦哀求和想出个什么鬼点子来，使门卫同意他骑着布莱斯出去逛一两个小时。修道院周围有几户人家很喜欢他，尤其是其中的一位磨坊主。他常和磨坊主的长工一起抓水獭，或者用上等的面粉烤点心吃；这种好面粉，歌尔得蒙闭上眼睛单凭嗅觉就可以辨别出来。他与纳尔奇思待在一块儿的次数也很多，而剩下的时间，他便用来做自己过去习惯的和爱好的事。做弥撒也总是使他感到快乐，他很喜欢参加学生们的唱诗班，很喜欢在一座他喜爱的祭坛前掐着念珠诵经，还有听弥撒时庄严、悦耳的拉丁文，看香雾缭绕中闪着金光的圣器和装饰，以及静穆而端庄地立于圆座之上的圣像：领着羊群的众使徒，头戴帽子、肩挎朝圣者行囊的圣雅各。

他感到这些形象吸引着他，喜欢把这些石刻木雕的人物想象成与他本身有某种神秘的关系，比如是他不朽的、全知的教父，是他的生命的守护者和指导者。还有门窗旁的圆柱和科林多式柱头，祭坛上的装饰，那些造型精美的栅木和花环，那些栩栩如生地、十分茂盛地垂挂在石柱上的一簇簇花和叶，也使他感到亲切而神秘，似乎都与他自己有着密切的关系。他心里似乎暗暗藏着一个珍贵的秘密，似乎在自然界之外，在动物和植物之外，对于他还存在着第二个由人工造成的无声的自然，它就是这些石刻木雕的人、动物和植物。多少次，他就把自己的余暇花在临摹这些人物、动物的头以及一簇簇的花叶上；此外，他偶尔也尝试着画真花、真马和真人。

他非常喜欢教堂里唱的赞美诗，尤其是玛利亚赞美诗。他喜欢这类圣歌严谨的格调，以及它们一再重复的祈求和赞颂。他既能随着它们崇高的意境进行祈祷，也能忘记这意境，尽情欣赏那些庄严的诗句，让自己沉浸在诗句中，沉浸在低沉悠扬的曲调、浑厚圆润的音色和激情饱满的反复唱段中。他在内心深处并不爱那些科学，并不爱语法学和逻辑学，虽然它们也自有其魅力，但他更爱礼拜仪式的形象和音响世界。

一次又一次，他也在短时间内打破了自己与同学们之间的隔膜。被人冷待和不理睬，对他来说终究是件难过和无聊的事；他常设法逗不高兴的邻座笑一笑，找很少讲话的同寝室学生闲扯几句，而且还不时地努力使自己变得和蔼可亲，以重新赢得别人对他暂时的青睐和友善。通过这些拉关系的办法，他有两次竟使得人家又邀请他一起“到村子里去”。这是完全违反他本意的，结果马上便把他吓得退缩了。不，他再不到村子里去了，他已经使自己忘掉那个蓄着两条长辫子的少女，永远不再想她，或者说几乎永远不想她。

第 四 章

纳尔奇思长期的试验性围攻，都未能从歌尔得蒙的秘密中打开一个缺口。他想点醒歌尔得蒙，以便把那种能帮他道出自己秘密的语言传授给他的长期努力，看来也白费了。

关于出身和故乡，歌尔得蒙所讲的一切仍旧是那么含含糊糊。他有一位影子似的、没有形象的、受到尊敬的父亲；除此之外，就是那个关于一位久已音容消失的母亲的传说，如今，这位母亲仅仅剩下了一个苍白的名字。渐渐地，凭着自己洞悉人心的经验，纳尔奇思看出他的朋友原来属于那种生命有缺陷的人。这种人出于无奈，或者受到某种蛊惑，不得不学会忘记自己过去的一部分。他认识到，仅仅询问和指点在这儿不会起作用；他还发觉，自己太相信理性的力量，以至讲了很多废话。

可是，把他和他的朋友联结起来的友情，以及两人经常待在一起的习惯，却不是没有作用的。两人的气质尽管迥然不同，却仍相互学到了许多东西。他们之间，除了理性语言之外，还渐渐形成了一种心灵语言和符号语言；这就像两座小镇之间，除了一条通行车马的驿道以外，还有许多小径、岔道和秘密小路，其中有儿童玩耍的，有情侣溜达的，以及猫狗奔窜的几乎不为人注意的小路。慢慢地，充斥歌尔得蒙心灵的想象力，便循着一些神秘的路径，潜入了他朋友的思想和语言中；不消说，纳尔奇思已经能够理解和体会歌尔得蒙的某些思想和情绪了。在友情的促进下，两人更加心心相印，肝胆相照，这一来也就有了共同语言。一天没有课，两个朋友待在图书馆里，在谁也不曾预料到的情况下开始了一次谈话——一次涉及他俩友谊的核心和意义、给予他们新的启示的谈话。

他们谈到修道院里没人研究并且被禁止的星象学。纳尔奇思认为，星象学企图在千差万别的人、命运和使命中建立起某种秩序与体系。这时歌尔得蒙就插话道：

“你总是口口声声差别差别——我慢慢看出来，你这人最大的特点就在这里。当你谈到什么重大差别的时候，比如说你与我之间存在的差别吧，我总觉得这个差别仅仅是你热衷于寻找差别的怪癖而已！”

“不错，你说到点子上了。”纳尔奇思回应说，“事实上，你觉得差别不那么重要，我呢却感到差别是唯一重要的东西。按天性，我是一个学者，我的使命就是研究科学。而科学研究不是别的，用你的话来说就是‘热衷于寻找差别’。不可能对科学的本质做更精辟的阐明了。对于我们研究科学的人来说，没有什么比确定差别更重要，科学就是辨别的艺术。举例说，你在某一个人身上找出一些区别于其他人的特征，这就意味着你认识了他。”

“是的，”歌尔得蒙说，“一个人穿着草鞋，那他就是农民；另一个人戴着王冠，那他就是国王。这总算差别吧。可这样的差别连小孩子也看得出来，压根儿不需要什么科学。”

“可是，”纳尔奇思说，“如果农民和国王都同样穿戴，那小孩子就区别不出他们了。”

“科学同样不行。”歌尔得蒙说。

“也许行的。”纳尔奇思说，“不错，它未必比小孩子聪明，这点可以承认；然而它却更加耐心，不至于仅仅注意那些简单明显的特点。”

“每个聪明的小孩也会这样，”歌尔得蒙说，“他将从眼神或姿态认出国王。干脆讲吧：你们学者都自以为高明，把我们其他人总看得比自己愚蠢。一个什么科学也不懂的人，也可能非常聪明。”

“我很高兴，你已开始明白这点。”纳尔奇思说，“很快你还会明白：我讲的你与我之间的差别，并非指聪明不聪明。我讲的不是你聪明一点或者愚蠢一点，好一点或者坏一点。我讲的只是：你与我是不同的。”

“这个容易理解，”歌尔得蒙说，“只不过你说的，还不仅仅是特征的差别；你还经常谈什么命运的差别，使命的差别。举例说，为什么你就该有不同于我的使命呢？你和我一样也是基督徒，你和我一样也决心在修道院生活一辈子，你和我一样也是仁慈的天父的孩子。我俩的目标是相同的，那就是获得永恒的天国里的幸福。我俩的使命是相同的，那就是皈依上帝。”

“讲得很好，”纳尔奇思说，“在教义课本中，一个人与另一个人自然完全一样，可在生活里却不然。我觉得，那个以自己的胸膛供救世主休息的他的爱徒，和另一个出卖他的徒弟——这两个人恐怕具有不同的使命吧。”

“你真是个诡辩家，纳尔奇思！”歌尔得蒙说，“照这样下去，我俩走不到一起啊。”

“咱俩怎样也走不到一起。”纳尔奇思说。

“别这么讲吧！”歌尔得蒙说。

“我讲的是真话，”纳尔奇思说，“咱俩的使命不是要走到一起，正像太阳和月亮，或者陆地和海洋，它们也不需要走到一起。我们的目标不是相互说服，而是相互认识，并学会看出和尊重对方的本来面目，即自身的反面和补充。”

歌尔得蒙茫然地耷拉着脑袋，脸上的表情变得悲哀起来。最后他说：“正因为如此，你才常常不把我的想法当真吧。”

纳尔奇思犹豫了一下，然后以响亮而坚定的声音回答：

“不错。亲爱的歌尔得蒙，你必须习惯这一点，那就是我仅仅重视你这个人本身。相信我吧，你发出的每一个音调，做出的每一个动作，露出的每一个微笑，我都是十分注意的。可是你的想法，我却不怎么注意。我所重视的，是我在你身上所发现的本质的和必然的东西。为什么你要特别重视你的那些想法呢？你身上具有的可是许多别的天赋哦。”

歌尔得蒙苦笑了一下说：“我已经讲过，你总只当我是个孩子！”

“你的一部分想法，”纳尔奇思也不退缩，“我确实认为是孩子气的。你回忆一下，我们刚才说过，一个聪明的小孩未必就比一位学者愚蠢。可是，当这个小孩也谈论起科学来时，那么学者也就不会认真对待他了。”

歌尔得蒙急得大叫起来：“在我们不谈论科学的时候，你也嘲笑我呀！比如你常常摆出一副神态，好像我的整个诚笃，我学习上的努力和进步，我当修士的愿望，统统都只是儿戏似的！”

纳尔奇思用严肃的目光盯着他说：“当你是歌尔得蒙时，我是认真对待你的。可你并非总是歌尔得蒙。我没有任何其他希望，只希望你成为纯粹的、彻底的歌尔得蒙。你不是一个学者，你不是一个修士——当学者或者修士在你都是大材小用。你以为我嫌你不够博学，头脑里缺乏逻辑，或者不够诚笃吗？噢，你错啦，我是嫌你保持你自己的本色不够。”

谈完这次话，歌尔得蒙垂头丧气，甚至感觉自己受了侮辱；可是没过几天，他却主动表示希望把谈话继续下去。这一回，纳尔奇思成功地把他俩天性的差异给他分析清楚了，他也较好地接受了。

纳尔奇思讲得很起劲，他觉得歌尔得蒙今天听得进自己的话，他已经控制了他。一高兴，他就忘乎所以，一张口把本不打算讲的话也一股脑儿讲了出来。

“你瞧，”他说，“仅仅在一点上，我比你优越：我是清醒的，而你只一半清醒，有时甚至还完全在沉睡。我所谓清醒，是指一个人能凭借智力和悟性，认识并支配自身，认识并支配他内心深处非理性的力量，以及冲动和弱点。对于你来说，与我友谊一场的意义就在于你也将学会这样做。歌尔得蒙，在你的身上，精神和自然，意识和理想，彼此都相距太远。你忘记了自己的童年，它却在你心灵的深处召唤着你。你将一直为它所苦恼，直至听从它的召唤。——够了！刚才已经说过，只有在清醒这一点上，我比你强；我比你优越和对你有用的地方，就在于此。在其他所有方面，好朋友，你都胜过了我——特别是当你认清了自己以后，更是这样。”

歌尔得蒙愕然地倾听着，但在听到“你忘记了自己的童年”这句话时，身子却像被箭射中了似的猛地哆嗦起来。然而纳尔奇思并没有看见，他习惯于在讲话时久久地闭上眼睛或凝视前方，似乎这样才能更好地措辞。他也没有看见歌尔得蒙的脸怎么突然抽搐了一下，顿时变得憔悴和苍老起来。

“我比你——优越！”歌尔得蒙结结巴巴，不知所云，似乎一下子蒙住了。

“确实是这样，”纳尔奇思继续说，“像你这一类人，天生有强烈而敏感的感官，天生该成为灵感充沛的人，成为幻想家、诗人和爱慕者，比起我们其他的人来，比起我们崇尚灵性的人来，几乎总要优越一些。你们的出身是母系的。你们生活在充实之中，富于爱和感受的能力。我们这些崇尚灵性的人，尽管看来常常在指导和支配你们其他的人，但生活却不充实，而是很贫乏的。充实的生活，甜蜜的果汁，爱情的乐园，艺术的美丽国度，统统都属于你们。你们的故乡是大地，我们的故乡是思维。你们的危险是沉溺在感官世界中，我们的危险是窒息在没有空气的太空里。你是艺术家，我是思想家。你酣眠在母亲的怀抱中，我清醒在沙漠里。照耀着我的是太阳，照耀着你的是月亮和星星；你的梦中人是少女，我的梦中人是少年男子……”

纳尔奇思自我陶醉地一个劲往下讲，歌尔得蒙听得大大地瞪着一双眼睛。有几句话像利剑一样刺中了他；听到最后几句，他更变得脸色苍白，闭紧了双眼。纳尔奇思发现后吓了一跳。经他问起，歌尔得蒙才脸色惨白而有气无力地说：“有一次，我也当着你的面头脑昏昏，禁不住哭了起来——你该记得吧。这样的情况再不允许发生，我一辈子都不会原谅自己——而且也不会原谅你！现在你赶快离开，让我一个人待着，你刚才对我讲的话真可怕啊。”

纳尔奇思窘困异常。刚才他越讲越有劲，自己觉得比任何时候都讲得更好。这下子他可真大吃一惊，他有某句话极大地震惊了他的朋友，在什么地方伤害了朋友。他感到眼下很难让歌尔得蒙独自待着，于是犹豫了几秒钟。歌尔得蒙额头上的皱纹却警告他还是走开为好，他才满足朋友的心愿，留下他独自一人，自己心慌意乱地离开了。

这一次，歌尔得蒙内心的极度紧张没有化成泪水。仿佛他的朋友冷不防当胸戳了他一刀似的，他怀着绝望和深受伤害的心情，一动不动地站在那儿，呼吸急促，心口憋闷得要命，脸色蜡黄，双手僵硬、麻木。情况又跟上次一样可悲，不同的只是更厉害一些，喉头似乎被扼住了，有一种不得不正视某种可怕的景象时的难以忍受的感觉。然而，这一次他没有用哭泣来帮助自己解脱困厄。仁慈的圣母，这到底是怎么回事啊？难道发生了什么不测？难道有人谋害他？还是他自己杀了人？或者刚刚听见了什么可怕的话？

他呼哧呼哧地喘息着，心里绝望和难过得就像一个中了毒的人，感到自己必死无疑。他挣扎着逃出房间，下意识地选了修道院中人最少、最僻静的路线，穿过走廊，走下扶梯，到了空气新鲜的户外。这儿是修道院最里面的院子，中间有一个供修士们在十字架后面游行的回廊。只见院内一座座花坛绿意盎然，顶上映照着阳光灿烂的晴空；在从石穴中传出来的寒冽空气里，浮泛着玫瑰花沁人心脾的缕缕清香。

刚才于不经意间，纳尔奇思就做了他久已渴望做却未能做的事情：他唤出了迷惑着他朋友的那个恶魔的名字，并震慑住了它。他的某一句话触动了歌尔得蒙内心的秘密，使这旧日的隐痛又激烈地发作起来了。纳尔奇思在修道院内跑来跑去找他的朋友，可哪儿也找不着。

歌尔得蒙站在从回廊通往花园的石拱底下。在那些撑持这沉重石拱的圆柱上边，各有三个石刻兽头直愣愣地俯视着他，它们不是狗就是狼。少年心中的创伤又可怕地绞痛起来，哪儿也没有通向光明之路，哪儿也没有通向理性之路。死的恐怖扼紧了他的咽喉和心脏。他机械地抬起头来望着柱顶，看见了那三个兽头，顿时就产生出一个幻觉，好像它们是蹲在他的身体内，正在狠狠地瞪着他，冲着他狂吠。

“我马上就要死了。”他痛苦地感觉到，紧接着他又恐怖得颤抖起来，心里想，“马上我便会失去理智，马上这些野兽便会来吞掉我。”

他哆嗦着倒在圆柱脚边；他太痛苦了，痛苦到了极点。他终于感到眩晕，脑袋一耷拉，就进入了一种求之不得的不省人事的状态。

这一天，达尼埃尔院长心里颇不痛快；为了一点争着出风头的小事，两个一大把年纪的修士又大吵大闹，一同气急败坏地跑到他这儿来诉说对方的不是。他听他俩啰唆了很久很久，警告他们也不生效，最后只得赶走他们，给了他们每人一个相当严厉的惩罚；尽管如此，他心里仍感到自己这样处理也不会有效。他精疲力竭地退到小礼拜堂里祈祷了一会儿，祈祷完站起身仍未觉得轻松一点。这时在一股远远飘来的玫瑰花香的吸引下，他来到内院的回廊里，想呼吸呼吸新鲜空气。于是他发现了晕倒在石砖地上的歌尔得蒙。他难过地望着这个学生，看见那张往常十分英俊的年轻面庞竟变得如此苍白、憔悴，不禁大为震惊。今天真是个倒霉日子，瞧吧，又出了眼下这件事！他试图把少年抱起来，却力不从心。老人气喘吁吁地跑去叫来两个年轻修士，让他们把少年抬回自己房里，并安排懂医术的安塞尔姆神父去照料他。与此同时，他又差人去找纳尔奇思；不一会儿，纳尔奇思便来到了他面前。

“你知道了吗？”他问纳尔奇思。

“歌尔得蒙的事吗？是的，院长，我刚听说他病了，出了事，被人抬回房间去了。”

“嗯，我发现他卧倒在后院的回廊里，按理说，他是没有必要跑到那儿去的呀。他没有出什么大事，只是晕倒了。不过也让我伤脑筋。我仿佛觉得，你跟这件事肯定有点关系，或者知道些什么，他是你的知己嘛。所以我叫你来。讲一讲吧！”

与往常一样，纳尔奇思以镇定自若的态度和语气，简单地汇报了一下自己今天和歌尔得蒙的谈话，并且描绘了歌尔得蒙出人意料的强烈反应。院长听了直摇头，表情有些不快。

“真是些奇妙的谈话啊，”他说，同时强迫自己镇静下来，“根据你的描绘，这可以称为一次涉及他人灵魂的谈话，我想说，是一次由神父进行的谈话。可你并非歌尔得蒙的神父呀。你压根儿就没当上神父，连圣职都还没有哩。你怎么搞的，竟以导师的口气去和一个学生谈这些只有神父才能过问的事情？你瞧后果有多糟。”

“后果嘛，”纳尔奇思用温和而坚定的语气说，“我们暂时还不知道，院长。我只是对那强烈的影响稍感惊异；但是我不怀疑，我们这次谈话将对歌尔得蒙产生良好的效果。”

“后果我们会看到。我现在不谈它们，而要谈你的行为。是什么促使你与歌尔得蒙进行这种谈话的呢？”

“如您所知，他是我的朋友。我对他怀有特殊的好感，也自信特别了解他。您认为我像一个神父似的对待他。其实呢我并未僭越任何神圣的权威，只是觉得我比他自己更了解他罢了。”

院长耸了耸肩。

“我知道，这是你的特长。但愿你别因此闯下大祸才好。歌尔得蒙真病了吗？我想他有点不舒服吧？他感觉虚弱吗？睡不好觉吧？什么也吃不下吧？还是有什么地方疼痛？”

“没有，今天以前他是健康的。身体结实得很哪。”

“其他方面呢？”

“心灵的确是有病。您知道，他已处在开始和性欲做斗争的年龄。”

“我知道。他十七了吧？”

“十八了。”

“十八。噢，噢，够晚的啦。不过，这种斗争是人人都要经历的自然现象。所以也不能称他是心灵有病。”

“是的，院长，单单这点还不能。可是，歌尔得蒙从前心灵就有病，病了很久很久，所以眼下这种斗争对于他就比对于别的人更危险。据我看来，他还因为忘记了自己的一部分过去而苦恼着啊。”

“是吗？那是怎样的一部分呢？”

“是他的母亲以及与母亲有关的一切。这个问题我也一无所知，我知道的仅仅是：他的病根就在这里。因为歌尔得蒙自己讲，他对自己的母亲一点不了解，只知道他很早就失去了她。可是我有一个印象，他似乎因为她而感到羞耻。然而，又必定是她，让他继承了他现有的大部分天赋；须知根据他所讲的关于他父亲的一切来判断，这位父亲却不像是能有这样一个俊秀、多才而独特的儿子的男人。这一切我不是从报告中了解的，而是根据种种迹象推断出来的。”

院长一开始还暗自嘲笑纳尔奇思自作聪明，对整个事情也觉得麻烦和讨厌；可听完这一番话，他却陷入了沉思。他回忆起歌尔得蒙的父亲，那个颇有些装模作样的、不堪信赖的男人。他现在努力思索，便突然想起此人当时对他讲的几句关于歌尔得蒙母亲的话。他说她带给了他耻辱，从他身边逃跑了；他说自己费了很大的力气，想消除幼小的儿子对母亲的记忆，以及他从母亲身上继承下来的某些罪孽。他也确实成功了，儿子已志愿替母亲赎罪，把一生献给上帝。

对纳尔奇思，院长还从来没有像今天这样不喜欢过。可是尽管如此——这个好思索的人猜得多准啊，他看来多么了解歌尔得蒙啊。

最后，他又一次问起当天的情况，纳尔奇思回答说：

“歌尔得蒙今天受到了强烈的触动，这可并非我的本意。我只是想提醒他，他并不了解自己，而且已经把自己的童年和母亲忘记了。想必是我的某一句话伤害了他，触碰到了我已努力探寻过很久的隐私。他一下子失魂落魄地瞪着我，像不再认识我和他自己似的。我常常对他讲，他是在做梦，并不真正清醒。这一瞬间他可真让我给唤醒啦，我一点也不怀疑。”

纳尔奇思被打发走了，没有受到申斥，却暂时被禁止去探望病人。

这期间，安塞尔姆神父已把不省人事的少年放到一张床上，自己坐在他的身边。在他看来，用激烈的办法使少年苏醒，乃是不恰当的。歌尔得蒙看上去太虚弱；满脸皱纹的老神父怀着慈爱，久久地望着他。他暂时只摸了摸脉搏，听了听心跳。是的，他想小伙子准是吃了某种不能吃的东西，比如酢浆草或者别的什么来着，这个咱们心中有数。病人的舌头他看不见。他很喜欢歌尔得蒙；但歌尔得蒙的好友，那个年纪轻轻的、成熟过早的教员，他可有些讨厌。事实明摆在这儿：纳尔奇思肯定跟这桩蠢事有干系。这样一个天真活泼、眉目清秀的少年，这样一个可爱的自然之子，为什么偏偏又非得跟那个傲慢的学究成为朋友，跟那个爱慕虚荣的语法教员结成知己！对于这个学究来说，世间的一切生命都不如他那希腊文重要。

过了很久，当房门打开院长走进来时，老神父仍然坐在那儿，目不转睛地瞧着昏睡不醒的少年的脸。这是一张多么年轻、可爱、纯洁的脸庞呀；可是他眼下呆坐在旁边，奉命帮助这个少年，却又显得无能为力。不错，没准儿是肠绞痛，他可以开一些热葡萄酒或者大黄给他服用。然而，他对那张苍白而痛苦的脸看得越久，就越是情不自禁地怀疑到另外一个更加可虑的方面。安塞尔姆神父是有经验的。他在自己漫长的一生中，曾见过几次中了魔的人。

但要把这个怀疑讲出来，哪怕仅仅是对他自己，他也感到犹豫。他想等一等，看一看。可是，他气恼地想，这个可怜的少年要真中了魔，那罪魁祸首就不用到远处去找，而是要狠狠惩治这家伙才是。

院长走到床边，凝视着病人，轻轻地翻起他的眼皮看了看。

“可以唤醒他吗？”他问。

“我想还是等一等为好。心脏没有问题。我们不要让任何人来打搅他。”

“危险吗？”

“我想不。没有什么地方伤着，没有磕碰或跌倒的痕迹。他晕倒了，也许得了肠绞痛。痛得太厉害时也会失去知觉。要是中了毒，便会发高烧。不，他自己会苏醒的，生命没有问题。”

“不会是心理方面的原因吗？”

“我不想否认。谁知道呢？也许受了严重的惊吓？也许得到了什么噩耗？也许和人激烈争吵，受了羞辱？过一会儿一切都会明白的。”

“咱们吃不准。你注意，别放任何人进来。我请你留在他身边，直到他苏醒。情况要是恶化，你就叫我，哪怕夜里也要叫。”

临走前，老院长又俯下身去看了看病人。这时，他想起他的父亲，想起这个俊秀、爽朗的金发少年被送进修道院来托付给他的那一天，想起大家一下子都喜欢上了他的情景。他本人也很乐意看见他。纳尔奇思说得一点也不错：这孩子没有任何地方像他父亲！唉，咱们这么处处操心，结果却还是做得如此不周到！也许我在什么地方忽视了这个可怜的孩子吧？也许他的忏悔神父不适合吧？在修道院里，谁都不像纳尔奇思那样了解这个学生，这难道对吗？此人还处于试修期，既非修士也未受祝福，思想观念又有某种傲慢甚至于敌视世人的倾向，难道能帮助他吗？上帝知道，长期以来，纳尔奇思是不是也受到了不应有的对待呢？上帝知道，在恭顺的面具后面，他是不是掩藏着罪恶的目的，没准竟是个异教徒吧？不管这两个青年将来会变成什么样，他本人都有一份责任啊。

歌尔得蒙醒来时，天已经黑了。他感到自己脑袋空空洞洞，昏昏沉沉。他发觉自己躺在一张床上，但不知道这是什么地方；他也不去想它，心里满不在乎。可是，他刚才在哪儿呢？他不是曾在一个陌生的地方，经历了一些奇怪的事情吗？那地方非常非常遥远，他在那儿看见了一些景象，一些奇特的景象、美妙的景象，同时也是可怕的景象、难忘的景象——可是，他竟然还是忘记了。那是在哪儿啊？那出现在他面前的如此伟大、如此痛苦、如此幸福，后来又如此迅速地消失了的东西，究竟是什么啊？

他倾听自己的内心深处，还向今天突然间发生了什么事情的那地方倾听——可究竟发生了什么呢？一根根有着雕饰的圆柱滚动着，越升越高，他看见了狗脑袋，三个狗脑袋；他还闻到了玫瑰花的清香。啊，他刚才是多么痛苦！他闭上了眼睛。啊，他刚才真是痛不欲生！他又沉沉地睡去。

他又醒来了；但就在那匆匆逝去的梦境临消失前的一刹那，他看见了它，重又找到了那个形象，他的心一下子悲喜交加地痉挛起来。他发现，他的目光锐利起来了。他看见了她。他看见了那个伟大的、光明的、嘴唇丰腴而光彩照人的、秀发闪亮的女子。他看见了他的母亲。同时，他仿佛听见一个声音在说："你忘记了自己的童年。"可这是谁的声音呀？他倾听着，思索着，并且想起来了。这是纳尔奇思的声音。纳尔奇思吗？就在这一瞬间，一切都突然重现在他的面前：他恢复了记忆力，他什么都知道了。啊，母亲！母亲！山一般的隔膜，海一般的忘却，统统烟消云散。此刻，那个曾被遗忘了的女子，他所无比热爱的母亲，又用自己庄严的蔚蓝色的眼睛在凝视着他哩。

在床边的扶手椅里打盹的安塞尔姆神父醒来了。他听见病人在动，在呼吸。于是他小心翼翼地站起来。

“谁？”歌尔得蒙问。

“是我哩，别害怕。我点灯。”

油灯亮了，映照出一张满是皱纹的慈祥的脸。

“难道我病了吗？”少年问。

“你晕倒了，孩子。把手伸给我，我摸摸脉。你这会儿感觉怎样？”

“很好。我谢谢您，安塞尔姆神父，您真是太好了。我现在没什么不舒服了，我只是感到疲倦。”

“你当然疲倦喽。你很快又会睡着的。先喝口热酒，这儿已准备好了。让咱俩一起干一杯吧，孩子，为了友谊。”

说着他便提起酒壶来，放进一罐子热水里。

“刚才咱俩可睡了好一会儿。”老人笑着说，“你会想，瞧这个好医生呀，看护病人倒自己也打瞌睡呢。不错不错，咱俩都是人嘛。好，孩子，咱们现在来喝两口这种神奇的饮料；在这夜深人静的时刻，再没什么比在此偷偷地饮酒更美的事儿啦。干杯！”

歌尔得蒙笑起来，碰碰杯，呷了一口。这温暖的酒里有肉桂和丁香作香料，加了糖甜蜜蜜的，歌尔得蒙一生还从未喝过。喝着喝着，他想起自己已经病过一次，当时是纳尔奇思照顾他的。这次照顾他的人换成了对他非常慈爱的安塞尔姆神父。在这柔和的油灯下，在这夜深人静的时刻，能和老神父一起喝一杯既温暖又甜蜜的酒，使他觉得非常高兴、非常舒服、非常美妙。

“你肚子疼吗？”老人问。

“不。”

“是啊，我还想你一定是患肠绞痛哩，歌尔得蒙。原来根本不是。让我瞧瞧舌头。嗯，好，你的老安塞尔姆还是什么也没看出来。明儿你还得乖乖地躺着，到时候我再来给你检查。酒你已经喝完了吗？很好，它会对你有好处的。让我瞧瞧还有没有。要是分得公平，就还够咱俩一人半杯。——你真把我们吓得够呛呀，歌尔得蒙！像具死尸似的躺在后院回廊下。你真的肚子不疼吗？”

他俩笑起来，公公平平地分饮了剩下的药酒。老神父不停地说着笑话，歌尔得蒙感激地、开心地用他那对重又变得明亮起来的眼睛凝视着他。随后老人便离开少年，回自己房间睡觉去了。

歌尔得蒙还清醒地躺了一会儿。慢慢地，那些形象又从他的内心深处涌现出来，他朋友的话语又火烧火燎地跳荡在他的脑际。在他的心灵中，又出现了那位容颜艳丽的金发女子，他的母亲。她的倩影朝他扑面而来，犹如一股南风，犹如一片充满着生机、暖意、温柔和真诚告诫的祥云。噢，母亲！噢，我怎么忘得了你啊！

第五章

在这之前，歌尔得蒙对他母亲的情况也大概有些了解，只不过都是听别人讲的罢了；她的形象他却不再记得。而他自以为了解的少许情况，歌尔得蒙大部分都没有对纳尔奇思提起过。他不能谈这样一个母亲，他为她感到羞愧。她曾经当过舞女，出身于一个高贵但作风不良的异教徒家庭，是个美丽而放荡不羁的女性。听歌尔得蒙的父亲讲，是他把她从贫贱与耻辱中拯救了出来，因为不清楚她是不是异教徒，他就请人为她举行洗礼，教了她一些信奉宗教的知识；然后他娶了她，使她成了一位贵夫人。谁料温顺和正当的生活过了几年，她又故态复萌，干起她的老行当来了。她在家中闹别扭，勾引野汉子，几天几个礼拜地在外边鬼混，渐渐落了个女巫的恶名，尽管丈夫一次一次地把她接回家来继续收养，但她最后还是跑得不知去向。她的臭名还流传了一阵子，可也只是像颗扫帚星似的闪亮了几下，随即销声匿迹，永远没了踪影。开始几年，她使丈夫经受着不安、恐惧、耻辱和没完没了的惊骇，精神久久得不到恢复。情况好转以后，他不再想自己那个不可救药的老婆，而是一心一意教育自己的小儿子；这孩子无论身材和长相，都酷似他的生母。父亲精神受过打击，变得憔悴和虔信起来，竭力给歌尔得蒙的脑子里灌输一个信念：他必须献身于上帝，以赎补母亲的罪孽。

这大致就是父亲每次都要讲的关于自己失踪了的妻子的话，尽管他很不乐意旧事重提；在送歌尔得蒙进修道院时，他也向院长做过一些暗示。尽管全部经过歌尔得蒙也很了解，但像是一个可怕的传说，他已学会把它抛诸脑后，几乎已经忘记了。至于母亲的真面目，那个跟父亲和用人们以及阴暗、荒诞的谣传描绘的完全不同的形象，他倒真忘记得干干净净了。他已忘却曾和他朝夕生活在一起的真正的母亲。可是这时，他母亲的形象，他早年生活中的明星，又升了起来。

“真不理解，我怎么可能把她给忘了。”他对自己的朋友说，“一生中，我爱谁都不如爱我母亲，爱得那么无条件，那么炽烈；我尊敬谁都不如尊敬我的母亲，对她那么倾心，对于我，她崇高有如日月。上帝知道，这样一个光辉灿烂的形象怎么可能在我心中暗淡下去，渐渐变成了一个可怕的、苍白的、没有形体的女巫；许多年来，她对于父亲和我就是这样一个女巫。”

前不久，纳尔奇思的试修期满了，他穿上了修士衣。对待歌尔得蒙，他的态度也起了明显的变化。过去，歌尔得蒙把他的指点和劝告都常常当耳边风，认为是他自负和自夸的表现；在出了那件大事以后，他对自己朋友的智慧便钦佩得五体投地。这个神秘的人，他的许多话都像预言似的应验了；他把他看得有多么透彻，猜他生活中的秘密和隐痛有多么准确，医治他病根的手段又有多么灵验啊！

歌尔得蒙现在看上去真是健康了。不仅上次的晕倒没有留下后遗症，连他性格中某些少年老成、矫揉造作的表现也消失了，不再早早地就热衷于当修士，不再相信自己应该特别地侍奉上帝。这位少年自从恢复本性以后，就变得更年轻，也更成熟了。这一切，他全归功于纳尔奇思。

纳尔奇思呢，这段时间以来对自己的朋友却变得异常谨慎小心了。人家如此敬佩他，他却十分谦逊，眼睛中再没有高人一等和教训别人的神气。他发现歌尔得蒙从一些神秘的源泉获得了力量，这些力量对他本身是陌生的；他可能促进过这种力量的增长，但自己却没法获得它们。他高兴地看到他的朋友已无需他的指导，可有时又因此暗暗难过。他感到，自己是一级被跨越了的阶梯，一个被抛弃了的果壳；他看出，他如此珍视的友谊就要完结了。不过，他对歌尔得蒙仍比他自己了解得更深；歌尔得蒙尽管重新找到了自己的灵魂，准备服从自己心灵的召唤，可是他将被它召唤向何方，他本人还是不清楚的。虽然纳尔奇思看得清清楚楚，可是却无能为力；他这爱友的道路，将通向那些他自己永远不可能踏入的国度。

歌尔得蒙对于学识的渴望大大减弱了。就连与朋友探讨问题的兴趣也已消失；回忆起过去他与朋友的某些谈话，他觉得羞愧无比。纳尔奇思呢，这一段时间也感到了隐居、禁欲和做神功的需要，热衷起斋戒、长时间祷告、经常办告解和自愿苦修来了，可能是因为正式当了修士，也可能是受了歌尔得蒙的变化的启示。歌尔得蒙很愿意理解自己朋友的热诚，甚至愿意陪他一起做。自从恢复健康以后，他的直觉敏锐多了；对于自己的前途虽然还毫无所知，但他已十分清楚地感觉到了，并且因此常有些惶恐：他的命运已经安排定了，一个天真无邪、宁静平安的时期一去不返，他的身心全都紧张地为未来做好了准备。经常地，这种预感令他神往，使他长夜无眠，就像害着甜蜜的相思；经常地，这种预感又显得阴暗，使他觉得压抑。他久已失去的母亲回到了他身边，这是至高无上的幸福。可她的召唤将把他引向何方？引向动荡，引向纠葛，引向困厄，或者引向死亡。她不会引他走向宁静、舒适、安全；不会引他进入修士的斗室，终身过修道院生活；她的召唤和父亲的那些告诫水火不容，而那些告诫却长期被他误认为是自己的愿望。从这样一种经常是强烈而可虑的感觉中，从这样一种犹如切肤之痛似的灼热的感觉中，歌尔得蒙的诚笃获得了滋养。他长时间地反复祷告圣母，向她倾泻自己对于母亲的感情。可是，在祷告结束时，他却每每堕入一些他如今时常经历的奇特而美妙的梦，一些在大白天和半清醒状态下做的梦；他梦见他的母亲，他自己的全部感官都投入了活动。梦境中，母亲的世界用香气包围着他，用谜一般的爱抚的眼睛迷离地睨视着他，如同大海一样低吼着，发出宛如来自天国的私语声，跟母亲哄孩子的歌声一般毫无内容却充满情意；这时他舌头上尝到一种又甜又咸的味道，丝一般柔软的秀发拂动着他焦渴的嘴唇和眼睑。在母亲的世界里不止有全部的温柔，不止有蓝色的慈爱的目光，不止有预示着幸福的和悦的笑容，不止有亲昵的抚慰，也有一切恐惧和阴郁，一切欲望，一切罪孽，一切悲苦，一切的生和一切的死。

少年深深地沉溺在这样的梦中，深陷在这些由迷醉的思绪结成的网里。在梦里，不止有他珍爱的往昔又奇妙地复活了，不止有童年和母爱，有金子般灿烂的生命的早晨，也闪现着可怕而诱人的、既充满希望又包含危险的未来。在这些梦中，母亲、圣母和情人常常合为一体，使他有时醒来后觉得自己犯了可怕的罪孽，亵渎了神灵，虽死也不足以补赎；有时又觉得在这些梦中找到了拯救，找到了和谐。他面临着的是一个充满着各种秘密的人生，一个黑暗的、不可测知的世界，一座处处有危险的、神奇的莽林——然而这都是母亲的秘密，它们从她那儿来，也将领着他到她那儿去；它们就是她明亮的眼睛中那个小小的、黑黑的、像无底深渊似的圆圈。

从这些关于母亲的梦中，许多遗忘了的童年生活又浮现出来；在这遗忘的深谷里，又开遍了小小的回忆之花，颜色金黄，香气浓郁，使他想起了儿时的情感，儿时的经历，儿时的梦想。他曾梦见过一群群的鱼，黑黑地、银光闪闪地朝他游来，又冷又滑，游进他的身子，然后又穿了过去，犹如一些从更美好的现实世界带来祝福的使者，摇动着尾巴，影子似的消失在远方，祝福被带走了，只留下一些新的秘密。他常梦见游鱼和飞鸟，这鱼儿和鸟儿都是他的创造，都像他的呼吸一般从属于他，由他指挥，都像他的目光和思想似的从他的身体里放射出来，然后又回到他身体里去。他常梦见一个花园，一个有奇异的树、硕大的花、幽深的洞窟的魔园；草茎间闪烁着一些不知名的野兽的眼睛，树枝上盘蜷着一条条光溜溜的巨蛇；葡萄藤和灌木丛中挂着亮晶晶的大粒大粒的草莓，摘在手中便继续膨胀变大，流出血一般温暖的汁水，有的还眨着狡黠的眼睛；他摸索着倚在一棵树上，伸手去抓树枝，手却感到毛茸茸的，抬头一望，竟是一个人的胳肢窝。还有一次他梦见自己，梦见自己按其命名的圣者，梦见歌尔得蒙——克里索斯托姆斯；这位圣者有一张金口，他张开金口来讲话，这些话便变成一群小小的飞鸟，只听呼啦呼啦的一阵响声，这些鸟儿便飞向了远方。

有一次他梦见自己长大成人了，却像个孩子似的坐在地上，面前摆着黏土，用黏土捏出各种形状：一匹小马，一头公牛，一个小男人，一个小女人。他这样捏着十分开心，他为那些动物和男人都安上了大得可笑的生殖器，在梦中他感到这挺有意思。后来他玩腻了又往前走，却觉得背后有些生物，有些大而无声的东西在向他逼近，回头一望，不禁又惊又喜，原来他捏的那些小动物和小人都已经长大了，活了。它们一个个都像巨大的精灵似的，一声不吭地擦着他身边走了过去，而且还不断在长大，在大踏步地、默默地走进世界，最后竟大得像一座座高塔。

在这个梦幻世界，歌尔得蒙生活得比在现实世界更为充实。现实世界仅仅包括教室、庭院、藏书间、寝室和礼拜堂；它只是一个表面，只是蒙在那充满梦境的、超现实的形象世界上的一张薄薄的颤抖的皮。微不足道的一点东西便可以把这张薄皮戳个窟窿：在严肃的课堂上，一个希腊词充满暗示的音响，一股从安塞尔姆神父采集草药的口袋中飘出的清香，以及朝拱窗圆柱顶端的石刻叶蔓的一瞥——如此这般的种种小刺激，都足以戳穿这层现实的薄皮，使这宁静如死水的现实后面传出那灵魂的形象世界的声音，如巨流的咆哮，如溪涧的鸣响。一个拉丁词的起首字母变成了母亲香喷喷的脸庞，一声拖长的感叹变成了天国的大门，一些希腊文字母变成了奔马，变成了直立起来的蛇；等蛇无声地从树下爬走了，在原来的位置上便留下一页没有生命的语法。

歌尔得蒙很少谈这些情况，只是偶尔和纳尔奇思谈过关于他这个梦幻世界的暗示。

“我以为，”他有一次说，“路上的一片花瓣或一只小虫，都比整座图书馆的书能告诉我们更多的知识，都包含着更丰富的内容。用字母和文字，什么也讲不清楚。有时候，我随便写个希腊字母，不管是 θ 也好还是 Ω 也好，只要把笔尖轻轻一转，这个字母就摇起尾巴来，变成了一条鱼，转眼间它便让我想到全世界的大河小溪，想起了冰凉湿润的水，想起荷马史诗中描写的大海，想起圣彼得所走过的水面[1]；那个字母或者变成一只鸟，挺挺尾巴，耸耸羽毛，一振翅便欢叫着飞向了远方。——哦，纳尔奇思，这样的字母你也许不认为重要吧？我可以告诉你：上帝是用它们来书写世界的。”

“我很重视这样的字母，”纳尔奇思哀戚地说，“这是一些神奇的字母，用它们可以呼唤一切精灵。只不过，靠它们来搞学问自然是不适合的。精神喜欢坚实的、有形的东西，它愿意信赖它的那些符号，它喜欢现存的而不喜欢未来的，喜欢现实的而不喜欢可能的。它不能容许一个 Ω 字母变成一条蛇或者一只鸟。在自然界中，精神不能生存，它只能反其道而行之，只能做自然的对立面。现

1　参见《新约 · 马太福音》14：22—33。

在你相信我了吧，歌尔得蒙，我说过你永远不能成为一个学者？”

是的，歌尔得蒙早已相信了，早已同意了他的话。

“我压根儿不再坚持追求你们的精神啦。”他含笑说，“我与精神和科学的关系，就如我一度与自己父亲的关系：我一度以为自己很爱他，很像他，对他说的每一句话都坚信不疑。可是，一旦我的母亲回来了，我顿时又重新知道什么是爱；在她的形象旁边，父亲的形象立刻变得渺小，变得令人不愉快和几乎讨厌起来。如今我倾向于认为，一切精神的东西都是父性的、非母性的或者反母性的，应该受到我的轻视。”

他开玩笑似的讲着，却没能使自己朋友忧戚的面孔变得开朗起来。纳尔奇思无言地望着他，目光中满含着疼爱。随后他讲：“我很理解你。我们现在不用再争论下去；你觉醒了，现在也看出了你与我之间的差别，看出了产生于母性的人与产生于父性的人的差别，看出了心灵与理智的差别。而且你大概很快还会认识到，你生活在修道院和一心想做修士乃是一个错误，乃是你父亲的想入非非；他想以此赎你母亲的罪，或者也可能仅仅是向她报复。难道你仍旧认为，你是命定要在修道院里过一辈子吗？”

歌尔得蒙若有所思地端详着他朋友的手，见它们既细嫩、瘦削、白皙，又高贵、坚毅，谁也不可能怀疑这是一双禁欲主义者和学者的手。

“我也不知道。”他拉长了每一个音，以唱歌似的声调慢吞吞地说；一段时间以来，他讲话就是这个样子，“我确确实实不知道。你对我父亲的看法是不是太严厉了。他也是好不容易才熬过来的啊。不过你的判断也许不错。我进这里的修道院已经三年多了，他却一次都没来看过我。他希望我一辈子待在这里。这也许再好不过，我自己过去也曾这么希望。可今天我不再知道，我究竟想干什么和希望什么。从前一切都很简单，简单得就跟教科书里的字母表一样。而今可不再简单了，不再仅仅是字母表了，一切都意味深长，都变化无常。我不知道自己将变成什么样子，我暂时还不能考虑这些事情。”

“你也不需要考虑，”纳尔奇思说，“你要走的路自会展现出来。它已开始把你领回到自己母亲身边，离她越来越近。至于你的父亲，我对他的看法可不算太严厉。莫非你情愿回到他那儿去吗？”

“不，纳尔奇思，肯定不。本来等我一毕业，或者甚至现在，我就希望回去。尽管我不能成为学者，可也学了够多的拉丁文、希腊文和数学。不，我现在不想回到父亲那儿……”

他沉思着，凝视着前方，突然大声问：“可是，你怎么有本领经常向我讲一些话或提一些问题，使我心头豁然开朗，明白自己是个怎样的人呢？比如眼前这个我是否回到父亲那儿去的问题吧，它就突然使我明白，我是不愿意回到他那儿去的。你怎么能做到这点？你看上去什么都知道。你对我讲了一些关于你自己和我的话，乍一听我压根儿不理解，可事后却使我觉得非常重要！是你，告诉我自己的本源是母性的；也是你，发现我受了蛊惑，忘记了自己的童年！你从哪儿得到这种认识人的本领？我是不是也学得会这种本领？”

纳尔奇思笑吟吟地摇了摇头。

“不，好朋友，你学不会。有一种人能学会许多本领，但你不属于这种人。你永远不会成为一个善于学习的人。干吗学呢？你反正不需要啊。你具有其他一些天赋。你的天赋比我多；你比我更富有也更脆弱，你要走的路既比我美好，也比我艰难。想当初，你有时候不肯理解我，时常像匹小马驹似的反抗，有时候真叫我为难，不得已时只好使你痛苦。你还在做梦啊，我必须唤醒你。就连我让你想起自己的母亲，一开始也使你痛苦，非常非常痛苦，人家发现你躺在后院的回廊上，就像死了似的。又有什么办法呢！——嗨，别摸我的头发！噢，别这样！我受不了。”

“如此说来，我什么也学不会吗？我将永远是个傻瓜和小孩吗？”

“将来会有另一些你可以向他们学习的人。你能向我学到的东西，孩子，已经完了。”

“哦，不，”歌尔得蒙嚷起来，“我们不还成了朋友嘛！要是才共同走了一小段路就已到达终点，就该一刀两断，这还算是什么友谊呢！你讨厌我了吗？难道我让你吃够苦头了吗？”

纳尔奇思激动地来回走着，眼睛紧盯着地面，然后突然停在他的朋友跟前。

“算了吧，”他温和地说，“你清楚地知道，我是不讨厌你的。”

他用怀疑的目光端详着自己的朋友，随即又开始来回踱步，最后再一次地停下来凝视着自己的朋友，严峻而瘦削的脸上目光十分坚毅。他用低沉而果断的声音说：

“听着，歌尔得蒙！咱俩的友谊是很宝贵的；它曾经有一个目的，并且已经达到了，这就是唤醒了你。我希望它并没有完结；我希望它将再次更新，不断更新，并达到一些新的目标。但眼下已没有目标了。你的目标是不明确的，我既无法引导你，也没法陪伴你去达到它。问你的母亲吧，问她的形象吧，让她指引你！我的目标却是明摆着的，它就在这儿，就在修道院中，并且每时每刻在要求我去达到它。我可以做你的朋友，可是不允许对你恋恋不舍。我是一名僧侣，我已经宣过誓。我在接受祝福之前，将卸下教职，回到静室斋戒和祈祷几个星期。在此期间，我不能谈任何世俗的事情，因此也不能和你谈话。”

歌尔得蒙明白了话里的意思，哀伤地回答道：

“这么说，你现在就要做我本来也会做的事，要是我终身进了修士团的话。可是当你做完这些神功，斋戒够了、祈祷够了、打坐够了以后，你又打算干什么呢？”

“这个你清楚。”纳尔奇思回答。

“是的。过几年你将成为首席教员，也许还会当上校长。你将改革教学，扩大图书室。说不定你自己还会著书立说，是不是？怎么，不是吗？那你的目标又在哪里呢？”

“目标？”纳尔奇思微微一笑，“也许我死的时候会当上校长，或者当上修道院院长以至主教。反正一样。我的目标就是到能最好地造福世人的位置上去，找一片最能发挥自己特长和天赋的土壤，找一块尽量大的用武之地。除此别无抱负。”

“一位教士没有其他目标吗？”歌尔得蒙问。

“不，可追求的东西还有的是。”纳尔奇思回答，“一个修士可以终身学习希伯来文，诠释亚里士多德的著作，或者修饰院里的教堂，或者关起门来沉思默想，以及做千百种其他的事情。但对我来说，这些全不是目的。我既不打算增加院里的财富，也不打算改革教团或者教派。我只想按自己的理解，在自己力所能及的范围内，为灵性服务。这不也是一种抱负吗？”

歌尔得蒙把这个回答考虑了很久很久。

“你是对的，”他说，“我大大地妨碍你去实现自己的抱负了吧？”

“妨碍？哦，歌尔得蒙，谁都没有像你这样促成过我。不错，你带给了我某些困难，可我并不是害怕困难的人呀。我从困难中学到了本领，而且已部分地把它们克服了。”

歌尔得蒙打断他，半开玩笑似的说：

“你克服得很不错哩！可是你说说看，你如此帮助我，指点我，解脱我，恢复我心灵的健康——你这是否就算真正为灵性服务呢？你这么干，看起来已使修道院失去了一名热心的、志愿的试修士，没准甚至给灵性教育培育出一个敌人；此人要做、要信仰、要追求的一切，都正好是与你认为好的东西相反啊！”

“为什么不算呢？”纳尔奇思一本正经地说，“我的朋友，事到如今，你对我仍不很了解啊！诚然，看起来我帮助你的结果，是使将来少了一名教士；不过，却又为一个了不起的人物铺平了道路呀。即使明日你把我们美丽的修道院一把火整个烧毁了，或者你向世界宣布某种疯狂的异端邪说，我都一刻也不会后悔自己帮助你走上了这条道路。”

说着，他把双手亲切地搭在自己朋友的肩上。

“听着，亲爱的歌尔得蒙，这也属于我的抱负：将来，不管当了教师或是院长，或是忏悔神父以及其他什么职务，我都绝不至于碰见一个杰出的、特殊的人而不愿理解他，开导他，促进他。并且我告诉你：将来不管你和我变成了多么不同的人，不管我们的处境多么不一样，一旦你觉得需要我并真诚地对我发出呼唤，我都绝不会置之不理的。绝不会。”

这段话听起来恰似一段告别辞，而且确实含有惜别的滋味。歌尔得蒙站在朋友面前，注视着他，注视着他那坚毅的面孔和矢志不移的眼神，心中真切地感到，他俩如今已不再是弟兄和伙伴，不再是同样的人；他们的道路已经各向东西了。站在他面前的这一位不是梦想者，也无须等候命运的召唤；他是一名修士，已经以身相许于一种牢固的秩序和职责，已是修士团、教会和精神的仆人兼战士。他本人呢，他今天已明白自己不属于这个地方，他没有故乡，等待着他的是一个陌生的世界。他母亲的遭遇一度也是如此。她抛弃了故乡和家庭，抛弃了丈夫和孩子，还有社会和秩序，还有职责和荣誉，走向了不可测知的远方，说不定早已沉沦在那里。她漫无目标，正像他也没有目标一样。所谓矢志不移，这是其他人的事，不是他的事。啊，这一切情况，纳尔奇思早在很久以前就看得清清楚楚，预言得十分正确了啊！

第二天，纳尔奇思已销声匿迹，像是突然学会了隐身术似的。他的课由另一位教员上了，他在图书室中的座位也总是空空的。他还在院里，他还没有完全隐遁，有人偶尔还看见他走过后院的回廊，听见他在某座小礼拜堂中喃喃诵经，双膝跪在石板地上。大家知道，他这是开始在做那个大的神功了，他得斋戒并一夜起来祷告三次。他还存在着，却进入了另一个世界。人们能看见他，虽说次数极少；可是不能接近他，与他交往，和他谈话。歌尔得蒙知道：纳尔奇思会再度出现，会重新走上讲台，坐到他在斋堂中的位子上，会重新开口讲话——然而，过去的一切都不会再有，纳尔奇思将不再是他的纳尔奇思。他这么想着，心里也明白了：修道院和僧侣生活，语法和逻辑学，学习和精神，这一切对于他之所以重要和值得留恋，完全是因为有过一个纳尔奇思。他的榜样曾经吸引歌尔得蒙效法，曾经是歌尔得蒙的理想。不错，还有院长，歌尔得蒙也曾经尊敬他，爱戴他，视他为崇高的楷模。但其他那些人，那些教师，那些同学，那间寝室，那间斋堂，那些功课，那些练习，那些神功，这整个修道院——没有纳尔奇思，它们不是都和他毫不相干了吗？他还在这儿干什么呢？他等待着，他站在修道院的屋顶下等待着，像是一个漂泊者遇上大雨偶然站到某处屋檐或大树底下，仅仅为了等待，仅仅作为过客，仅仅出于对这不好客的异地的恐惧。

在此期间，歌尔得蒙的生活中剩下的只有犹豫和离情别绪。他去踏访了所有使他留恋或者对于他有意义的地方。他十分惊讶地发现，令他感到难分难舍的人和脸孔竟如此之少，就只有纳尔奇思和达尼埃尔老院长，以及善良慈祥的老神父安塞尔姆，或者再加上和蔼可亲的看门人和住在附近的那个乐天的磨坊主——而且就连这些人，现在对于他也已是不现实的了。使他更难以割舍的倒是礼拜堂中那尊高大的圣母石像，以及大门旁边的使徒石像。在这些石像前，在唱诗班座席的精美雕饰前，在后院回廊间的喷泉和刻着三个兽头的圆柱前，他久久地伫立着。有时他又走进院子，倚身在那些菩提树上，在那棵栗子树上。这一切都有朝一日会被他回忆起来，成为他珍藏在心中的一本小小的画册。然而眼下，在他还置身于其中的时候，这一切对于他来说已开始消失，已渐渐失去真实性，变成了某种幽灵似的往昔的事物。他仍然和自己喜欢的安塞尔姆神父一块去采草药，仍然上磨坊去看长工们干活，不时地还应邀坐下来喝一杯酒，吃一点烤鱼；然而一切对他已显得陌生，多半已经像是回忆。他的朋友纳尔奇思尽管在光线昏暗的礼拜堂和忏悔室中走动着，生活着，但对于歌尔得蒙来说他已经成了一个影子，同样，他周围的一切已失去现实性，已弥漫着一派秋意和伤逝的情绪。

真实而活跃的只有他的内心生活，只有不安的心悸、焦灼的渴慕，只有梦境中的苦和乐。只有在梦中，他才感到踏实，于是便全心全意地去做梦。在读书或学习的时候，在同学中间坐着的时候，他会突然神不守舍，忘记一切，完全沉湎在内心的激流和声浪中，任其将自己卷入一道道深不可测的峡谷，一道道色彩缤纷、充满着神秘音乐和奇妙景象的峡谷。在这些峡谷里，所有的音响都美如他母亲的歌喉，万千景物都亲切得像他母亲的明眸。

第六章

一天，安塞尔姆神父把歌尔得蒙叫到他的药房里；这是一间香气扑鼻的舒适小屋，歌尔得蒙对里面的情况已经非常熟悉。老神父取出一件夹在纸页中间的干干净净的植物标本给他看，问他是否认识这种植物，能否详细讲出它在野外生长的模样。歌尔得蒙说可以；这种植物叫小连翘。他详细地描绘了小连翘的特征。老神父很满意，就给了他年轻的朋友一个任务，让他下午去采一捆这种植物回来，并告诉他哪些地方长得最多。

“你下午就可以不上课了，亲爱的。你大概不会反对，你反正不会损失什么。了解自然也是一种学问，学问不单单存在于你们那些枯燥的语法书中。”

歌尔得蒙连声道谢；他很乐意出去采几小时野花，而不情愿坐在教室里面。为了使事情更圆满，他又去请求厩舍管理人把布莱斯借给了他。一吃完午饭，他就去把马牵出来，跃上了很亲热地迎接他的布莱斯，心满意足地急驰到温暖光明的野外去了。他慢悠悠地走了一个多钟头，沿途呼吸着清新的空气和野花的芳香，特别是享受骑马本身的乐趣。然后他才想起自己的任务，便选择了一处安塞尔姆神父对他描述的那种地方。他把马拴在一棵遮荫的枫树底下，凑着马耳朵唠叨了半天，给了它一个面包吃，最后才跑去寻找要采集的植物。那儿是几块荒芜的庄稼地，杂草丛生，在盛开着天蓝色花朵的苦荬和枯黄的蓼草中间，立着几棵可怜巴巴的罂粟，茎上的最后几朵小花已经泛白，种子已经成熟的荚儿倒相当多；在两块庄稼地之间堆着一些乱石，乃是蜥蜴栖居之所。歌尔得蒙在这里发现了头几丛开着黄花的小连翘，便采摘起来。他采了一大把以后，就坐在石头上休息。天气很热，他很希望能到一处远远的树林边上的浓荫下去乘一会儿凉；可是他又丢不下他采集的小连翘和他的马，在这里他还能看得见它。他仍旧坐在热乎乎的石头上，静静地一动也不动，观察着刚才逃跑的蜥蜴又如何慢慢地爬了回来，呼吸着小连翘的清香，他同时对着阳光举起它的几片小叶子，察看叶面上无数微小的孔眼。

真奇妙啊，他想，这千万片小叶子中的每一片都有这些由细孔构成的图案，像精美的刺绣，又像布满繁星的夜空。这些蜥蜴，这些植物，这些石块，总之一切的一切，都是多么奇妙而不可理解哟。安塞尔姆神父很喜欢他；如今老人不能自己来采这些小连翘了，他的腿得了病，有些日子完全动弹不得，连老神父的医术也治不了他自己的病。说不定他很快就会在哪一天死去；到那时，他那小屋中的草药还继续散发着香味，可老神父本人却不在了。但他也可能再活很久，也许十年二十年，而且总是有着那么一头稀疏的白发，以及眼睛周围密密的笑纹；可他歌尔得蒙自己又将如何呢？二十年后，他本人会变成什么样子呢？唉，一切都是难以理解的和可悲的，虽然也挺美妙。而人们却什么都不清楚。人活着，在世界上到处奔波，或者骑着马穿过一座座森林，并且看见许许多多的事物，有的对他提出要求，有的使他产生希望，有的唤起他的渴慕。夜空中的一颗星星，一朵蓝色的铃铛花，一片芦苇环绕的绿意盈人的湖水，一个人或一头牛的眼睛，诸如此类，一看见它们，他就觉得似乎立刻会发生什么见所未见却渴望已久的奇迹，遮掩着一切东西的帷幕就会揭开；可是时间过去了，什么都没有发生，谜仍然没有解答，神秘的魔法仍然未能奏效；到最后人就会老，模样就会像安塞尔姆神父那样可笑，或者像达尼埃尔神父那样可敬，到那时也许他仍然一无所知，仍然等待着，倾听着。

歌尔得蒙拾起一个空蜗牛壳；这蜗牛壳在石头中间发出叮叮的声音，让太阳完全晒烫了。歌尔得蒙潜心地观察着壳上的图形，以及那一条凹进去的螺线，那形状怪异的尖顶，那闪着珍珠光泽的空洞。他闭上眼睛，以便只用手指去触摸和感觉出那些形状；这在他已是一种老习惯和消遣了。蜗牛壳在他的指间转动着；他轻轻地、珍爱地将它抚来摸去，心中对于造化的奇妙充满了欣喜。他做梦似的想，学校和科学的弱点之一，就在于看来有一种精神倾向，总是把一切东西都看作和描绘成仿佛是平面的，只有长度和宽度两个尺寸。他觉得，他这样已概括出了整个理性世界的缺陷和无价值。可是，他没有能把这个想法巩固下来，蜗牛壳便从他手指间滑落了。他感到疲倦，想打瞌睡，脑袋歪在正慢慢枯萎的、越来越香的小连翘上，于是在太阳光下沉沉地睡去。一群群蜥蜴从他皮靴上爬过，小连翘在他的膝盖上蔫了下去。布莱斯在枫树底下已经等得不耐烦。

这时，从远处的林边走来一个人，一个穿着泛白的天蓝色裙子的少妇，黑油油的头发上包了块红头巾，面孔晒得黝黑。少妇越走越近，手里提着个小包，嘴里衔着朵火红的小丁香花。她看见坐在那儿的少年，从一旁久久地端详着他，既好奇又疑心，发现他在睡觉。她光着一双黧黑的脚，轻手轻脚地凑过来，站在歌尔得蒙面前细细将他端详。她的疑惧消除了，这酣睡的美少年不会是一个危险人物，他很逗她喜欢哩——不过他怎么来到了这荒野里？她发现他采了些花，花都已经枯萎，于是她微微笑了。

歌尔得蒙睁开眼睛，从梦幻的森林回到了现实中。他的头枕得软软的，原来是躺在一个女人的怀里，一双陌生的温柔的棕色眸子正从头顶注视着他，他的眼里则流露出诧异和睡眼惺忪的神色。他并不害怕，因为感到并无危险，那双温暖的棕色眼睛像星星一样，显得非常和蔼。少妇望着他吃惊的眼神嫣然一笑，笑得那么温柔可爱，歌尔得蒙不禁也慢慢笑了。少妇的嘴唇便凑到他微笑的嘴唇上来，以轻轻一吻作为邂逅之初的问候，歌尔得蒙不由得立刻想起在村子里的那个晚上，想起那位拖着两条辫子的小姑娘。可是这吻还没有完，少妇的嘴久久逗留在他的嘴上，嬉戏着，挑逗着，临了还用尽全力吸住他的嘴唇，贪婪得似乎要吸去他的血液，直到使他内心深处的情感完全醒来。在长时间无声的戏弄中，皮肤黝黑的少妇耐心地指点着他，听凭着他任意摆布，让他探索寻找，让他爱火炽烈燃烧，然后再使他的爱获得满足。短暂的爱的欢娱恰如一个罩在他头顶上的天穹，金光闪烁，烈焰熊熊；随后天空慢慢暗淡下来，光焰完全消失。歌尔得蒙闭着眼睛躺着，脸贴在少妇的胸脯上。没有讲一句话。少妇一直静悄悄的，手抚弄着他的头发，让他慢慢恢复过来。他终于睁开了眼睛。

“喂，”他问，“我说，你叫什么？”

“我叫莉赛。”她回答。

“莉赛。”他重复着，琢磨着这名字。然后他说：“莉赛，你真好。”

她把嘴伸到他耳朵边，轻轻问：“喏，第一次吗？在我之前还没有爱过任何女人吧？”

他摇摇头，随后蓦地坐起来，环顾四周，眺望田野，仰视天空。

“啊，”他嚷道，“太阳快下山了。我得马上回去。”

“回哪儿去？”

“回修道院，去见安塞尔姆神父。”

“去玛利亚布隆？你是从那里来的吗？你不乐意留在我身边？”

“乐意。”

“那就留下呀！”

“不，这不行。我得再采一点草药。”

“你是修道院的人吗？”

“是的，我是个学生。不过我不愿再待在那里了。我可以来找你吗，莉赛？你住在哪儿？你的家在什么地方？”

“我不住在任何地方，我的宝贝儿。难道你不肯把你的名字告诉我吗？——噢，你叫歌尔得蒙？那么再吻吻我吧，小金口[1]，然后你就可以走啦。”

“你说不住在任何地方？那你在哪儿睡觉呢？”

“如果你愿意，就和你睡在林子里或者草堆上。你今晚上来吗？”

“来。可去哪儿呢？在哪儿能找到你？”

“你会学小猫头鹰叫吗？”

“从来没试过。”

“那就试试呗。”

歌尔得蒙努力学小猫头鹰叫。莉赛笑了，感到很满意。

“这样你今晚从修道院出来就学小猫头鹰叫，我会待

---

1 歌尔得蒙这个名字在德文中有“金口”的意思。

在附近的。我让你喜欢吗，小金口，我的小乖乖？”

“哈，莉赛，你让我很喜欢。我会来的。上帝保佑你，现在我可得走啦。”

暮色苍茫中，歌尔得蒙骑在热汗蒸腾的马背上赶回修道院，很高兴地发现安塞尔姆神父正忙得什么似的。一个修士在小溪里踩水玩，脚让一块碎石戳破了。

现在应该去找纳尔奇思。他向一个在斋堂中值日的修士打听。人家回答他说不知道，纳尔奇思不来吃晚饭，他正在斋戒，没准这会儿已睡觉去了，因为夜里还得起来念经。歌尔得蒙急忙走去。相当长一段时间以来，他的朋友就住在很里面的一间苦修室里。他不假思索地奔到那儿，把耳朵贴在门上倾听。什么动静也没有。他悄悄走进房去，全然不顾这是严格禁止的。

在一张窄窄的木板床上躺着纳尔奇思，黑暗中恰似一具尸体，面色苍白，脸庞瘦削，仰面僵卧着，两只手在胸前交叉成一个十字，可是睁着眼睛，并没有睡着。

他一声不吭地瞅着歌尔得蒙，没有责备他的朋友，但仍旧一动不动，显然已经沉潜到另一个世界中，变成了另一个时间和空间中的人，很难认出他的朋友，听懂他的朋友的话了。

“纳尔奇思！原谅我，原谅我，亲爱的，原谅我打扰你；这可不是我一时兴起啊。我知道，你现在不能和我谈话，可尽管如此，我还是求你和我谈一谈吧。”

纳尔奇思思索着，眼皮用劲地眨巴了好一会儿，似乎想努力清醒过来。

“很必要吗？”他声音微颤地问。

“是的，很必要。我来是向你告别的。”

“那确实必要。不能让你白白跑来。坐下吧，坐在我身边。时间只有一刻钟，然后该开始第一次祷告了。”

他撑起身来，瘦骨嶙峋的身体坐在光板床上；歌尔得蒙挨着他坐下。

“原谅我吧！”歌尔得蒙深为内疚地说。这苦修室，这光板床，纳尔奇思那过度失眠和过度紧张的脸，那半醒不醒的眼睛，一切都清楚表明，他到这儿来是太冒昧了。

“没什么好原谅的。不用担心我，我一切很好。你讲，你想告别？这么说，你马上就要走吗？”

“我今天就走。唉，我怎么对你说好呢！一切都是突然间决定的。”

“是你父亲来了，或是他带了信来？”

“不，完全不是。是生活自己到我身边来了。我将离开，不遵父命，也不管允许不允许。我给你带来耻辱了，我准备逃走。”

纳尔奇思低头看着自己修长而白皙的手指；它们从宽大的袍袖中伸出来，细瘦得几乎像幽灵的手一般。

“我们时间很少，亲爱的，所以只能谈必须谈的话，而且得简单明了。要不让我来讲讲你发生的事情吧？”纳尔奇思说。在他说这些话的时候，可以感觉出他在微笑，但不是从他严峻而极度疲惫的脸上，而是从他的声音中。

“你讲讲吧。”歌尔得蒙请求说。

“你恋爱啦，小伙子，你认识了一个女人。”

“你这会儿怎么又能知道呢！”

“是你自己让我一下就看出来的。你这模样，啊，兄弟，具有一切被人称作热恋的醉态的特征。噢，就说出来吧。”

歌尔得蒙羞怯地把双手搁在朋友的肩上。

“刚才你已经讲了。不过这次你讲得不好，纳尔奇思，不正确。情况完全两样。我到野外去，被热辣辣的太阳晒得睡着了，醒来发现自己的头枕在一个漂亮的女人的膝头上，马上我就感觉出，是我的母亲来带我去了。不是我把这个女人当作自己的母亲；她有的是棕色的眼睛和黑头发，我母亲的头发却跟我一样是金黄色的，样子完全两样。但尽管如此，这还是她，还是她的召唤，是她送来了信息。就像出自我心中的梦境似的，突然来了这么个漂亮的陌生女人，把我的头抱在她的怀里。她朝我微笑着，可爱得就像一朵鲜花；她对我那么温柔，经她一吻我就觉得自己已经融化，身上有一种奇异的痛快感觉。我曾经感到过的一切渴慕、一切梦想、一切甜蜜的恐惧、一切沉睡在我心中的秘密，蓦然间统统苏醒了，统统起了变化，统统显得神奇起来，统统有了意义。她教我了解到一个女人意味着什么，有怎样的秘密。在半个钟头内，她使我长大了许多岁。如今我懂得了许多事情。我还突然间明白过来，我已不能再在这所房子里待下去了，一天也不能再待下去。天一黑，我就要走了。”

纳尔奇思倾听着，点着头。

“这可来得突然啊，”他说，“但也是我预料中的事。我将常常想念你。你一走我将感到怅然若失，兄弟。我能够帮你做点什么吗？”

“如果可能，请告诉咱们的院长一声，请他别完全当我是个坏蛋。在这所修道院中，除了你以外，他是唯一一个我不希望对我产生不好的想法的人。他和你。”

“我知道……你还有其他愿望吗？”

“对了，还有个请求。你将来要想起我，就为我祈祷祈祷吧！还有……我感谢你。”

“感谢什么，歌尔得蒙？”

“感谢你的友情，感谢你的耐心，感谢一切。还感谢你今天听我讲这些，在这么个使你很为难的时候。还感谢你没有企图劝我留下。”

“我怎么会愿意留下你啊？你知道我对这事的想法。可是你将去向何处呢，歌尔得蒙？你有个目的地吗？你想去找那个女郎吗？”

“是的，我同她一起走。目的地我却没有。她是个外乡女人，无家可归，看样子也许是个吉卜赛女郎。”

“原来如此。可你说说，朋友，你可知道，你和她一同走的路将是很短的吗？你不应过分依靠她，我想。她也许有亲戚，也许有丈夫；谁知道这些人会怎样对待你呢。”

歌尔得蒙倚靠在自己的朋友身旁。

“这我知道，”他说，“虽然在此之前还未曾想过。我已经告诉你：我并无一定的目的地。就连那个待我非常温柔的女人，她也不是我的目的地。我到她那儿去，但并不是为了她。我之所以走，是因为必须走，是因为我听到了某种召唤。”

他沉默下来，叹了口气；两人紧紧依偎地坐着，既哀伤，又幸福，因为他们感到自己的友谊是牢不可破的。最后，歌尔得蒙又说：

“你可千万别以为我完全在盲目行事，毫无预感。不是的。我愿意走，是因为我感觉到必须走，是因为我今天经历了那件如此奇妙的事情。但是，我并未想象此去只会得到幸福和欢乐。我想，道路将是艰难的。然而它也会很美好，我希望。能属于一个女人、委身一个女人就很美好啊！别笑话我，要是我讲的话听起来有些蠢。可你瞧：爱一个女人，把自己交付给她，将她紧抱在怀里，感到自己被她紧紧搂在怀里，这与你称作‘热恋’而且略加讥笑的那种感情，难道不是一回事吗？可这没有什么可讥笑的。对于我来说，这是走向生活之路，是使生命变得有意义的路。唉，纳尔奇思，我不得不离开你！我爱你，纳尔奇思；我也感谢你今天为我牺牲一些睡眠。离开你，我十分难过。你不会忘记我吧？”

“别再折磨你的心和我的心啦！我永远不会忘记你！我请求你将来再回到这儿来。我期待着这一天。要是什么时候你的处境险恶，你就到我这儿来吧，或者呼唤我吧。

别了，歌尔得蒙，愿上帝与你同在！”

纳尔奇思站起身。歌尔得蒙拥抱了他。因为他知道自己的朋友对亲昵的表示怀有反感，他没有吻他，只摸了摸他的手。

夜幕降临，纳尔奇思随手关上苦修室的门，到外面的礼拜堂去了。他的木屐走在石头地上，发出啪啦啪啦的声音。歌尔得蒙以充满爱怜的目光伴送着他瘦削的背影，直至他像个影子一样消失在走廊尽头，为礼拜堂入口的黑暗所吞没，被祈祷、职责和德行所吸收与消耗得干干净净。啊，这一切是多么奇怪、多么稀罕、多么颠倒和混乱啊！就说今天的事，也够稀罕和令人惊异的了：仅仅为了服务于灵性，成为圣言的仆人，纳尔奇思正耽于沉思默想，精力让斋戒和不眠消耗殆尽；他的青春、他的心、他的感官都已钉上了十字架，为此做了牺牲；他正受着最严格的、顺从的磨炼。而为爱情所陶醉了的歌尔得蒙，却满怀激情，心花怒放，偏偏在这样一个时刻来到了自己的朋友面前！只见他躺在苦修室里，筋疲力尽，面色苍白，双手骨瘦如柴，完全像个死人的样子；可是朋友一来，他顿时又神志清醒，和蔼可亲地接待他，听这个身上还散发着女人气味的情郎述说自己的艳遇，为他牺牲了自己两次祈祷中间短暂的休息时间！真是奇怪啊，真是美妙啊，世界上也有这样一种无私的、完全精神化的爱！比起今天在阳光灿烂的野地里的那种爱，比起感官的陶醉和忘情嬉戏，这种爱是何等不同啊！然而，两者同样是爱。唉，在这最后的时刻，纳尔奇思再一次向他清楚地表明，他们完全是不同的两种人，彼此毫无相似之处；随后他便从歌尔得蒙的眼前消失了。此刻，纳尔奇思已双膝酸软地跪在祭坛前，清心寡欲，准备好度过一个始终进行着祈祷和沉思的长夜，一个充其量只能休息和小睡两小时的长夜。而他歌尔得蒙呢，却要离开修道院，到某一处的大树下去找到他的莉赛，与她一起重温那甜蜜的、野兽般的乐事！对此，纳尔奇思一定可以讲出一番值得玩味的道理来。可现在他歌尔得蒙不是纳尔奇思。他没有责任去探究这些美妙却令人悚惧的谜和迷津，讲出一番大道理。他注定要让自己在这不可预知的、愚蠢的歌尔得蒙式的路上走下去。他的任务是热恋，是爱，爱那个等待着自己的美丽温柔的年轻女人，也同样爱自己正在深夜的礼拜堂中祈祷的朋友。

他心中百感交集，矛盾重重。可在他从院子里的菩提树下悄悄地走过来，寻找着穿过磨坊的出口时，他突然想起那天晚上曾与康拉德一起顺着这同一条路溜出修道院，

“到村子里去”，便不由得笑了起来。当初他在做那次小小的违禁夜游时，他是多么激动和战战兢兢哟；而今天他将一去不归，永远走上犯禁和布满危险的道路，心中却毫无畏惧，既未想到看门人，也对院长和教师无所顾忌。这一次小溪上没有搭木板，他必须涉水过去。他脱掉衣服，扔到对岸，然后赤裸裸地走进了深而湍急的溪流。冰冷的溪水一直淹到了他的胸口。

当歌尔得蒙在对岸重新穿上衣服的一瞬间，他的思绪又回到了纳尔奇思身上。而今他已看得清清楚楚，自己此刻正干着纳尔奇思所预言的事情，正走着他指引给自己的道路，心中很为羞愧。那位聪明而又颇喜欢嘲笑人的纳尔奇思的形象，又历历出现在他眼前，是他听自己讲过那么多傻话，是他在关键时刻忍痛拨开了自己眼前的雾障。纳尔奇思当时说的一些话，此刻还清晰地回响在他耳畔：

“你酣眠在母亲的怀抱中，我清醒在沙漠里。……你的梦中人是少女，我的梦中人是少年男子……”

转瞬间，歌尔得蒙的心冷得紧缩起来，孤独地站在黑夜里，内心充满了恐惧。身后躺卧着修道院，虽说它并非自己真正的故乡，却也是他热爱过和长期居住过的地方。

与此同时，他又产生了另一个方面的感触：如今纳尔奇思已不能再做他的引路人和提醒者，事事给他以忠告和指点了。眼下，他感到自己已踏进另一个世界；在这个世界里，他只能独自去寻找道路，纳尔奇思再也无法指引他。他为自己觉悟到这一点而高兴；他在回顾自己不得不仰赖他人的那段时间时，感到抑郁和羞惭。如今他心明眼亮，不再是个小孩和学生了。知道这一点是很愉快的。然而，离别又多么令人难过啊！明知他还跪在那边的礼拜堂里，却什么也不能给他，不能帮助他，不能安慰他！即将长时间甚至是永久地和他天各一方，不知道他的任何情况，再也听不见他的声音，再也看不见他那双高贵的眼睛。

歌尔得蒙定了定神，沿着石砌的小路走去。走了一百步光景，他停下来猛吸一口气，尽可能像地学了一声猫头鹰叫。从小溪远远的下游，传来了同样的叫声。

“瞧我们像动物一样在互相呼唤。”他不禁想，同时回忆起了当天下午相爱的时刻。直到此刻他才意识到，他跟莉赛之间只是到了最后，也就是在爱抚和亲热结束时，才交谈了几句，并且仅仅讲了几句无关紧要的话！可他与纳尔奇思一谈就多长时间啊！是的，他觉得，他如今走到一个无须讲话的世界中来了，人们只用猫头鹰的啼叫相互引诱，语言是没有意义的。他也乐意这样，他今天不再需要语言和思想，他只需要莉赛，只需要那种无言的、盲目的、沉默的感受和摸索，只需要那种带着喘息的融化。

莉赛已从对面的树林中迎着他走来。他伸出双手去摸索她，温柔地抱着她的头、她的头发、她的脖子、她的纤腰、她的丰臀。他用一只手搂着她继续往前走，没有说话，也没有问去哪儿。莉赛在黑幽幽的林子里大步走着，他很吃力地跟着她；她的眼睛似乎跟狐狸和黄鼠狼一样能看穿黑夜，走起来丝毫不磕磕碰碰、跌跌撞撞。他任凭她领着自己走进黑夜里，到森林里去，到那个没有语言、没有思想、朦胧而神秘的国度里去。他什么都不再想了，不再想已经离开的修道院，不再想纳尔奇思。

他们默默地在林中跑了一段黑路，脚下时而踩着松软的苔藓，时而踩着坚硬的树根。一会儿，透过高大稀疏的树顶，在他们头上闪现出一角星空；一会儿，四周又漆黑一片，矮树枝不时抽打着他的脸，刺莓藤不时勾住他的衣服。莉赛条条路都熟悉，条条路都走得通，极少停脚，极少迟疑。走了一阵，他们来到一个稀稀落落长着几棵松树的地方，头顶展开了广阔的夜空，森林已到尽头，迎接他们的是一片长满芳草的幽谷，空气里弥漫着干草的清香。

他们涉过一条无声无息地流淌着的小溪。在这片开阔的空地上，听不见树叶的喧哗声，听不见夜鸟的逃窜声，听不见枯枝的折断声，显得更加宁静。

莉赛在一个很大的干草堆前站住了。

“咱们就待在这儿。”她说。

他们坐在干草里，先喘了喘气，休息了一会儿；两人都走累了。他们躺下来，倾听着黑夜的寂静，感到自己额上的汗水干了，面孔慢慢变凉了。歌尔得蒙屈身卧在草里，感受着疲劳后歇下来的惬意，一会儿用手抱住膝头，一会儿伸开，大口大口地吸着清新的空气和干草的芳香，既不回忆过去，也不思考未来。过了好一阵，他才渐渐让他那情人芬香而温暖的躯体吸收和迷惑，不时地回报着她的双手对自己的抚爱，感到她在自己身旁慢慢激动起来，身子越来越贴近他，心中也油然生出一股幸福感。不，这儿既不需要言语，也不需要思想。他清楚地感觉出了一切，感觉出了什么是重要的，什么是美好的；感觉出了青春的活力和女性肉体单纯而健康的美，感觉出了自己的冲动和欲望。他还清楚地感觉到，她希望这次获取爱的方式能与第一次不同；这次她不愿再引诱他，撩拨他，而是希望他采取主动，等着他的欲火去温暖她。他静静地任一股股暖流流贯自己的全身，幸福地感觉到那无声的情焰在两人体内越烧越旺，越来越活跃，把他们的小小草铺变成整个无声的黑夜里唯一呼吸着、炽烈燃烧着的中心。

当歌尔得蒙把脑袋俯到莉赛脸上，开始在黑暗中吻她嘴唇的一刹那，他突然发现她的眸子和额头都微微闪起光来，不觉吃了一惊；定睛再看，发现那闪光很快变得更明亮、更强烈了。这时他恍然大悟，于是转过头去，只见在远远延伸着的森林边上，一轮皓月正慢慢升起。他看着那银白色的月华倾泻到莉赛的额头上、脸颊上、圆圆的粉颈上，他完全入了迷，忍不住发出轻声的赞叹："你真美啊！"

莉赛得意地微笑了。歌尔得蒙撑起身来，轻轻地替她脱去了上衣，使她的肩和胸都裸露出来，在清冷的月光中闪闪发亮。他的眼睛和嘴唇都被这娇嫩的躯体吸引住了，一个劲地看着，吻着；莉赛本人也跟着了迷一般一动不动，眼睑低垂，神色凝重，好像即使对于她自己，她的美也是此刻才第一次被发现、被展示出来似的。

第 七 章

野地里空气越来越凉，月亮也越升越高，一对情人静卧在柔光中的草铺上，忘情于他们那爱的嬉戏，不多一会儿便双双睡去了。半夜醒来，两人又滚到一起，相互挑逗着，重新紧紧拥抱，重新精神抖擞。直等最后一次拥抱过了，两人才精疲力竭，莉赛钻进了草里，呼吸沉重；歌尔得蒙一动不动地仰卧着，久久地凝视着月色惨淡的夜空。两人心里都陡然升起愁思，只有逃到睡眠中去求得解脱。他们沉沉地睡着，绝望地睡着，贪婪地睡着，仿佛这是他们最后的一次睡眠，仿佛他们判了终身醒着的苦刑，必须在这几小时中提前猛睡个够。

歌尔得蒙醒来时，发现莉赛正在梳她那黑油油的发辫。他心不在焉地、似醒非醒地，在旁边看了她一会儿。

“你已经醒啦？”他终于开了口。

莉赛猛地转过身来，像是吃了一惊。

“现在我得走了，”她说，神情显得颓丧而尴尬，“我本想不叫醒你的。”

“我这不已经醒了嘛。难道咱们眼下就得上路不成？反正咱们没有家。”

“我的确没有，”莉赛说，“可你是修道院的人。”

“我不再是修道院的人了，我跟你一样，孑然一身，无牵无挂。我将和你一起漂泊，毫无疑问。”

莉赛把目光转向一旁。

“歌尔得蒙，你不能跟我一起走。我眼下必须回到我丈夫身边去；他准会揍我，因为我在外边过了夜。我说，我迷路了。可他呢，当然是不会相信的。”

这时刻，歌尔得蒙想起了纳尔奇思事先对他说过的话。眼下的情形不正如他所料嘛！

他站起来，把手伸给莉赛。

“我想错了，”他说，“我原以为，咱俩会待在一块儿。不过，你真打算让我一个人接着睡下去，不告别就跑掉吗？”

“唉，我担心你会发脾气，没准还揍我。我丈夫揍我嘛，不错，是自然的事，没有什么可奇怪的。但是，我不愿意让你也来揍我。”

他握紧她的手。

“莉赛，”他说，“我不会揍你，今天不会，永远也不会。难道你不愿意离开你丈夫跟我走吗，他可是要揍你哟？”

莉赛挣扎着，想把手抽回去。

“不，不，不。”她大声叫道，快哭出来了。歌尔得蒙感觉到她是真心想离开他，宁肯去挨另一个男人的拳头也不愿意听他的好话，便放开了她的手。莉赛这时开始大哭起来，一边哭一边跑开，双手捂着泪水汪汪的眼睛。歌尔得蒙目送着她，再也不说什么话。他可怜这个女人，看着她匆匆跑过收割了的牧草地，像是被一种巨大的、不知名的力量召唤着、吸引着似的。对于这种力量，他不禁做了一番考虑。他感到莉赛挺可怜，也感到自己有些可怜；看来他是不幸的，独自一个人傻坐在这里，孤孤单单，遭到了别人的遗弃。不过，眼下他仍困得想睡觉，他还从来没有像这么精疲力竭过啊。往后有的是时间去遭受不幸，于是他又呼呼睡着了，直到高高升起的太阳晒到了他，才重新苏醒过来。

这会儿真休息够了；他跳起身来，跑到小溪边洗了洗脸，喝了些水。此刻在他脑海里涌现出许多回忆。一夜销魂的种种情景，种种甜蜜温柔的感觉，都像朵朵不知名的野花似的吐放出温馨的气息。他一边大步往前走，一边重温旧梦，一而再，再而三地感受着那一切，品味着那一切，嗅到那一切，摸到那一切。这个萍水相逢的皮肤黝黑的女人，实现了多少他的梦想，催开了多少他的蓓蕾，满足了多少他的好奇和渴慕，同时又唤醒了多少他新的欲望啊！

在他眼前，展现出一片片田野和荒原，再过去是一块休耕地和一座黑森林；森林后边，也许就有农庄和磨坊、村镇和城市了吧。生平第一次，歌尔得蒙面对一个广阔的世界；这世界敞开胸怀，准备接纳他，既将给他以欢乐，也将给他以痛苦。如今，他已不再是一个从窗户里眺望世界的学生，他此行也不再是去了肯定还会回来的远足。广阔的世界如今成为现实，他本人已是这世界的一部分，他的命运寄托在它里边，它的天空为他所有，它的阴晴冷暖也属于他。在这个广阔无垠的世界里，他是如此渺小，小得同一只在无边绿野上窜逃的野兔，同一只在无际的碧空中翩飞的甲虫并无二致。在这里没有钟声催他起床，催他去做弥撒，催他去上课，催他中午上斋堂去用膳。

噢，他真饿啊！半个大麦面包，一杯牛奶，一盆面糊糊——在他都成了十分美好的回忆！他的肠胃真像一只饿狼一样躁动起来了。经过一块麦地时，他看见麦穗已经半熟，便用手指搓去外皮，把那小小的、滑溜溜的麦粒放在嘴里大嚼起来，嚼了一把又一把，最后还把衣袋都塞满了麦穗。后来他又发现了榛实，尽管还是青的，但他也高高兴兴地用牙齿嗑起来，而且吃了不算，还带了一些走。

眼下他又来到了森林中。这是个杂生着橡树和梣树的大森林，林里覆盆子多得不计其数，他一边坐下来休息乘凉，一边摘覆盆子吃。在坚挺细长的林草之间，点缀着蓝色的铃铛花；褐黄色的蛱蝶翩翩飞舞，不时地躲藏进花丛里。圣女热诺维娃[1]就曾住在这样一座森林里，她的故事歌尔得蒙一直很喜欢。哦，他要能碰见她就好了！这森林中也许有一个隐居所，在一座岩洞或者树皮搭成的小屋中，也许住着一位年迈的胡须长长的神父吧。要不就可能住着一些烧炭人，歌尔得蒙很愿意结识他们。说不定甚至有强盗出没，他们大概不会为难他的。反正只要能碰见人就好喽，随便怎样的人都行。不过他自然知道：没准他要在这座森林里一直走下去，今天，明天，很多很多天，然而一个人也碰不见。就算这样也只好忍受，命中

1　热诺维娃原是法国民间传说中的人物，后来也成了德国民间故事和文人剧作中的主人公。

注定了又有什么办法呢。不必东想西想，一切只能听其自然。

他听见一只啄木鸟叩击树干的声音，便企图悄悄过去观察一下；他轻手轻脚地移动着，好不容易才看见那只小鸟。他在一旁瞅了它好半天，看见它身子贴在树干上，小脑袋一个劲来回动着，孤孤单单地在那儿啄呀，啄呀，啄呀。可惜，人不能和禽鸟交谈！要是能向这只啄木鸟打声招呼，跟它寒暄几句，问问它在林中的生活情况，了解了解它的工作和欢乐，那有多美！啊，人要能变就好喽！

他蓦然想起，他在空闲时偶尔画过画，曾用石笔在黑板上画出花、叶、树、动物和人的脑袋等。他经常用这办法长时间地消遣，有时就像个小上帝似的随心所欲地创造着生物。他曾给一个花萼画上眼睛和嘴，把树枝上滋生出的叶簇画成一些人，在一根树梢上画一个大脑袋。这么胡乱画着，他常常感到在一段时间内很幸福，自己像中了魔，同时又变成了魔术师，能让自己手底的线条要么变成一片树叶，要么变成一个鱼头，要么变成一条狐狸尾巴，要么变成人的一撇眉毛。对于他的这种本领，歌尔得蒙自己也颇为惊异。人应该是能变的，他现在想，就像当初他那黑板上的好玩的线条一样。歌尔得蒙真巴不得变成一只啄木鸟啊，哪怕一天，哪怕一月，栖息在树梢上，在那光秃秃的树干上跑来跑去，用坚硬的喙啄进树皮，用长长的尾巴支撑身体，说一种啄木鸟语言，从树皮里发掘出好吃的东西。啄木鸟的叩击声引起共鸣，听起来清脆又悦耳。

一路上，歌尔得蒙在林中碰见了许多野物。他碰见了几只兔子；这些胆小鬼从一丛灌木中窜出来，痴愣愣地瞪着走近的他，随后一扭身就箭一般跑了，耷拉着长耳朵，尾巴下露出一团白色。在一块小小的林间空地上，他发现躺着一条蛇，他也不逃开而是走过去，原来并非一条活蛇，而只是具空空的蛇皮。歌尔得蒙把蛇皮拾起来，拿在手里观察着，看见在脊梁上有一溜灰褐两色的花纹十分美丽，太阳光透射过来，薄得有如蛛网似的。他还看见一些黄嘴黑山鸡；这些家伙鼓起黑眼珠紧张而畏葸地盯着他，随后便贴着地面飞开去。红胸脯的鸲鸟和鸣禽也很不少。

林子里有一块洼地，积满绿油油的水，水面上有一些长脚蜘蛛在穿梭奔跑，像是着了魔，又像在玩一种为人所不理解的游戏；在空中，飞着几只翅翼呈深蓝色的蜻蜓。一天，天色已晚，他又看见——或者说只看见树叶在抖动，听见树枝嘎吱嘎吱折断的声音和潮湿的泥地上咚咚咚的脚步声，一头体型硕大的、几乎看不清的野兽猛地冲过灌木丛，他不清楚是头麋鹿，或是头野猪。他呆呆站了很久，吓得好半天才缓过气来，紧张地倾听着野兽遁去的方向。周围早已恢复宁静，他的心仍扑通扑通直跳。

他走不出森林，只好在林中过夜。他一边选择睡处，用苔藓铺成了一张床，一边思考着，要是他再也出不了森林，不得不在林中永远待下去，那又将怎样呢。他得出结论，这将是非常非常不幸的。最后可能靠吃草莓活命，睡在苔藓上；除此之外，毫无疑问他也能造一间小屋，没准甚至能钻出火来。可是永远永远只是一个人，在这些无声地沉睡着的树木中间，在这些一见人就逃跑的野物中间，在这些不通人语的禽鸟中间，如此活着真是可悲得难以忍受啊。看不见人，不能对谁讲一声早上好或者晚安，瞧不着人的面孔和眼睛，欣赏不到姑娘和妇女的美貌，享受不着亲吻，再不能用嘴唇和肢体去玩那神秘而欢乐的游戏，哦，这简直不可想象！如果他注定了要如此活着，他想，那么他就将努力变成一头野兽，一头熊或者一只鹿，哪怕为此而失去天国永生的幸福。做一头公熊而能够爱母熊，这也不坏呀，至少比保留着他的理智、语言以及其他一切而孤零零地活着，悲哀地活着，没有爱地活着，要强许多许多。

他临睡前躺在苔藓床铺上，谛听着森林之夜各种难以理解的谜一般的声音，既好奇又害怕。这些声音如今成了他的伴侣，他必须和它们一起生活，必须习惯它们，好歹和它们待在一起。他现在必须与狐狸为伍，与小鹿为伍，与枞树和松树为伍，和它们一同生活，一同分享空气和阳光，一同等待天明，一同挨饿，并到它们那儿去做客串门。

最后他睡着了，做起梦来，梦见野兽和人，梦见自己变成了一头公熊，竟在爱抚中吃掉了莉赛。半夜里他猛然惊醒，不知何故心头怕得要死，睁着眼睛胡思乱想了很久很久。他想起，他昨天晚上和今天晚上都未曾祈祷就上床了。他站起来，跪在床边，把晚课连着念了两遍，算是补足了昨晚和今晚的祷告。不久，他又睡着了。

早晨，他惊异地环顾四周，忘记了自己是在森林中过的夜。自此，他对森林的恐惧感开始减弱，怀着新的喜悦在林中生活起来，不过仍朝太阳升起的方向继续走去。到了一个地段，他发现道路格外平坦，林中很少有灌木，完全长着些粗大、笔直、苍老的白色枞树。他在这些巨树间走了一会儿，便回忆起修道院大礼拜堂中的圆柱；他最近一次亲眼看见自己的爱友纳尔奇思正是消失在了这个礼拜堂的黑色门洞里边——到底什么时候？难道真的还仅仅在两天前吗？

两天两夜以后，歌尔得蒙才走出了森林。他满怀欣喜地发现附近有人居住的迹象：耕种过的土地，长条形的黑麦田和燕麦田，这儿一小块那儿一小块的牧场，一条人足踏出来的穿越牧场的小径。他摘下一把黑麦塞在嘴里嚼着；种上了庄稼的土地友好地迎接着他。在蛮荒野林中困了长时间以后，无论是这小径，这燕麦，还是那业已凋萎的白色瞿麦花，都使他油然产生一种又回到了人间的亲切感。很快他就要见到人啦！走了不到一小时，他从一片庄稼地边经过，看见那儿竖着一个十字架，便情不自禁地跪在下面祈祷起来。随后再转过一座土岗，遽然便站在一棵绿影婆娑的菩提树前，耳畔响起琤琤淙淙的流泉声。泉水通过木管流进一个长长的木槽里；歌尔得蒙喝了几口清凉甘甜的泉水，欣喜地发现在接骨木树的掩映下露出来几个草屋顶；在那儿，草莓已经熟得成了紫色。比这所有亲切的景象更使他感动的，是一头母牛哞哞的叫声；在歌尔得蒙听来，这叫声是在对他表示问候和欢迎，那么友好、那么热情、那么温暖。

他慢慢走近传出牛叫声的那幢茅屋，眼睛四下里搜寻着，发现门前的地上坐着一个红头发的小男孩；男孩长着一双淡蓝色的眼睛。他身旁摆着一罐子水，正用泥沙和水捏泥团玩，两条赤裸的腿上已沾满泥浆。小男孩带着幸福而认真的神情，把湿泥放在两手之间挤压，让泥浆从他的手指缝中冒出来，然后搓成一个个的小圆球。在和泥与捏泥团的时候，他有时还用自己的下巴颏帮忙。

“你好，小朋友。”歌尔得蒙和蔼可亲地招呼说。但小家伙抬头一看是个陌生人，便噘起小嘴，胖脸抽动两下，哇哇哇地哭着爬进屋里去了。歌尔得蒙跟着走进去，到了一间厨房里。他骤然从明亮的阳光下走进来，一开始在昏暗的厨房中什么也看不见。他不管有人还是没有人，先致以一声基督徒的问候，结果却没有回音；只是那受惊的小男孩仍在哭，过了好一会儿才又传来一个微弱的、苍老的声音，像是在抚慰他。终于从黑暗的里屋走出来一个小老太婆，凑到歌尔得蒙跟前，把手搭在眼睛上，仰面打量着客人。

“你好，老妈妈，”歌尔得蒙拉着嗓门问候道，“愿所有圣者保佑你的眼睛好起来；可是我已经三天没见过一个人啦。”

老婆子瞪着一双老花眼，痴愣愣地望着歌尔得蒙。

“你到底想干什么？”她惴惴不安地问。

歌尔得蒙把手伸过去摸了一下她的手。

“我想问你好，老妈妈，想休息休息，帮助你烧火。要是你肯给我一个面包吃，那我会非常高兴，不过这并不急。”

他看见靠墙钉着一条木凳，便坐下去；这时，老婆婆切了一块面包给小男孩。眼下小家伙在一旁呆呆地瞅着陌生人，又好奇又紧张，看样子仍然随时准备哭着逃走。老婆婆再切下一块面包，递给歌尔得蒙。

“谢谢，”歌尔得蒙说，“愿上帝保佑你。”

“你肚子空了吧？”老婆婆问。

“倒不空，填满了覆盆子。”

“那快吃吧！你打哪儿来呀？”

“玛利亚布隆，从那所修道院来。”

“是位神父？”

“不。学生。正在旅行。”

老婆婆望着他，半带讥笑嘲讽，半是迷惑不解，摇了摇她那由一条细瘦而褶皱累累的脖子撑持着的脑袋。她留下歌尔得蒙一人在屋里吃，自己把小男孩领到太阳地里去。随后她回到房中，好奇地问：

“你知道什么新闻吗？”

“新闻不多。你认不认识安塞尔姆神父？”

“不认识。他怎么啦？”

“他病了。”

“病了？准会死吗？”

“不知道。是腿上的毛病。他走路不怎么行啦。”

“他准会死吗？”

“不知道。也许会吧。”

“得，死就死呗。我可得熬粥了。帮我劈点柴来。”

她递给歌尔得蒙一块在灶头上烤得干干的枞木，还有一把柴刀。他劈出了够她用的引火柴，然后看着她把柴一块块塞进热灰里，弓着背，一边咳咳呛呛，一边吹气，直到柴燃烧起来。接下去，她又以一种严格而神秘的方式，把枞树枝和榉树枝架在引火柴上，灶孔里便升起熊熊火苗。最后她再把一口熏黑了的由铁链挂在烟囱上的大黑锅坐到火上。

歌尔得蒙遵照她的吩咐，去泉边提来水，打掉了牛奶钵中的脂肪，然后便坐在烟雾迷蒙的厨房里，看着火苗欢快地嬉戏，看着老婆婆那张瘦骨嶙峋、布满褶皱的脸在红红的火光中时而出现，时而消隐。隔着一道板墙，从旁边的房屋中不断传来一头牛喷鼻和撞击料槽的声音。歌尔得蒙的心沉醉了。这菩提树，这泉水，这铁锅底下闪动的火苗，这牛喷鼻、咀嚼和踢墙壁的沉浊响声，这半明半暗的厨房以及房中的桌凳，这忙忙碌碌的老婆婆，一切一切都是如此美好，都散发着生命与宁静的气息，人类与温暖的气息，故乡的气息。房里有两只山羊。老婆婆告诉他，屋后还有一个猪圈，她本人是户主的祖母，刚才那小家伙是她的曾孙。他的名字叫库诺，这会儿仍不时跑进来瞅瞅陌生人，虽然一声不吭，样子畏畏缩缩，却已不再哭鼻子了。

农民和他的妻子回到家中，一进屋撞见个陌生人，颇有些吃惊。男的几乎骂起来，疑神疑鬼地一把抓住年轻人的胳膊，把他拽到门口的阳光中去打量他的长相，随后却笑开了，友善地拍了拍他的肩，邀请他一起进屋吃饭。大家坐在桌旁，各人都拿自己的面包在一只公用的牛奶钵中浸一浸，直到钵中剩下的牛奶不多，男主人端起来一口喝掉。

歌尔得蒙问主人家能否允许他在家里住一夜，明天动身。不行，农民回答，家里房间不够；不过外面到处都有干草堆，找个睡处毫无问题。

农妇照管着身边的孩子，没有插话。只是她一边吃东西，一边眼睛却好奇地把陌生青年看了又看。歌尔得蒙的鬈发和目光一开始便引起了她的注意，眼下她更欣喜地发现他的颈项是如此白皙匀称，他的双手是如此高贵细腻，他的举止是如此优雅大方。一位仪表堂堂的陌生的上等人，而且这样年轻！可是最最吸引她和打动她的，是他那唱歌般的悦耳、温暖、柔和而招人喜爱的青年男子的嗓音，一言一语全都动听得像绵绵情话一般。她真恨不能长久地听这声音啊。

饭后，农民在厩舍里干活；歌尔得蒙从茅屋中走出来，在泉边洗了洗手，随后坐在绕泉而筑的矮垣上，一边乘凉，一边听着流水的声音。他犹豫不决；在此地他已没事可干，可是要马上离开却也颇觉怅然。这时农妇走出家门，手上提着一只桶。她把桶搁在流泉下接水，同时压低嗓门说："喂，今天晚上如果你还在附近，我就送东西来给你吃。那边，在那块长条形大麦地后面，有个干草堆要等到明天才搬走。你会到那儿去睡觉吗？"

歌尔得蒙瞅了瞅她那生着雀斑的脸，看见她提着水桶的胳膊十分壮实，一对大眼睛明亮而温暖，便冲她微微一笑，把头点了点。随后农妇便提着一满桶水大步走去，消失在黑暗的房门中。他满意地坐在那儿，听着泉水淙淙地流动，心中油然产生一股感激之情。稍后，他走进房去找到农民，跟他和老婆婆握握手，道了几句谢。小屋内仍弥漫着烟火和牛奶的气味。这小屋刚刚才做过他的荫蔽和栖身之所，眼下又马上要变成一片陌生的地方了。他带着惜别之情走出房去。

在农舍外边，他发现有一座小礼拜堂；在礼拜堂附近，有一片美丽的林木；林中长着一棵棵经年的高大橡树，底下是一块浅浅的草地。在树荫下，在一棵棵粗壮的树干之间，歌尔得蒙来来回回地踱着步，流连忘返地不肯离去。他想着女人和爱情，感到非常奇妙：她们事实上是不需要言语的。比如刚才那农妇只讲了一句话，就把幽会地点告诉了他，其他一切都尽在不言之中。靠什么呢？靠眼睛；是的，还靠微带羞涩的嗓音中某种特别的声韵，还靠些其他什么，也许是某种香味，或者皮肤上散发出来的某种轻柔微妙的光辉。凭借它们，男人和女人都可以立刻判断出来，他与她彼此怀着渴慕。这样一种无声而精确的语言实在妙绝。歌尔得蒙对这种语言简直一学便会！他满心欢喜地等着夜的到来，同时又好奇得要命，不知这个金发妇人会怎么样，不知她会有怎样的目光和声音，会有怎样的肢体、举动和亲吻；但肯定和莉赛是不同的。可眼下她在哪儿呢，那个满头乌发、皮肤黝黑、呼吸急促的莉赛？她的男人揍她了吗？她现在还想歌尔得蒙吗？她也许又找到了一个新的情人，就跟他今天找到了一个新的女人一样吧？一切都进行得何其迅速啊；路边到处都可以找到幸福，美丽而且炽热，同时又像春花朝露那样消逝得多么轻易！这是罪孽，这是犯奸；不久之前他还宁可让人砍掉脑袋，也不肯造这个孽。但现在他尽管等待着的已是第二个女人，良心却平平静静。也可以说，他的良心也许并不平静；但使他偶尔感到良心不安和负疚的，却并非什么犯了奸淫罪，而是另一个他叫不出名字来的东西。那是一种人自身并未犯，但一出生便带到世界上来的罪恶。也许按照神学的解释，那就是所谓的原罪吧？很有可能。是的，生命本身就包含着某种罪过——不然像纳尔奇思这样一个纯粹而睿智的人，他还有什么必要像个罪人一样忏悔赎罪呢？不然，他歌尔得蒙又为什么总在内心深处感到有这种罪过呢？难道他不幸福吗？难道他不年轻而且健康，不自由自在得就跟天上的飞鸟一样吗？难道女人们不爱他吗？难道他能够把自己感受到的同样的乐趣给予女人，这不是很美吗？可为什么尽管如此，他仍不能完全幸福呢？为什么他年轻的心中，也同纳尔奇思那充满德行和智慧的心田一样，会时时地渗进这种奇异的痛苦、隐约的恐惧、伤逝的怨尤呢？为什么他有时也必须如此冥思苦索，绞尽脑汁呢，尽管他明知自己不是个思想家？

噢，不管怎么说，活着毕竟是美好的。他在草丛中摘下一朵小小的紫花，把它举到眼前，观察着纤细而密集的花萼，发现里面运行着一根根脉络，生长着一些柔如纤毛的器官，生命在里面激荡着，欢乐在里面颤抖着，就如在一个妇人的怀里或者一位思想家的脑海中似的。哦，人为什么竟如此无知？为什么竟不能和这一朵花交谈？可不是吗，连人与人之间也不能真诚交谈，除非碰上特别的幸运，两个人成了好朋友，乐于彼此坦露心曲。是啊，幸好爱情无需言语；不然，它便会充满误解和愚妄了。唉，单说莉赛那双似睁犹闭的美目吧，在快乐到了极点时迷离而蒙眬，仅仅在颤动的眼皮间透出一丝丝白光——这妙境就够学者或诗人用千言万语去描述啦！唉，没有什么，的的确确没有什么是说得清楚、想得明白的。然而人们却偏偏经常产生一种迫切的需要，去谈和去想这种永恒的人性。

歌尔得蒙观察着那些小小的植物，看见它们的叶子在茎干四周分布得如此匀称、如此合理，不禁感到十分惊讶。维吉尔的诗歌是很美的，他喜欢读它们；可是，维吉尔的有些诗句，和茎上这些螺旋形地向上生长的小小叶片的布局相比，在明朗机智和优雅含蓄方面却不及它们的一半。一个人只要能创造出这么一朵花来，那就是何等的享受，何等的幸福，何等值得惊羡的、高尚而有意义的行动啊！可是没有一个人能办到，英雄不行，皇帝不行，教皇不行，圣者也不行。

太阳快下山了，歌尔得蒙便出发到农妇给他指定的地方，找到以后便在那儿等着。他这样等着，并且知道一个女人正在途中，将给自己带来纯真的爱，真是一件美妙的事。

农妇手提一个麻布包，包里裹着一大块面包和一片肥肉。她打开布包，放到歌尔得蒙面前。

“给你的，”她说，“吃吧！”

“等一等，”他回答，“我现在馋的不是面包，我现在馋的是你。拿出来瞧瞧啊，你给我带来些什么美好的东西！”

她带了许多美好的东西给他：厚实的、焦渴的嘴唇，有力的、光亮的牙齿，粗大健壮的手臂；这手臂让太阳晒得红红的，但脖子下边衣服遮着的肌肤却雪白细嫩。她会讲的话不多，但在喉头间却能发出唱歌般甜蜜动人的声音；当她感到他的双手抚摸着自己的时候，她的皮肤不禁颤动起来，喉咙里发出喘息；她还从未被这样一双细腻、温柔、充满感情的手抚摸过。她的手段不如莉赛多，然而比莉赛有劲；她紧紧搂着他，像是要把她最亲爱的人的脖子给折断似的。她的爱情既稚气又贪婪，单纯、有力却又保持着羞怯；歌尔得蒙和她一起时非常幸福。

事后，她叹息着，难分难舍，可是不能够留下，最后只好走了。

这时剩下歌尔得蒙一个人，既幸福又悲伤。很晚他才想起那面包和肉，便独自吃起来；这时已夜阑人静。

第八章

歌尔得蒙已经流浪了一些日子。在这些日子里，他难得在同一个地方留宿两个晚上，到哪里都受到女人的渴求和宠遇。太阳已晒得他皮肤黝黑，长途跋涉和缺少饮食已使他变得瘦削。许多女人一大早就和他告别，临走时有的还抹眼泪；他也不止一次想："为什么没有一个留在我身边呢？既然她们爱我，为了一夜的爱情就破坏了对丈夫的忠贞，为什么又不留下呢？为什么全都立刻要回到她们大多担心会揍自己的丈夫那儿去？"没有一个认真地求他留下来，没有一个求他带走自己，没有一个准备为了爱情与他同甘共苦，一起去流浪。他不曾邀请任何女人和他一起走，不曾把这样的想法对任何女人提过；扪心自问，他也觉得自由对他更加珍贵，而且他想不出任何一个自己爱过的女人，是他在投入下一个情人的怀抱后仍旧念念不忘的。尽管如此，但他心中仍感到惊讶和惆怅：爱情在哪儿都转瞬即逝，女人们的爱是如此，他自己的爱也是如此。情欲燃起来快，满足得同样快。这正确吗？到处和永远都如此吗？或者只是他本人的过错。他也许生来如此，尽管女人都需要他，觉得他俊，但没有一个希望和他共同生活，都只愿同他在草堆里或青苔上做一夜不说话的露水夫妻吧？是因为他在流浪途中，这些有家的女人对一个流浪汉的生活感到恐惧吗？或者原因完全在他自己，在他这个人：妇女们只像喜欢一个漂亮的洋娃娃一般喜欢他，把他抱在胸前玩啊玩啊，但事后都跑回丈夫身边去，即使挨揍也在所不惜吧？歌尔得蒙想不出个所以然来。

他在向女人学习这点上是孜孜不倦的。尽管他更喜欢非常年轻的姑娘，喜欢那种还不曾接触过男人的一无所知的少女，对于她们，他才能产生热烈的恋慕之情，但是，她们往往都可望而不可即，她们要么倾心相爱，要么羞答答地半推半就，或由父母严加保护。不过，他也乐于向有经验的妇女学习。每个妇女总留给他点什么，一种姿态，一种接吻的方式，一种别致的玩法，一种依从或者拒绝的特殊表现。歌尔得蒙对一切无不领情，他是不知餍足地和孩子般地任人摆布的，乐于接受任何引诱，正因为如此，他自己也就有了巨大的诱惑力。

仅仅靠他的英俊还不足以令妇女们如此轻易地倾心于他；更重要的是他这孩子般的随和与不拘小节，他这天真无邪的好奇心和随时能满足一个妇女任何要求的性格。他自己也不知道，他竟能因人而异，成了每一个妇女希望和梦想中的情夫，对这个他温柔耐心，对那个他迅速主动；有时他像个初闯情场的腼腆少年，有时他是个技艺精深的偷香老手。他会逢场作戏，会奋力搏斗；会唉声叹气，会纵声大笑；会腼腆害臊，会厚颜无耻。他不做一个妇女不渴望他做的、不诱使他做的任何事。这就是任何感官敏锐的女性很快能在他身上嗅到的优点；这种优点使他成了她们的宝贝。

但他仍在学习。他不止在短时间内学到了许多爱的方式和艺术，从他众多的情人身上吸收了经验，还学会用视觉、感觉、触觉、嗅觉辨识形形色色的妇女。他练就了一双好耳朵，往往一听某些妇女的声音，便能准确无误地猜测出这些妇女爱的方式和能力。他总带着不减的热情，观察着女性的万千差异，看不同的脑袋怎样长在不同的脖子上，前额怎样以不同方式从发间露出来，膝盖怎样在不同地运动。他学会了在黑暗中闭着眼睛，用手指的触摸就分辨出不同的头发、不同的皮肤以至汗毛。他很早已经开始察觉到，他如此漂泊流浪，如此从一个妇女的怀抱换到另一个妇女的怀抱，其意义也许就仅仅在于能学会这种识别和分辨的本领，并通过练习不断精益求精吧。也许他的使命就在于充分认识这千差万别的女性和爱情，正如某些音乐家不止会演奏一种乐器，而是三种、四种、许许多多种一样。至于这有什么好处，这将造成怎样的后果，他诚然是不知道的；他只感觉到，他已走上这条道路。不错，他懂得拉丁文和逻辑学，可是对此并不具备什么特殊的、惊人的、罕见的天赋——然而对于爱情，对于和妇女打交道，他却不是这样。在这方面他一学便通，博闻强记，自然而然便积累了许多经验，而且有条不紊。

一天，在已经流浪了一年或两年以后，歌尔得蒙来到一位富裕的骑士的庄园里。骑士有两位美丽的女儿。其时正值初秋，夜晚的天气眼看就要冷起来了。前一年秋季和冬季，歌尔得蒙已吃足了苦头，在想到即将来临的几个月时，他心中自然不无忧虑：冬天在外流浪是够苦的。他打听能否在庄园里得到食宿，人家便客客气气地收留下他。当骑士听说客人念过书、会希腊文时，便请歌尔得蒙离开仆人的饭桌，和自己坐在一桌吃饭，差不多像对待自己人那样对待他。席间，两位小姐都低眉顺眼，大的一个叫丽迪娅，今年十八岁，小的一个叫尤丽娅，刚满十六岁。

第二天，歌尔得蒙想走。他觉得这两位金发小姐中的任何一位自己都没希望得到，而此外又没有其他能使他留下的女人。谁料早饭以后，骑士却把他叫到旁边，领他进了一间布置得很别致的屋子。老人谦虚地对青年谈起自己对于学问和书籍的爱好，让他看一个藏满他搜集的文稿的小柜子，看一张他雇工精心制作的写字台，以及他贮备的精美纸张和羊皮纸。歌尔得蒙事后渐渐了解到，这位虔诚的骑士年轻时也上过学，但后来却完全沉迷于战争和世俗生活，直到上帝对他发出警告，让他生了一场重病，他才省悟过来，做了一次赎补自己年轻时罪孽的朝圣旅行。他去了罗马，甚至到过君士坦丁堡；回家时发现父亲已经死去，房子也空了，便在家乡住了下来，结了婚，后来妻子病故，只好独自把两个女儿抚养成人。而今老景已至，他就坐下来动手撰写自己当年去朝圣的详细游记。他也已经完成几章；不过——如他向青年承认的——他的拉丁文相当蹩脚，写起来常常感到吃力。因此，如果歌尔得蒙肯为他把已写成的部分修改誊清，并在续写时助他一臂之力，他就准备送歌尔得蒙一套新衣服，免费招待他食宿。

秋天已经到了，歌尔得蒙知道这对一个流浪汉意味着什么。一套新衣服同样是他求之不得的。但更令他高兴的是，有了和那漂亮的姐妹俩长久住在一所宅邸中的希望。于是他毫不迟疑地说了同意。没过几天，女管家便奉命打开衣料柜，选出一段上好的棕色呢料来，交给裁缝为歌尔得蒙做一套衣服和一顶帽子。骑士本想用一段黑呢料为歌尔得蒙做件学士服；可客人压根儿不喜欢，并说动老主人放弃了自己的主意。眼下一套漂亮的衣服上了身，与歌尔得蒙的模样配得十分合适，让他看上去既像个猎手，又像个公侯府中的近侍。

再有，游记先前的拉丁文方面也弄得不坏。他们共同把已写成的部分念了一遍；歌尔得蒙不止修改了许多不准确和有错误的语句，还在好些地方把骑士结结巴巴的短句润饰成了优美的长句，而且结构严谨，动词变位干净利落。骑士因此大为高兴，赞不绝口。每天，他们都至少有两个小时在一起进行这项工作。

在城堡里——其实也就只是个稍添了些防御设施的大农庄——歌尔得蒙也找到了某些消遣。他参加狩猎，从猎师亨利希手下学会了射箭，和猎犬交上了朋友，并且可以骑着马出去尽情逛一逛。很难见他独自待着；他不是对一条狗或一匹马嘀咕，就是和亨利希或女管家蕾娅——这是个嗓门跟男人一般粗、很喜欢开玩笑和打哈哈的胖老婆子——说说笑笑，要么和饲养猎犬的童子或牧羊人在一起聊天。他同住在附近的磨坊主老婆本来可以轻易勾搭上，但歌尔得蒙却克制住自己，装出一副不谙此道的模样。

骑士的两位千金叫他倾心。小的一位更美一些，可她那么矜持，几乎一句话都不曾同歌尔得蒙说过。他对姐妹俩百般奉承，彬彬有礼；可她俩一等他接近，便摆出那副接待纠缠不休的求婚者的面孔来。妹妹一言不发，带着股害羞的固执劲。姐姐丽迪娅则憋着腔调和他讲话，说是尊敬也可，说是讽刺也可，似乎把他这位学者当成了一只珍奇动物。她向歌尔得蒙提出许多好奇的问题，打听他在修道院中的生活情况，但最后总要挖空心思，说两句讽刺的话和贵妇人式的高傲的话来压一压他。歌尔得蒙甘受一切，对丽迪娅就像侍奉贵夫人，对尤丽娅就像尊重小修女；只要晚饭后他能以自己的谈吐吸引住小姐们使其多坐一会儿，或者什么时候丽迪娅在院子里和花园中招呼了他，允许他调笑一下，他便心满意足，觉得事情有了进展。

这年秋天，院子里高高的梣树迟迟没有落叶，花园里一直还盛开着翠菊和玫瑰。突然有一天，一个邻近的地主带着太太和马夫来访；温暖的天气使他们游兴大发，纵马做了一次不寻常的长途旅行，眼下来到城堡，请求借宿一夜。主人殷勤地接待了他们，歌尔得蒙的床铺立刻从客房移进书斋，把客房让给了他们。接着城堡里便宰了几只鸡，还派人去磨坊里要来了鱼。歌尔得蒙也兴致勃勃地跟着激动一番，立刻就感觉出新来的夫人对自己非常注意。从她的声音和目光中，歌尔得蒙都发现这位地主太太对他垂涎三尺；但也就在这时刻，他发现丽迪娅完全变了，绷着脸一声不吭，开始打量起他和地主太太来。这后一个发现，使歌尔得蒙更加紧张。夜宴开始了，地主太太的脚在桌子底下与歌尔得蒙的脚搞起名堂来；但令他开心的并非仅仅这件事本身，更主要的还是丽迪娅那关注着他俩一举一动的阴郁而沉默的紧张表情，以及一双快喷出火来的充满好奇的眼睛。最后，他故意掉了一把餐刀在地上，弯腰到桌子底下去拾，趁势抚摩着地主太太的脚和小腿，眼睛却观察着丽迪娅，发现她一下子变得脸色苍白，牙齿把嘴唇咬得紧紧的。他继续讲着修道院中的逸事，感觉出地主太太与其说是在专心听他的故事，还不如说是对他富于诱惑力的声音着了迷。其他人都留神地听着他讲述，他的东家带着一脸的善意，那位地主老爷却面无表情，虽然也受到了青年的热情的感染。丽迪娅呢，却从来没见过他如此口若悬河，神采飞扬，目光炯炯，呼吸中颤动着欢乐，嗓音中歌唱着幸福，目光中洋溢着柔情。三位女性都感觉出了这点，但各人的体验完全不同：小尤丽娅进行着激烈的反抗和拒斥，地主太太扬扬得意，丽迪娅却陡然觉着一阵心疼，不仅拉长了面孔，眼睛也冒出火来。在丽迪娅的痛苦中，掺和着衷心的渴慕、无力的反抗，以及极其强烈的嫉妒。上述种种表现，歌尔得蒙统统心中有数；它们都像一圈圈涟漪传到他身边，对他的追求做出秘密的回答；种种源于爱的思想情绪，像一群鸟儿绕着他飞来飞去，有的驯顺，有的反抗，有的互相争斗。

宴会后，尤丽娅回房去了；夜已经很深，她端起一支点在陶瓷烛台中的蜡烛，离开了餐室，神情冷漠得像一位小修女。其他人却还坐了一小时，两个男人谈着年景，谈着皇帝，谈着主教。与此同时，丽迪娅却听着歌尔得蒙和地主太太东拉西扯，尽管讲的全是些毫无意义的事，谁知一来一往，却用目光、音调以及小小的动作织出一张紧密而美丽的网来，不仅是寓意丰富，而且还向空中散发出暖意。姑娘既贪婪又恐惧地吮吸着这气氛；当她看见或感到歌尔得蒙的脚在餐桌底下碰着地主太太的脚时，她仿佛觉得也碰到了自己，浑身不由一颤。事后她半夜都睡不着，一直竖起耳朵，心怦怦跳地在倾听，坚信那一对肯定会跑到一起去。她想象出了他们并未能成就的事情，看见他俩紧紧搂抱，听见他俩亲密接吻，同时自己激动得浑身哆嗦，既希望又害怕：遭到欺骗的丈夫该不会突然闯进去抓住那一对情人，一剑刺穿这可恶的歌尔得蒙的心口吧。

翌日早上，天空蒙上了一层乌云，远方刮来的风也带着潮气。虽经再三挽留，客人仍坚持立刻起身。他们上马的时候，丽迪娅也在场，她与客人握手，说着送别的话；但她做这一切全都心不在焉，全部精神都贯注到其他东西上去了。她看见地主太太上马时把一只脚踩在歌尔得蒙伸过去的双手里，后者张开右手，紧紧地、有力地捏住那妇人的小脚有好一会儿工夫。

客人走远了，歌尔得蒙只好到书斋里去工作。过了半小时，他听见丽迪娅在楼下发号施令的声音，接着马就牵来了；主人走到窗前，望着院子里的情景，微笑着不住地摇头。随后歌尔得蒙也踱过去，和他一起目送着丽迪娅骑在马上走出院子。今天他们的拉丁文写作进展较慢，歌尔得蒙心不在焉；他的主人也比平时早一些让他休息了。

歌尔得蒙牵着马偷偷溜出院子，迎着湿冷的秋风，驰进褪了色的田野里。马跑得越来越快，他感到自己胯下的坐骑发起热来，血液也开始燃烧。越过刚收割过的麦地和休耕地，越过荒野和生长着木贼与苔藓的沼泽，他放慢速度喘了口气，然后又驰进长着赤杨的小峡谷，穿过散发着一股霉气的松林，进入了另一片褐色的旷野。

在一个由银灰色的云天明显衬托着的高岗的脊梁上，他发现了丽迪娅的倩影，只见她高坐在缓步前行的马背上。歌尔得蒙直奔向她。她一发觉有人追赶，便策马飞驰起来。她一会儿踪影全无，一会儿又长发飘飘地出现在远方。歌尔得蒙像追逐猎物一样猛追，他的心笑了，嘴里不断以一些低沉、温柔的喊声给马鼓劲，在飞驰中愉快地用眼睛扫视着沿途的标记，像低洼的田地、赤杨林、女贞树丛、池塘的泥岸等，但视线每次总会回到他追逐的目标——那位美丽的逃跑者身上。他一定得马上追到她。

丽迪娅知道他追近了，便放弃逃跑的打算，让马放慢了脚步。她没有转身去看追逐自己的人。她高傲地、表面上无动于衷地径直往前走，仿佛什么也不曾发生，仿佛四周并无任何其他人。歌尔得蒙策马到了她身边，两匹马安静地并辔前行，只是骑手和牲口都冒着热气。

“丽迪娅！”他轻声呼唤。

她没有回答。

“丽迪娅！”

她仍不出一声。

“从远处看你骑在马上，丽迪娅，那景象真太美啦！你的长发飘在脑后，犹如一束金色的闪电。真太美啦！唉，多奇怪，你见了我竟要逃跑！由此我才看出来，你是有些爱我的。我过去不知道，直到昨天晚上还拿不准。可刚才你企图从我面前逃走，我就一下子明白了。亲爱的，美人，你一定累了，咱们下马歇歇吧！”

他迅速跳下马，并在同一瞬间一把抓住她的缰绳，以防她又跑掉。她面色苍白地俯视着歌尔得蒙；当他把她从马上抱下来的时刻，她便哇的一声哭起来了。他小心翼翼地扶着她走了几步，让她在枯草里坐下，自己却跪在她旁边。丽迪娅坐在那儿，竭力克制自己的抽泣，勇敢地和自己的脆弱做斗争，终于镇定下来。

“唉，你真坏呀！”她能够说话时便开口了。但也仅仅说出这么几个字而已。

“我真这么坏？”

“你是个诱骗妇女的坏蛋，歌尔得蒙。让我忘记你刚才对我讲的那些无耻的话吧，你是没有资格和我这样讲话的。你怎么能认为我爱你呢？让咱们忘记这些吧！可是我昨天晚上不得不目睹的场面，又叫我怎么能忘记呢？”

“昨天晚上？你看见什么来着？”

“呸，别装模作样，别这么自欺欺人！昨晚你当着我的面和那女人干的勾当，真是既丑恶，又无耻！你难道一点不知羞耻吗？竟然摸那女人的腿，在桌子底下，在我家的桌子底下！当着我，在我面前！如今她走了，你又跑到这儿来，想要死乞白赖地追求我！看来你真的不知道什么叫羞耻啊！”

对于在抱丽迪娅下马前自己向她说的那几句话，歌尔得蒙早已感到后悔。多么愚蠢啊，爱情是不用多嘴的，他本该沉默才是。

他什么也不再说，只是跪在她旁边；丽迪娅看上去是这么美，这么不幸，他不觉也难受起来，感到自己的确有些不该。可是尽管丽迪娅讲了那许多话，他仍从她眼里看出了爱情，就连她那哆嗦的嘴唇上的痛苦，不也是爱的流露吗？他相信她的眼睛胜过她的言语。然而，丽迪娅却一直等待着他的回答。这个回答迟迟不来，丽迪娅的模样便更加阴沉了，一双哭红的眼睛瞪着他，重复问：“你真的不知羞耻吗？”

"请原谅，"歌尔得蒙谦卑地说，"我们在谈一些用不着谈的事情哩。这是我的错，请原谅！你问我知不知道羞耻。知道，我当然知道羞耻。可是我爱你呀，而这爱情，却是不知什么羞耻不羞耻的。请别生气！"

丽迪娅似乎没在听。她坐在那儿，噘着嘴，眼睛凝视远方，仿佛只有她孤零零的一个人。歌尔得蒙从未落到过这样狼狈的境地。全都怪他说了话。

他把脸轻轻贴在她的膝头上，这一接触立刻使他觉得心中好受些。可是他仍然有些不知所措，忧心忡忡；丽迪娅呢，看上去始终十分伤心，坐着一动也不动，一声不吭，凝视远方。多么尴尬、多么难受啊！不过，她的膝头善意地接受了他脸颊的依偎，没有拒绝。他闭上眼睛静静地待着，慢慢把丽迪娅那膝头的优雅的形象铭记在心。歌尔得蒙欣喜而感动地想到，这优美的、充满青春活力的膝头，和她那修长的、漂亮的、圆润的手指甲配合得多么协调啊。他怀着感激之情，偎依着这个膝头，让自己的脸颊和嘴唇向它倾吐衷曲。

这时刻，他感到她的手怯生生地、轻飘飘地搁在了自己的头上。可爱的手啊！他感到，他觉得，这手正温柔地、抚慰孩子似的抚摸着自己的头发。他已经经常仔细观察她的手，欣赏她的手，了解它就如了解自己的手一样，记住了它修长的指头，以及指头上那些长而饱满的玫瑰色的指甲。眼下，这样一些纤纤玉指正羞怯地和他的鬈发对话。它们的语言是幼稚的、怯懦的，却充满了爱。歌尔得蒙感激地把头偎在她手里，任由她抚摸自己的脖子和脸颊。蓦然间，她说："是时候了，咱们该回去啦。"歌尔得蒙抬起头来，温柔地望着她，轻轻地吻了吻她那长长的手指。

"请站起来，"她说，"咱们该回家了。"

他立即服从；两人站起来，上了马，骑着回去。

歌尔得蒙的心里乐陶陶的。丽迪娅多么美，多么天真纯洁，又是多么温柔啊！他还一次也不曾吻过她，可是已从她那儿得到了许多温情和爱。两人急驰如飞，一直快到庄园门前，丽迪娅才猛然一惊，说道：

"咱们不好同时回去的。咱们真傻！"可在最后一刻，当他们翻身下马，并看见一个马夫已朝他们跑来的时候，丽迪娅才迅速而急切地凑到他的耳朵边说："告诉我，昨晚你是不是和那婆娘在一起！"歌尔得蒙连连摇头，同时卸着马具。

午后，父亲外出，丽迪娅又来到书房里。

"是真的吗？"她劈头就激动地问。歌尔得蒙立刻明白她指的是什么。

“可是，你干吗和她勾勾搭搭，那么恶心，让她迷上你呢？”

“这是为了你。”他说，“相信我，我乐意抚摸你的脚胜过她的脚一千倍。然而，你的脚从未在桌子底下伸到我的脚边来，问一下我爱不爱你呀。”

“你真的爱我吗，歌尔得蒙？”

“真爱！”

“可这会有什么结果呢？”

“我不知道，丽迪娅。我也不管。反正爱你将使我幸福——结果会怎样，我不考虑。当我看见你骑马飞奔，我就感到快乐；当我听见你的声音，或你的手指抚摩我的头发时，情况也一样。要是你允许我吻你，那更会如此。”

“男人只许吻他的未婚妻，歌尔得蒙。难道你从未想过吗？”

“没有，我从未想过。我干吗要想呢？你和我一样明白，你不可能成为我的未婚妻。”

“正是哩。正因为你不能做我的丈夫，永远生活在我身边，你来向我谈情说爱就很不对。你真以为，你引诱得了我吗？”

“我什么也不以为，什么也没想，丽迪娅，我所动的脑筋，比你所估计的少得多。我除了希望你什么时候能吻吻我以外，再没其他任何愿望。咱们讲的话太多。相爱的人不这样做。我相信，你是不爱我的。”

“今天早上你说的话可相反啊。”

“你的行动也相反嘛。”

“我？你怎么这样想？”

“一开始，当你看见我来了时，你就驱马逃开。于是我便相信你爱我。后来，你忍不住哭了，我就想，是啊，她爱我嘛。再往后，我的脑袋靠在你膝头上，你又抚摸我，我更想，这就是爱呀。可这会儿，你对我毫无爱的表示。”

“我不是你昨晚在桌子底下摸她腿的那个女人。看起来，你是习惯于那种女人的。”

“不，感谢上帝，你可比她美得多、纯洁得多啊。”

“我不想谈这个。”

“噢，可这是事实。难道你不知道你有多美吗？”

“我有一面镜子。”

“你在镜子里看过自己的额头吗，丽迪娅？还有你的双肩，还有你的指甲，还有你的膝盖？你有没有发现，这一切是多么协调、多么和谐，全都有着相同的特点：匀称、舒展、结实、苗条，你有没有发现？”

“瞧你说的！我的确从未发现，不过眼下，在你谈起的时候，我却明白你想的是什么。听着，你真是引诱女人的能手，你现在是企图煽起我的虚荣心。”

“很遗憾，我无法给你说清楚。可我干吗需要煽起你的虚荣心呢？你很美；我同时想向你表明，我为此感谢你。你强迫我用语言把它讲出来；但如果不用语言，我就能对你表达得好一千倍。靠语言我什么也不能给你！靠语言，我从你那儿学不到任何东西，你也不能从我这儿学到任何东西。”

“我从你那儿有什么好学的啊？”

“我向你学，丽迪娅，而你也可以向我学。然而你不乐意。你只打算爱你将成为他未婚妻的那个男子嘛。如果他将来发现，你什么也没学过，连接吻都不会，他会笑话你的。”

“这样，原来你是想要教我接吻对不对，学士先生？”

歌尔得蒙冲她微笑着。她的话在他听来尽管不是滋味，却仍能在丽迪娅气势汹汹的巧辩背后感到她那颗处女的心已被情欲攫住，正在充满恐惧地挣扎反抗。

他不再回答，只是笑吟吟地望着她，用目光牢牢控制住她那不安的眼神；在她反抗无效终于成为俘虏以后，他的脸便慢慢靠拢过去，直到两人的嘴唇凑在一起。他轻轻地碰了碰她的嘴，这嘴便回报他一个孩子般的吻。当他想吸住它不放的时候，它马上便惊恐地松开了。他温柔地追过去，直到她的小嘴又迟疑地迎上来；于是他便教这个被迷住的少女如何轻松愉快地接受别人的吻和吻人，直至最后，她把脸精疲力竭地靠在了他的肩上。他任它待着，一边快活地嗅着她金发上的浓香，一边凑近她耳朵窃窃私语，说着温存和抚慰的话。此情此景，使他回忆起自己还是个懵懂无知的学生的时候，有一天如何得到了吉卜赛女郎莉赛的点化。莉赛的头发有多黑，皮肤有多健康啊！那天太阳火辣辣的，小连翘散发着喷鼻的芳香！而这已经是很久很久以前的往事，恰如遥远的地平线上的一星闪光。一切都如春花朝露，转瞬即逝！

丽迪娅抬起头来，脸上的表情已经变了，一双睁得大大的媚眼严肃地望着他。

“让我走吧，歌尔得蒙，”她说，“我待在你身边已经够久了。哦，你，哦，我亲爱的！”

从此，他俩每天都秘密约会；歌尔得蒙完全听凭他爱人的摆布，这处女纯真的爱情感动了他，陶醉了他。有时候，她在整个幽会过程中都只握着他的手，瞅着他的眼睛，仅在分别时才孩子似的吻他一下。另外一些时候她又尽情地吻他，不知满足；可动手动脚却从不允许。只有一次，她通红着脸，下了很大的狠心，才同意让他看一看自己的乳房，以使他好好高兴高兴。当她羞答答地把那个小小的、雪白的果实从衣服里掏出来时，他便跪下去吻了吻，她赶忙又小心地用衣服掩盖起来，脸一直红到了脖子根。他们在一起也谈话，不过已不用第一天那种方式。他们相互取了亲昵的称呼。丽迪娅最喜欢给他讲她的童年、她的梦以及游戏。她也常常说，他们的爱情是不正当的，因为他不能娶她。一提起这点她就悲伤、绝望；他们的爱情有这种隐忧作为点缀，恰似美人脸上盖了一块神秘的黑面纱。

丽迪娅有一次说："你生得如此英俊，模样如此开朗，可是在你的眼睛深处，却没有快乐，只有忧伤，仿佛它们不知道有什么幸福，而一切美好的、可爱的东西对于我们都不会长久似的。你的眼睛是世间最美的眼睛，但也是最忧伤的眼睛。我相信，这是因为你无家可归的缘故。你从森林中来到我身边；有朝一日，你又会离开这儿再回到森林去，以青苔为床，四处流浪。可我的归宿又在何处呢？等你一走，我诚然还有个父亲，有个妹妹，有一间屋，有一扇窗，我可以坐在窗前想你，却不会再有归宿。”

歌尔得蒙尽由她说，时而报以微笑，时而面露愁容，但从未用言语安慰过她，只偶尔把她的头抱在自己胸前轻轻抚摸着，嘴里哼出一些毫无意义的声音，就像保姆在哄哭闹的婴儿一样。

又有一次，丽迪娅说："我想知道，歌尔得蒙，你将来会变成什么样子；我经常考虑这个问题。你的生活不会平平常常，也不会轻松容易。唉，但愿你能过得好啊！有时候我想，你该成为一个诗人才是，一个诗人不但有许多幻觉和梦想，而且能把它们优美地表达出来。唉，你会浪迹天涯，尽管世间的女子都爱你，你却仍将是孤独的。倒不如还是回到修道院那位你时常提起的朋友身边去吧！我将为你祈祷，求上帝不要让你将来孤孤单单地死在森林里。”

她可以如此一本正经、目光茫然地讲一通，然而过后又能欢笑着与歌尔得蒙一道奔驰在深秋的田野里，要不就出谜语让他猜，或捡枯叶和橡实来扔他。

有一晚，歌尔得蒙躺在房中的床上，久久未能入睡。他的心扑扑跳着，既充满爱情，又充满感伤和绝望，甜蜜与痛苦的感觉奇妙地搅和在一起。他听见十一月的西北风摇撼着屋顶；如此静卧着久久不能成眠，在他已经成了一种习惯。那晚他也跟往常一样，低声默唱起《圣玛利亚》来：

无比圣洁的玛利亚啊，
原罪没有玷污你的身体。
你是以色列民族的骄傲，
你是罪人的辩护者！

这首曲调柔和的颂歌深入到了他心灵中。

与此同时，窗外的风却唱着不安与流浪之歌，唱着森林与秋天之歌，唱着无家可归的漂泊者之歌。他想起了丽迪娅，想起了纳尔奇思，想起了自己的母亲，不安的心里百感交集，无比沉重。

蓦地，他惊讶地坐了起来，呆瞪着两眼，自己也不相信会真有其事：房门打开了，黑暗中有一个穿着长长的白睡衣的人正走进来。原来是丽迪娅。她赤着脚，无声地走在石砌地面上，进房后轻轻关上了门，然后坐在歌尔得蒙床边。

“丽迪娅，”他悄声唤着，“我的小鹿，我的小白花！

丽迪娅，你这是干什么？”

“我到你这儿来，”她说，“只想待短短的一会儿。我想看看啊，看看我的歌尔得蒙怎样睡在他的小床上，我的心肝。”

她躺在他身边。两人静静待着，心怦怦直跳。她任他吻她，任他抚摸她的手脚，却不允许他干其他什么。过了一会儿，她把他的手从自己身上推开，吻了吻他的眼睛，然后便轻轻地站起来走了。门嘎吱响了一声，屋顶被狂风吹得哗啦哗啦直响。一切都像中了魔，充满神秘，充满恐惧，充满许诺，充满危机。歌尔得蒙不知道自己在想什么，在干什么。当他迷糊了一会儿再清醒过来时，发现枕头已经被泪水沾湿了。

过了几天她又来了，他那甜蜜的、白色的小精灵。她和上次一样在他旁边躺了一刻钟。在他的怀抱里，她凑到歌尔得蒙的耳边柔声低语，她要讲的和抱怨的真多啊。他温顺地听她说，左臂上枕着她的头，右手抚摸着她的膝盖。

“歌尔得蒙小亲亲，”她贴近他的脸颊，声音压得低低地说，“真伤心哟，我永远也不能属于你了。长不了啦，我们这小小的幸福，我们这小小的秘密。尤丽娅已经起疑心，马上她就会强迫我向她坦白的。要不然父亲也会发现。他要是看见我在你的床上，我的小金丝雀，那你的丽迪娅就惨啦。她将眼泪汪汪地站在树下，仰望着被吊死在树上的爱人，看着他在风中摇摆。唉，我说，你还是逃走吧，马上逃走吧，免得父亲把你捆起来，吊到树上去。我已经看见过一次吊死一个人，一个小偷。我不能看见你被吊死啊。你赶快离开这儿，把我忘了吧。你绝不能死，我的亲爱的，绝不能让野鸟来啄你蓝色的眼睛！可是不，我的宝贝，你不能走——唉，你要走了，丢下我一个人孤零零的又怎么办呢！”

“你难道不愿意跟我一起走吗，丽迪娅？咱们一起逃走，世界大着哩！”

“那倒是好，”她慨叹道，“非常非常好，要是能跟你跑遍天涯海角！可是我办不到啊。我不能在森林中过夜，不能没有家，不能让头发上沾着草茎。我也不能给父亲带来耻辱。不行，别说了，这些都不可想象。我办不到！我不能用一只脏盆子吃饭，不能在一个麻风病人的床上睡觉。唉，一切好的东西、美的东西对于我们都是禁止的；咱俩生来就该受苦的啊。歌尔得蒙，我可怜的小哥哥，到头来我可还是得看着你被吊死的。而我，那以后就会被关起来，送进修女院。亲爱的，你必须离开我，再睡到那些吉卜赛女人和农家婆的身边去。唉，走吧，走吧，在他们来抓住你，捆起你以前！我们永远也不会幸福啊，永远。”

歌尔得蒙轻轻地抚摸她的膝头。当他非常小心地碰了碰她的下身以后，便请求道：“我的花儿，我们可以非常幸福哩！允许我吗？”

丽迪娅用力推开他的手，把身子挪开了一些，但也没有生气。

“不，”她说，“不，这我不能够。这是禁止我做的。你这个小吉卜赛人也许不理解。我现在这样已是行为不端，我是个坏姑娘，我辱没了整个家庭。不过，在我内心深处，我仍然保持着骄傲，那儿是不允许任何人随意闯进去的。你务必尊重我这点，否则我再不会到你房间里来了。”

歌尔得蒙从未想到蔑视她的任何禁令、愿望以至暗示。连他本人也感到奇怪，这个少女怎么对他有如此巨大的魔力。可他仍然感到痛苦。他的感官没得到满足，心里常常激烈地反抗着这种从属地位。有时他努力想摆脱它。有时他也向小尤丽娅献献殷勤，把自己装扮得老老实实的；毕竟和这位重要人物有必要保持良好的关系，以便尽可能地迷惑住她。这位尤丽娅使他觉得老摸不透，一会儿十分孩子气，一会儿又像什么都懂得似的。无疑，她比丽迪娅更美，是个非凡的美人；这点加上她那小机灵鬼般的天真烂漫，对歌尔得蒙也很有诱惑力，使他常常也很恋慕她。可正好就是妹妹的这种对于他感官的诱惑力，使他多次惊异地认识到了情欲与爱情之间的差别。一开头，他对两姐妹等量齐观，但觉得尤丽娅更美，更富于刺激性。他对她俩都一样地追求，一样地盯住不放。可现在丽迪娅对他却有了如此巨大的魔力！他爱她爱得这样厉害，甚至放弃了对她完全占有的欲望。她的心灵已经为他所了解和珍视；她的孩子气、温柔深情、多愁善感，都好像与他的性格相似。他常常惊讶不止、赞叹不止：她这心灵竟与她的肉体如此协调和谐；她无论做什么，说什么，表示一个愿望或者下一个判断，她的话和内心情感总是完全一致的，正如她眼睛的模样和手指的形状完全协调一样！

歌尔得蒙自信已经看出构成丽迪娅天性、心灵和身体的基本形态与法则，常常产生要把它们捉住和描摹下来的欲望，于是极为秘密地在一些纸上试着描画她的头部的轮廓，她的眉毛的曲线，她的手，她的膝盖，而且能单凭记忆画出来。

对付尤丽娅已遇到了一些困难。她显然已发觉她的姐姐正沉湎在情海的狂澜中；她的所有感官都充满着好奇和渴望，要想闯进这个乐园中来，尽管她的理智不能同意。她对歌尔得蒙表现出极为冷淡和反感的样子，可在情不自禁的时候又常常注视他，流露出对他的景仰和渴慕。对丽迪娅她经常十分亲热，不时还去伴姐姐睡觉，竭力想不声不响地呼吸一点那爱和性的国度里的气息，大胆地去掀起那虽遭禁止但又十分诱人的秘密的帷幕。不成功，她就以近乎侮辱的方式让丽迪娅知道，她对她偷偷摸摸的勾当了如指掌，十分鄙视。这个美丽而任性的小女孩，在两个情人中间捣来捣去，一会儿亲热，一会儿捣蛋，一会儿装得一无所知，一会儿又摆出一副咄咄逼人的知情者的嘴脸让他俩瞧瞧，仿佛她连做梦也在玩赏她所掌握的秘密。这样没过多久，这个小女孩就变成了暴君。丽迪娅吃她的苦头更多一些；因为歌尔得蒙除去一日三餐，其他时间很少与她见面。他对尤丽娅的魅力并非无动于衷，对丽迪娅来说，这也已不是什么秘密。有时她就看见，他那钦慕与赞赏的目光如何久久地停在尤丽娅身上。可她什么也不敢说，一切都如此艰难，一切都充满危险，万万不能得罪尤丽娅，让这位暴君不高兴。唉，每一天她这爱情的秘密都可能被揭露出来，每一天她这提心吊胆的幸福都可能完蛋，没准还十分可怕地完蛋。

有时歌尔得蒙奇怪自己怎么迟迟没有离开。像现在这样的生活，他是很难过的：他被人爱着，却既无希望得到合法的长时期的幸福，也无希望让自己的情欲像过去所习惯的那样轻易获得满足；这种欲望不但始终被挑逗起来，如饥似渴而得不到消解，而且经常还处于危险之中。他为什么要留在这儿忍受这一切，卷进这种种的纠葛和烦恼里去呢？这样一些体验、感情和心理状态，不是那种定居的人、正当的人、住在暖烘烘的屋子里面的人才有的吗？作为一个无家可归和与世无求的人，他不是有权逃避这种缠绵而错综复杂的关系，将它一笑抛却吗？是的，他有这种权利。他曾想在此地寻找个归宿；为此却经历这么多的痛苦，这么多的难堪，难道他不完全是个傻子吗？可是话虽如此，歌尔得蒙却继续待下来，心甘情愿地忍受一切，并在内心暗暗觉得幸福。以这样一种方式恋爱固然是愚蠢和困难的，复杂和伤脑筋的，但同时也是美妙的。妙就妙在这种爱的隐隐的伤感，以及它的痴心和无望。那一个个充满相思的不眠之夜，本来就很美。丽迪娅在述说自己的爱情和忧虑时嘴唇的痛苦抽动，嗓音的绝望喑哑，这一切一切都是多么动人而值得回味啊。在几个礼拜内，丽迪娅年轻的脸上出现了这种痛苦的表情，并变成了特征；用笔把这张脸的线条画下来，在歌尔得蒙觉得十分美妙和重要。而且他还感到：在这短短几个礼拜里他自己也变成了另一个人，年龄似乎大多了，虽然并非更聪明，却更有经验；虽然并非更幸福，却成熟得多，心灵丰富得多。他不再是一个少年啦！

丽迪娅声调轻柔而哀怨地对他说："你千万不要悲伤，千万别为了我而悲伤；我只是想使你快活，想看见你幸福。原谅我，我使得你心里难过，用我自己的恐惧和烦闷感染了你。我夜里做的梦真叫稀奇，我总梦见自己在一处沙漠中走啊，走啊；那沙漠又大又黑暗，叫我简直形容不出来。我走啊，走啊，一直寻找着你，可就是找不着；于是我明白过来，我已经失去了你，将不得不永远永远地这么走下去，孤零零地一个人走下去。后来，我醒了，心中就想：哦，多美好啊，他还在这儿，我将会看见他，也许还有几个礼拜，也许还有几天，反正一样，他眼下总还在！"

一天清晨，歌尔得蒙天一亮就醒来了。他躺在床上沉思了一会儿，昨夜梦境中的形象还飘荡在他的四周，只是相互之间并无联系。他梦见自己的母亲和纳尔奇思，两人的模样还历历如在眼前。从梦的罗网中完全挣脱出来后，他突然发现一种特殊的光辉，奇异而又明亮，从他小小的窗孔中射了进来。他一跃而起，直奔窗前，只见窗台上，马厩的屋顶上，庄园的大门上，以及门外的整个原野，全都覆盖着初雪，闪耀着白里泛蓝的光。这宁静的冬景与他内心的不安恰成对照，使歌尔得蒙不禁愕然：这田地和森林，这丘陵和原野，它们对太阳、风、雨、干旱以及雪是多么驯服、虔诚和处之泰然；这槭树和梣树，它们是多么耐心地背着自己的冬的负荷，姿态却又是多么美啊！难道人就不能像它们一样，就一点不能向它们学习吗？歌尔得蒙若有所思地走进院子，踏着雪，不时用手去摸摸雪花，来到了花园里，视线越过堆着厚厚一层雪的篱笆，落在被雪压弯了的玫瑰茎秆上。

早餐时大家一边喝麦糊糊，一边谈着初雪，所有的人——包括姑娘们在内——全已经出去踏过雪了。今年雪下得很迟，转眼就要到圣诞节了。骑士给大家讲着压根儿不下雪的南方国家的情况。可是对于歌尔得蒙，使这瑞雪初降的日子变得难以忘怀的事却发生在深夜里。

那天两姐妹又发生了口角，而歌尔得蒙却一无所知。

当晚，夜深人静以后，丽迪娅来到他房中，跟每次一样默默躺在他身边，头枕着他胸口，以便听见他的心跳声，在靠近他时获得慰藉。她情绪沮丧，心惊胆战，生怕尤丽娅会告发她，然而又下不了决心和自己的爱人谈一谈，怕这样会使他担心。她就这么静静地躺在他的胸口上，听他不时悄声说出一句亲昵的话语，而且感到他的手在抚摩自己的头发。

突然间——她那样躺了还没多久——丽迪娅猛然一惊，一翻身就睁大眼睛坐了起来。歌尔得蒙也同样一怔，他看见门开了，一个人走进房来，惊慌之中却并未认出是谁。直到那人走到床前，弯下了腰，他才心情紧张地看出是尤丽娅。尤丽娅脱掉套在睡衣外的大衣，让它滑落在地板上。丽迪娅痛苦地叫了一声，倒下身去，紧紧抱住歌尔得蒙，像是被刺了一刀似的。

尤丽娅用一种讥讽与幸灾乐祸的口气，然而声音却有些颤抖地说道："我可不能一个人待在房间里。要么两位收留我，咱们三个一起睡，要么我马上去叫醒父亲。"

"嗨，尽管来呗，"歌尔得蒙说，一边就掀开被子，"别冻坏了你的脚啊。"

尤丽娅上了床。为了在窄窄的床铺上给她挪出一点地方来，歌尔得蒙颇费了些劲，因为丽迪娅把脸埋在枕头里，一动不动。最后三人总算躺好了，歌尔得蒙每边一个姑娘。有一瞬间，他还忍不住在想，这种情况在不久以前对他来说是多么求之不得啊。他感到尤丽娅的躯体就在自己身边，既有点惊骇，又暗暗欢喜。"我务必亲自来瞧瞧，"尤丽娅又开了口，"看躺在你这床上是个什么滋味，我姐姐竟会这么喜欢往你这儿跑。"

为了让她不作声，歌尔得蒙就用脸颊去轻轻擦她的头发，用手轻轻抚摩她的腰和膝盖，就像哄一只猫一样。她也默默地、好奇地让他抚摩，完全被这新奇的魔法迷住了，丝毫没有反抗。与此同时，歌尔得蒙还要努力去对付丽迪娅，凑近她耳朵说着绵绵情话，好不容易才使她抬起头来，把脸转向他。他不出声地吻她的嘴和眼睛，同时他的手却把旁边的妹妹镇住，这难堪别扭的处境渐渐地使他感到不可忍受。他的左手在和尤丽娅美妙的、静静等待着的躯体打交道时，也使他受到了教育，他不仅第一次深深感到他对丽迪娅的爱情既美好又绝望，还觉得这爱情有多么可笑。此刻，在他嘴唇吻着丽迪娅，手却摸着尤丽娅的时刻，他就感到有必要要么迫使丽迪娅委身于他，要么就干脆离开这儿，继续走自己的路。既爱她又不能占有她，这是荒谬的、不合理的。

“我的心肝，”他悄声对丽迪娅说，“咱们是在不必要地自找苦吃啊。现在咱们三人可以非常非常幸福！你就让咱们随心所欲吧！”

一听这话，丽迪娅吓得退开了；歌尔得蒙便去求另一位。他的手抚摸得她十分舒服，使她发出一声长长的、战栗的哼唧。

听见这声音，丽迪娅的心嫉妒得完全缩紧了，就像灌进了毒药一般。她冷不防地坐起来，一把掀开被子，跳下地去，喊道：“尤丽娅，咱们走！”

尤丽娅一个哆嗦；姐姐这粗声粗气的喊叫，很可能把他们三个全毁了。她看出情况危险，也一声不吭地站了起来。

歌尔得蒙的满腔欲火未得满足，又被泼了一盆冷水，赶忙抱住正站起身来的尤丽娅，吻了吻她的乳房，心急火燎地凑近她耳朵说：“明天，尤丽娅，明天！”

丽迪娅穿着睡衣，光着脚站在石砌的地面上，脚趾都冻得蜷了起来。她把尤丽娅的大衣从地上拾起来，披在妹妹肩上，以一种即使在黑暗中也逃不出尤丽娅眼睛的痛苦而屈辱的神情，诓着她快走。姐妹俩无声地溜出了房间。

歌尔得蒙心乱如麻，倾听着她俩消失的方向，发现宅子里仍旧一片死寂，才松了一口气。

就这样，三个年轻人结束了一次奇特的、不自然的聚会，各自又堕入孤独的沉思中。因为那姐妹俩回到卧室后也未能交谈，而是各人都睁着眼躺在自己的床上，一声不吭地赌着气。一个不幸与不和的精灵，一个破坏理智、播种隔膜、搅扰心灵的恶魔，仿佛已经控制了这所房子。午夜以后，歌尔得蒙才昏昏沉沉睡去；尤丽娅天快亮时才睡着；丽迪娅一直清醒地躺在床上，受着折磨。当雪原上出现淡淡的曙色，她立刻起身穿好衣服，久久地跪在她那小小的木雕基督像前祈祷。她听见楼梯上传来父亲的脚步声，便跑出去请求父亲和她谈话。她没有考虑自己这样做是出于为妹妹的贞操担忧或是出于嫉妒，就下定决心把事情结束。歌尔得蒙以及尤丽娅两人都还在酣睡，骑士已经知道了丽迪娅觉得该告诉他的一切。她只字未提的是尤丽娅也参加了冒险的情况。

歌尔得蒙跟往常一样准时走进书房，立刻发现骑士一反常态，不是穿着便鞋和绒袍来从事写作，而是脚登皮靴，身穿短袄，腰挎宝剑，心里顿时明白了是怎么回事。

“戴上你的帽子，”骑士说，“我要跟你出去走走。”

歌尔得蒙从钉子上取下帽子，跟在主人身后走下楼梯，穿过院子，出了大门。他们的鞋底踩在微微冻结的雪上，发出咔嚓咔嚓的响声。这时天边还是一片红霞。骑士默默地走在前面，青年跟在后边，不住地回头去看那庄园，看他的房间的小窗，看积着雪的倾斜的屋顶，直到他的视线被遮住了，什么都看不见为止。这屋顶、这窗户、这书房、这卧室，还有那两姐妹，从此他再也见不到啦！长时间以来，歌尔得蒙就想着会有突然离别的一天；可今日真的分别，他的心仍疼痛难当。

他们就如此一前一后走了一个小时，谁也没有说半句话。歌尔得蒙开始考虑起自己的命运来；骑士佩着剑，也许会杀死他。不过他不太相信这种可能。危险并不大；他只需拔腿跑掉，老头子拿着剑也只好干瞪眼。不，他的生命没有危险。可是，这么默默地跟在一位受了侮辱的威严的父亲身后，哑巴似的听凭他领着自己往前走，每走一步却也使歌尔得蒙心里增加一分难受。终于，骑士停了下来。

“喏，”他用颤抖的声音说，“你现在一个人继续走，永远朝着这个方向，去过你过惯了的流浪生活。你要什么时候再到我庄园附近露面，我就射死你。我不想对你报复；我本该自己聪明一些，不让你这样一个年轻男人待在我女儿身边。可要是你胆敢再回来，就休想活命。去吧，愿上帝饶恕你！”

骑士站在晨光熹微的雪地里，挂着白胡子的脸异常阴沉。他像个幽灵似的一动不动地站在原地，直到歌尔得蒙隐没在前面的一道土岗后边。天空升起彤云，曙光消退了，太阳没有露脸，空中又开始纷纷扬扬地飘起雪花来。

第九章

由于过去常常骑马出游，歌尔得蒙已经熟悉这一带地区。他知道在结冻了的沼泽对面，有骑士家的一个仓房，再往前走，还有一个农庄，那儿的人都是认识他的；他可以在其中一处休息和过夜。至于往后怎么办，到明天自会见分晓。渐渐地，他心中又恢复了一个时期以来已经失去的自由自在和身处异乡的感觉。不过，在这么个酷寒而阴沉的冬日，自由的滋味并不好受，异乡更只意味着疲惫、饥饿和困顿；不过它的辽阔、广大和冷漠无情，也对歌尔得蒙这颗被娇惯了的迷乱的心，起着镇静以至于近乎慰解的作用。

他走得累了。有马骑的日子已经一去不复返喽，他想。哦，广阔无边的世界！雪下得小了。远方的森林与浮云灰蒙蒙地混成一片，已经分辨不清。无边的寂静笼罩着一切，一直延伸到世界尽头。这会儿丽迪娅怎样了呢？她那颗可怜的、畏葸的心怎样了呢？歌尔得蒙对她真是无比同情。当他在空旷的沼泽地中央停下来，坐在一棵孤零零的无叶的桲树下休息时，便满怀温情地想起了她。终于，寒冷赶着他动身，他只好两腿僵硬地站起身，走了很久才使腿暖和起来；但这时候，昏沉沉的日光似乎又开始淡了下去。他长时间地蹒跚行走在空旷的雪原上，头脑中再没有任何思绪。这会儿不是进行思考或酝酿感情的时候，哪怕这些感情再温柔、再美好；这时候要做的是使身体暖和，及时找到一个过夜的地方，像黄鼠狼和狐狸似的赶快逃出这寒冷无情的世界，免得马上就倒毙在空无人烟的雪原上。除此而外，一切都是无关紧要的。

突然，歌尔得蒙惊讶地转过头，他相信远远地听见了马蹄声。来追他的人可能是谁呢？他从口袋里拔出狩猎的小刀，松开了木鞘。眼下他已看见骑手，很远便认出那是骑士马厩中的一匹马，它径直向他奔驰而来。逃跑已没有用；他站在原地等着，虽然不怎么害怕，内心却极其紧张和好奇，心跳也加快了。一刹那间，他脑子里闪过一个念头："要是我能干掉这个骑马的人，那就好啦；我有了一匹马，整个世界便是我的！"然后，当他看清来人乃是小马夫汉斯，一双水汪汪的蓝眼睛，一脸痴憨善良的孩子气，却不由得笑了。要杀死这么个善良可爱的小伙子，非得有铁石心肠不可。他亲切地招呼汉斯，也温柔地向那匹名叫汉尼巴尔的马致意，抚摩着它温暖湿润的脖子。汉尼巴尔立刻便认出了他。

“你上哪儿去啊，汉斯？”他问。

“来追你哪，”汉斯笑道，露出一口光洁的牙齿，“你已经跑得这么远！可我是不能待得很久的，只奉命向你问好，把这个转交给你。”

“谁让你向我问好呢？”

“丽迪娅小姐。嘿，你今天可把咱们害苦喽，歌尔得蒙老师；我这会儿能出来跑跑真开心，但万万不能让老爷发现我溜出来是替人办事的，否则就会送命。喂，接着！”

他递给歌尔得蒙一个小包，歌尔得蒙收了下来。

“我说，汉斯，你口袋里可有个面包什么的？要有，就给我吧。”

“面包？也许还能找到一片。”汉斯边说边掏口袋，真的掏出一块黑面包来，递给了歌尔得蒙，随后他就打算往回走。

“小姐这会儿在干什么？”歌尔得蒙问，“她没有交代任何其他的话吗？你没有带来一封信吗？”

“没有。我只见到她一会儿。家里气氛紧张，你知道；老爷就像扫罗王[1]一样奔来奔去。我只奉命把那玩意儿交给你，再就没什么了。我必须马上回去。”

“好的，汉斯。只是稍等一等！我说，汉斯，你能不能把你那猎刀让给我？我只有把小刀。万一碰上狼，可就……要是手头有把真家伙，肯定会好一些。”

汉斯压根儿听不进去。他说，歌尔得蒙老师要是真有什么三长两短，他是十分难过的；不过，他的猎刀嘛，不，他永远也不会给人，即使付他钱，即使交换，即使圣女热诺维娃亲自来求他，也不行。好啦，他还得赶快离开；他祝歌尔得蒙老师一切如意；可这猎刀的事，他感到很遗憾。

两人握了握手，小伙子就骑马离开了；歌尔得蒙目送着他，心中异常难过。随后他动手解开那小包，看见捆在上面的一条优质的小牛皮带子，很是喜爱。包里是一件灰粗毛线织的紧身上衣，显然是丽迪娅专为他精工织成。在这软和的毛衣中，还藏着一件裹得严严实实的硬东西。原来是一块火腿；火腿上切了一道小口，小口中嵌着一枚亮

1　扫罗王（约公元前 1050—前 1010 年在位），以色列联合王国第一代国王。

晶晶的金币。书信却没有。歌尔得蒙双手捧着丽迪娅的礼物，站在雪中踟蹰不前。最后他脱下外套，把毛衣穿起来，身心立刻感到一股舒适的暖意。他很快穿好衣服，把金币放到最保险的口袋里，把那条皮带束在腰上，又继续赶路。是该找个地方歇息的时候了，他已经非常疲倦。可他不愿意到农民家里去，尽管那儿暖和一些，而且有牛奶喝；他不想多讲话，让人家刨根问底地盘问。他在仓房中过了夜，第二天一早又冒着严寒和狂风出发，在寒冷的催逼下快步前行。一连许多晚上，他都梦见骑士和他的宝剑，梦见他那两个女儿；一连许多天，他的心感到孤寂、惆怅、郁郁不乐。

这一天，他投宿在一座村子里，贫苦的农民们拿不出面包来救济他，只给他喝了一碗小米羹。可就在这儿，歌尔得蒙又有了一番新的经历。半夜，他借住那家的主妇生孩子了，歌尔得蒙当时也在场。人家把他从草堆中拽起来，让他去当帮手，结果实际上除了让他给在床前忙碌张罗的收生婆掌灯以外，什么也没轮上他做。这是他第一次看生孩子，两只惊异的火热的眼睛一直盯着产妇的脸，突然多了一种新的体验。至少他觉得，他在这儿的产妇脸上看见的表情，是很值得注意的。在松脂木火光的映照下，他盯着那个在阵痛中叫唤的妇人的面孔，有了一点意外的发现：这痛苦得扭曲了的产妇脸上的线条，和他见过的那些为爱所陶醉的妇女脸上的线条，竟没有多大区别！同那极乐时的表情相比，这陷在巨大痛苦中的表情显得更激烈一些，样子也变得更厉害些——但从根本上讲，却没有什么两样，都是紧张的抽缩，一会儿光彩耀眼，一会儿黯然失色。真奇怪，他简直不理解为什么他突然会领悟到这样一件事：痛苦与欢乐原来是相似的，好像一对同胞姐妹。

在这座村子里，他还有过另一种经历。那是在分娩之夜的第二天，他看见一个邻家的妇人，便用爱慕的眼光对她发出询问。她马上就给了回答，于是他又在村子里待了一夜，使得这个妇人非常幸福；因为这是他几个星期以来，在情欲一再受刺激又一再失望以后，第一次得以满足。然而这一天的延迟，又导致他经历了另一件事，害得他第二天在同一座村子里碰上一个伙伴，一个叫维克多的高大而粗野的家伙。这位老兄一半像个神父，一半像个绿林豪杰，操着半吊子拉丁文向歌尔得蒙搭讪，自称是个旅行的学生，虽然早已过了当学生的年龄。

这个长着一撮山羊胡子的家伙亲亲热热地向歌尔得蒙

打招呼，谈吐间显出一个流浪汉的洒脱幽默，很快赢得了年轻同行的好感。歌尔得蒙问他在哪儿念的书，准备上哪儿去，这个奇妙的老兄便声称：

“凭良心起誓，我上过的大学够多啦，科隆、巴黎全都待过；关于肝制腊肠的形而上学理论，我敢说很少有谁比鄙人在莱顿[1]那儿写的那篇博士论文谈得更精深。在这以后，兄弟，我这狗娘养的便跑遍德国，真是不知挨了多少饿，受了多少渴；人家都管我叫农民的灾星，而我的职业便是教年轻娘们学习拉丁文，并且用魔术把烟囱旁的熏腊肠变到自己肚子里去。我此行的目的地是村长太太的床。只要乌鸦不早一些吞掉我，我最终免不了还得去干干大主教的讨厌营生。小伙计，得享乐时且享乐，这最好不过；说来说去，一块烤兔肉吃到我可怜的肚子里头，比搁哪儿都要安逸一些。波希米亚[2]国王是我兄弟，我们的天父就像养育他一样养育我，只是最美妙的事情，他却让我自己来做；比如前天吧，他就像所有狠心的父亲一样，用我去救一只饿得半死的狼的命。我要是没把这畜生揍死，嘿，伙计，你就永远别想得到结交老哥我这份荣幸喽。为无穷世

1　指莱顿大学，荷兰王国历史最悠久的高等学府，建于 1575 年。

2　捷克旧称。

之世[1]，阿门。”

歌尔得蒙领教这种穷开心的幽默和流浪汉拉丁文的时候还不多，对这个身高体壮、蓬头垢面的粗鲁家伙以及他那刺耳的狂笑，颇有些害怕；每当他逗趣时，总是这么笑的。可尽管如此，在这个饱经风霜的流浪汉身上，却有某种得到他欢心的东西，因此对方一劝再劝，他便欣然同意与他结伴而行；不管那打死一只狼的事情是不是吹牛，有两个人一起总可以放心大胆一些嘛。然而在他们继续往前走以前，维克多老兄如他自己所说还打算跟农民讲讲拉丁文，两人于是在一个小农家里住了下来。但与歌尔得蒙过去整个流浪过程中走到一座村子或一座农庄时的做法不同，他是挨门挨户地去啰唣，见到一个女人就搭讪，鼻子伸进每一家的猪圈和厨房，大有一位收税官的架势，不每家每户给他送上一点贡品，就绝不肯离开村子。他给农民们讲威尔士兰[2]的战争；他在厨房里唱《帕维亚战役[3]》之歌；他给老祖母们介绍治关节炎和掉牙齿的单方；他似乎无所不知，似乎没有哪儿不曾去过。他那用腰带系紧的上衣里

1 此处为拉丁文。语出天主教弥撒书序文。

2 指意大利。

3 法国国王弗朗西斯一世和哈布斯堡皇帝查理五世在意大利战争中的一次关键战役，发生于 1525 年，以法军惨败、弗朗西斯一世被俘告终。

总塞得胀鼓鼓的，全是村民送的面包呀，核桃呀，梨子干呀什么的。歌尔得蒙不胜惊讶地从旁观察他，看他如何不知疲倦地进行自己的征讨，一会儿吓唬农民，一会儿又讨好人家；看他装腔作势，令人瞠目，一会儿咕噜几句拉丁文，俨然学者的气派，一会儿又吐出一连串古里古怪的盗匪黑话，叫听者为之震惊；而且，不管讲故事也好，发表学者般的演说也好，一双滴溜溜的警觉的眼睛总不忘记记下每一张面孔、每一个打得开的抽屉、每一只碗和每一个面包。歌尔得蒙看出，这是个老奸巨猾、久跑江湖的流浪汉，是个见多识广、饱尝饥寒，在为苟延残喘地生存下来的艰苦斗争中已变得既聪明又无耻的人。凡是长期过流浪生活的人，看来都会变成这个样子。他歌尔得蒙有朝一日是否也会变成这样呢？

第二天，他们继续前进，歌尔得蒙第一次尝到了两人一起流浪的滋味。他们同行已经三天，一路上歌尔得蒙从维克多那儿学到了各种各样的东西。每个流浪汉都有三大需要：保护生命的安全，寻找过夜的地方，搞到充饥的食物。一切从这三大需要出发的、已经成为本能的习惯，教会了这个流浪多年的汉子许许多多本领。他能根据一些最不显眼的迹象，或者看出附近有人居住，或者在森林和旷野的每一个角落准确无误地找出一个适合自己休息或睡觉的地方，或者一踏进屋子就嗅出主人殷实或寒碜的程度，以及他们的善良、好奇和胆小的程度——在诸如此类方面，维克多堪称是位大师。他向自己年轻的伙伴讲了许多有教益的故事。有一回，歌尔得蒙对他说：他没有必要这么存心去算计人家；就算不会这些招术吧，只要好好去求别人，别人也很少不招待他的。听了这话，高大的维克多纵声大笑起来，笑完后和蔼地说："是啊，歌尔得蒙，你是肯定有运气的。你年轻，脸蛋又俊，一副天真无邪的样子，这就是一张最好的路条呀！娘们喜欢你，丈夫们也想：嗨，老天在上，这小子没问题，不会碍着谁的。可你瞧，小兄弟，人是会变老的，一张娃娃脸会长出胡子，积累起皱纹，裤子也会磨出窟窿，不知不觉你就变老了，成为一个不受欢迎的客人，一双眼睛不再闪耀青春和天真无邪的光辉，只能喷射着饥火；那时，人的心肠就会硬起来，得从世界上学会一些东西，否则他就得躺在粪堆上，狗便会成群来咬他。不过，据我看，老弟反正是不会长期流浪下去的，你有一双这么细嫩的手，这么漂亮的鬈发，你一定会重新爬回一个生活轻松一些的窝，或者一张华丽、温暖的婚床，或者一座幽静、富足的小修道院，或者一间雅洁、舒适的办公室。还有你身上这套如此讲究的衣服，人家简直会当你是个地主少爷哩。”

维克多不断地说说笑笑，手却伸去摸歌尔得蒙的衣服。歌尔得蒙感觉到这只手把他所有的衣袋和衣服线缝都按着摸了一遍；他扭开身子，想到了自己的那枚金币。他讲了讲他住在骑士城堡里，靠着抄写拉丁文赚到这套漂亮衣服的经过。维克多却追问他，干吗偏偏在大冷天又离开了那么温暖的窝；歌尔得蒙还没习惯撒谎，便把两位骑士小姐的事儿也说了出来。这下子两个伙伴就发生了第一次争吵。维克多认为，歌尔得蒙是天底下最大的傻瓜，竟然人家让走就走，把城堡和两位娇滴滴的女娃娃留给了亲爱的上帝。事情必须补救一下，办法他自会有的。他俩应再回到城堡去，到了那儿歌尔得蒙自然不能露面，一切都由他维克多去张罗。歌尔得蒙必须写一封情书给丽迪娅，如此如此，这般这般，他维克多带着这封信去城堡，凭基督的伤口起誓，不弄到一些值钱的东西绝不出来，如此等等。歌尔得蒙坚决不同意，情绪变得激昂起来。他压根儿拒绝讨论这件事，也不肯把骑士的名字和去城堡的路告诉维克多。

维克多见他真的火了，就又笑起来，装出息事宁人的面孔。“得了，”他说，“别把牙给咬崩喽！我只不过说说罢了：你放走了一笔好买卖，小伙子。你这个样子可就不够朋友咯。好了好了，你不愿意就不愿意呗。你是位上等人，将来要轻裘肥马地回城堡去，讨那位骑士小姐做老婆！小伙子，你可真是一脑袋糊涂想法哟！得了，随你的便，咱们还是继续往前走，去喝咱们的西北风去。”

一直到晚上，歌尔得蒙都绷着脸，不吭一声。但是，他们那天没有赶到村镇，四周连人影都见不着一个，他心里又不得不感激起维克多来，是维克多选了一个宿夜的地点，在背后的两棵树干之间架起一道挡风屏，并用许多枞树枝把床堆得高高的。随后，他们吃起从维克多塞得胀鼓鼓的口袋里掏出的面包和乳酪来；歌尔得蒙对自己刚才的恼怒深感惭愧，便表现得友好而慷慨，主动把自己的毛衣让给维克多穿着过夜。两人商量好轮流值班以防备野兽，歌尔得蒙首先承担这个任务，让他的伙伴爬到枞树枝堆成的床上去睡觉。歌尔得蒙背靠一棵松树站了很长时间，一声不出，以免影响他的伙伴入睡。随后他却踱起步来，因为实在很冷。他来回走的距离逐渐加大起来，眼睛望着刺破灰蒙蒙天空的枞树梢，感到这寂静的冬夜既庄严，又可怕。在这寒冷而无声息的死寂中，他除了感到自己那温暖的、活生生的心在怦怦跳动之外，能听见的就只有他那酣睡的同伴的鼾声。此刻，他比任何时候都更强烈地体会到自己是一个无家可归的人，没有住宅、没有宫堡或修道院的围墙保护他不受这无边的恐怖侵袭，他只是孑然一身地漂泊在不可理解的、充满敌意的人世间，孤苦伶仃地困在这些挤眉弄眼的寒星、虎视眈眈的野兽和无动于衷的树木中间。

不，他想，他即使一辈子流浪下去，也绝不会变成维克多那样。像维克多似的无所畏惧、刁钻狠毒、厚颜无耻、夸夸其谈，他永远也学不会。这个聪明大胆的家伙也许说对了，歌尔得蒙永远也成不了完全和他一样的人，成不了一个十足的流浪汉，有朝一日还会爬进某一道围墙里去。不过尽管如此，他仍将无家可归，无所追求，永远不会获得真正的安全感，世界仍会谜一般美丽地、神秘地包围着他，他仍不得不在孤寂中侧耳倾听，听见这茫茫人世上唯有他自己的心跳声，它是那么胆怯、那么微弱。

夜空中只有疏星数点；风已住了，天上的云堆却似乎仍在移动。

一小时后，维克多醒了——歌尔得蒙并没有想唤醒他——招呼他继续去睡。

“来吧，”他喊道，“这会儿该你睡一睡了，否则明天你会垮掉的。”

歌尔得蒙依了他，躺在床上闭起眼睛。他很疲倦，但并未睡着，一个个念头使他保持着清醒；除了这些念头外，他还有一种不肯向自己承认的感觉，即某种对他那位伙伴的恐惧感和不信任感。他现在不理解自己怎么能把丽迪娅的事讲给这么个粗鄙的、纵声狂笑的家伙听，讲给这么个老奸巨猾的、肆无忌惮的叫花子听！他既气恼这个人，也气恼自己。他忧心忡忡，寻思着要找个最好的方式和机会摆脱这个家伙。

可是，歌尔得蒙到底还是迷迷糊糊地堕入了梦乡，因此在他突然醒来时，不禁大吃一惊：维克多的双手正在小心翼翼地摸他的衣袋。他一只袋里藏着把小刀，另一只袋里藏着那枚金币；维克多要是发现这两件东西，准会偷走无疑。他仍装作睡着了的样子，身子像个酣睡的人那样翻来翻去，手臂伸了两下，维克多只好把手缩了回去。歌尔得蒙对他气愤极了，决心第二天同他分道扬镳。

约莫又过了半小时，维克多再次朝他弯下腰来，重新开始搜索，气得歌尔得蒙手脚发冷。他身子一动不动地突然睁大眼睛，鄙夷、不屑地喊道：

“滚吧，这儿没有什么可偷的！”

这一喊可把小偷吓坏了，不顾一切地便动起手来，死死掐住歌尔得蒙的脖子。歌尔得蒙一反抗，维克多的手便掐得更紧，并拿膝盖抵住他的胸部。歌尔得蒙眼看就要透不过气来，全身猛力挣扎也挣脱不开，死亡的恐怖一下子攫住了他，使他完全清醒过来。他急中生智，把手伸进口袋掏出小刀，在对方仍拼命掐他的一刹那，冷不防一刀刺去，接着又一刀一刀不分青红皂白地刺进那个跪在他胸口上的人身体里。一会儿工夫，维克多的手松开了，露出了一些空隙，歌尔得蒙气喘呼呼，实打实地尝到了死里逃生的滋味。他那个大个子同伴喉咙里可怕地呼噜呼噜吼着，身体软瘫在他身上，血流了他一脸；歌尔得蒙好不容易才站了起来。在朦胧的夜色中，他看见高个儿倒卧在地上，伸过手去一抓，摸到的全是血。他扶起了维克多的脑袋，可一放手它又沉重地、软弱地向后倒去。从维克多的胸部和颈项，还一直有鲜血往外流，口里仅仅能发出一些模糊不清的、渐趋微弱的呻吟，生命眼看就要完了。

“我杀人啦，我杀人啦。”歌尔得蒙一再想着，跪在垂死的维克多身边，看着他脸上的血色渐渐褪去。“仁慈的圣母啊，我杀人了哟。”他听见自己在嘀咕。

突然间，他感到再也不能在此地待下去。他举起刀来，在维克多穿着的毛线衣上擦去血迹；这毛衣可是丽迪娅亲手为自己情人织的啊。他把刀插进木鞘，放入口袋中，跳起身来没命地逃去。

那个乐天的流浪汉的死使他良心很沉重；天亮以后，他用雪擦着自己身上的血迹，意识到这血是那家伙流的，浑身不由打了一个寒战。一整天加一夜，他都漫无目的地、胆战心惊地瞎跑一气。最后是肉体的困顿使他清醒过来，不再忧心忡忡地继续悔恨下去。

在荒无人迹的茫茫雪原上胡乱跑着，头上没房顶，脚下没道路，体内没粮食，也几乎没有睡觉，歌尔得蒙陷入了极大的困厄中。饥饿像头疯狂的野兽在他的肚子里号叫；他几次疲乏得倒在地上，合起眼睛，心灰意懒得除了赶快睡着让自己冻死在雪地里以外，已别无指望。可他仍旧一次次地挣扎起来，为了求生而绝望地奔跑。不甘死亡的疯狂的力量，赤裸裸的无比强烈的求生欲望，使他一次次从绝境中清醒过来，振奋起来。他用冻得青紫的双手，从雪盖着的杜松子丛里掏出一些干缩了的小浆果，把这冻得又脆又硬的玩意儿夹带着枞针一起塞进口里咀嚼，尽管味道十分苦涩。他大把大把地吃雪解渴。一次，他上气不接下气地爬上一个小丘，然后坐下来休息，呵着冻僵了的双手，眼睛贪婪地向四面搜索；可除了荒原和森林，什么也看不见，哪儿也没有一点人迹。在他头顶上飞着一群乌鸦，歌尔得蒙狠狠地瞪着它们。不，不能让它们来啄他，只要他的腿上还有一点力量，血管中还有一丝温暖，就绝不能这样。他站起来，重新开始跟死神赛跑。他走啊走啊，在精疲力竭、头脑发烧的情况下，突然产生了一些奇怪念头；他开始疯子似的自言自语起来，一会儿低声，一会儿狂叫。他还和被他杀死了的维克多讲话，粗野地嘲弄这小子：

“喂，狡猾的老兄，现在怎么样？月光照穿了你的肠肠肚肚，伙计呀，狐狸来扯你的耳朵了吧？你说打死过一只狼是不是？你到底是咬穿了它的喉管呢，还是扯掉了它的尾巴呢，嗯？你还想偷我的金币，大饭桶！没想到吧，少爷我歌尔得蒙就把你给治了，搔了搔你小子的肋巴骨！真可惜了你那一口袋一口袋的面包、香肠和乳酪啊，你这头蠢猪，你这只馋猫！”

他咳咳呛呛，尖声怪气地说着这样的挖苦话，咒骂着那个死鬼，庆贺自己战胜了他，笑他是个乡巴佬、窝囊废，一下子就让自己给报销了。

随后，他所想的和念叨的可就不再是倒霉的大个子维克多了。这会儿出现在他眼前的是尤丽娅，像那天夜里离开他时那样娇媚可爱的小尤丽娅。他对她说着不尽的绵绵情话，他用乱七八糟的秽亵言语勾引她，要她到他的身边来，要她脱掉自己的衬衣，和他歌尔得蒙一起上天去，在这临死前的一小时，在这狗一样痛苦地死去前的一瞬间。他恳求着，挑逗着，抚弄着她小小的乳峰、她的腿、她腋下的金黄色卷毛。

这时候，他僵硬的腿在白雪覆盖的枯草梗上绊了一下，痛得什么似的；可这痛楚使他陶醉，使他欣喜地感到自己的生命之火仍在旺盛地燃烧。于是他又开始唠叨了。但这次交谈的对象又变了，变成他对纳尔奇思诉说自己新的想法、智慧和趣事。

“你害怕吗，纳尔奇思？”他对纳尔奇思说，“你大概发现了什么，胆战心惊了吧？不错，可尊敬的学者，世界确实充满着死亡，到处是死亡，在每一堵篱笆上，在每一棵树背后，都有死神蹲守在那里。你们筑围墙有什么用，造寝室有什么用，建礼拜堂和教堂有什么用！死神可以透过窗户往里窥探，他在笑，他了解你们每一个人，半夜里你们会听见他在你们窗前窃笑，听见他在呼唤你们的名字。你们尽管唱赞美诗，燃驱邪烛，朝夕祷告，祈求神灵，在实验室搜集草药，在图书室收藏经典吧！你还在斋戒吗，朋友？你还在夜祷吗？可这些都没用！死神他老兄会把你的一切夺去，仅仅给你留下几根尸骨。快跑啊，朋友，拼命跑啊，魔鬼已经从那边的田野里走过来啦。要跑得快一些，并且抓紧自己的骨头，不然它们会散开来，从我们身上掉下去。唉，我们可怜的骨头哟，唉，我们可怜的喉管和胃哟，唉，我们可怜的脑壳里的一点点脑髓哟！一切一切都将化为乌有，一切一切都要完蛋！瞧，树上已蹲着乌鸦，这些黑色的教士！”

歌尔得蒙神经错乱，早已不知道自己这是往哪儿跑，在什么地方，说些什么，是躺着或是站着。他被荆棘绊倒，他撞在树干上，他在跌倒时胡乱地抓着地上的雪和刺。可他心中的求生欲异常强烈，这种欲望驱赶着他不断前进，盲目地、一点一点地苦苦挨着日子。当他最后一次摔倒在地上时，他已经到了几天前碰见那个流浪学者的小村子里；这儿，他曾用松明子为一个分娩的妇女照过亮。他在地上一动不动地躺着，村民们纷纷跑来，围着他七嘴八舌，他已经什么也听不见。那个与他有过缘分的女人认出了他，看到他那副狼狈相不禁吓了一跳，于是对他产生了恻隐之心，不顾自己男人的谩骂，把这半死不活的年轻人拖进了厩舍。

没过多久，歌尔得蒙又可以挺起身来继续流浪了。温暖的厩舍，酣沉的睡眠，还有那女人给他喝的羊奶，使他很快恢复了健康和力气；只是前不久才经历的一切已经变得淡漠，仿佛是很久很久以前的往事似的。与维克多的结伴同行，枞树下寒冷而恐怖的冬夜，柴铺上的可怕搏斗，同伴的惨死，挨冻、受饿、神魂迷乱的日日夜夜，这一切一切都过去了，几乎全都被他忘却。当然说忘也并非真忘，只不过是已经熬过来了，抛到脑后了。不过呢也留下了一点什么，一点无法描述、既可怕又宝贵、既玄妙又难忘的东西，像是一种体验，一点舌尖上的余味，一丝心灵的悸动。不到两年，他便把流浪汉生活的甜酸苦辣彻底尝了个遍：孤身独处，自由自在，倾听林涛的喧啸、野兽的嗥叫，萍水相逢的、朝三暮四的爱情，苦不堪言的死的磨难；有些日子在夏天的绿野上，有些日子在密林里，有些日子在雪原中，有些日子在可怕的死神旁。而所有经验中最强烈而奇特的，莫过于同死神搏斗，莫过于明知自己渺小、可悲、危在旦夕，却仍然坚持对死神做最后的抗争，并感觉到自己身上有这么一股子美好的、顽强的生的力量和韧劲。这些都在他脑海中回响，这些都铭刻在他的心上，使他永生难忘，就像欢娱时的扭动和表情那样，它们跟分娩与死亡时的扭动和表情是多么相似啊。不久前，那产妇是怎样在号叫，面孔又是怎样在扭曲的啊！最近维克多是怎样倒毙，血液又怎样无声而迅速地淌完了啊！哦，还有他自己，在挨饿的那几天，他是怎样感觉到死神在周围窥视着他，饥饿是多么令他难受，而且还多么冷啊，多么冷啊！再有，他是怎样在奋斗，怎样在对抗死神，怎样带着死亡的恐惧加狂喜进行挣扎的啊！在他看来，一个人所能经历的，不可能比这再多一些了。这些感受或许可以和纳尔奇思谈谈，也只能和纳尔奇思谈谈。

当歌尔得蒙在厩舍中的草铺上第一次真正醒过来时，他发现口袋里的金币没有了。他在挨饿的可怕的最后一天，曾经神志迷乱，踉踉跄跄，难道那时在路上把金币丢了不成？他百思不得其解。这枚金币可是他舍不得失掉的宝物啊。钱对他倒算不了什么，他几乎不知道它的价值。这枚金币对他之所以宝贵，有两方面的原因。它是给他留下的丽迪娅的唯一礼物，那件毛衣已经和维克多一起留在森林中，让这家伙的鲜血给浸透啦！再说，他主要也是不甘心这枚金币被偷走，才和维克多进行搏斗，才在出于无奈的情况下结果了他呀！如果金币丢了，那个恐怖之夜的全部经历，不也在相当程度上失去了意义和价值吗？经过反复的考虑，最后他便找收留他的那个农妇商量。

“克里斯蒂娜，”他悄悄对她说，“我原先口袋里有一枚金币，可这会儿不见了。”

“是吗，你也发现了吗？”她问，脸上露出既可爱至极又狡猾透顶的微笑，歌尔得蒙完全给迷住了。他不顾身体虚弱，一把搂住了她。

“你真是个怪人，”她爱怜地说，“你模样倒是怪机灵乖巧的，实际上却傻得很！有谁像你这么随随便便把金币往口袋里一搁，就在世界上乱跑的？哎，你这个大娃娃哟！你这个可爱的小傻子！你的宝贝金币我拿去了，还是在抬你上草堆那天拿的。”

“你？可现在在哪儿呢？”

“你找吧。”她笑起来，真让歌尔得蒙找了老半天，最后还是她自己把裙子上的一条线缝指给他，那金币果然牢牢地缝在里面。借此机会，她还像母亲似的给了歌尔得蒙一大堆忠告；歌尔得蒙却是这只耳朵进，那只耳朵出，只不过对她那满是殷勤和憨厚的脸上狡黠的笑容，倒铭记不忘。他尽力对她表示感谢。不久，他又能走了，便想继续去流浪。她却留住他，说月亮的情形这几天正在变，天气肯定会暖和起来的。果真如她所料，当歌尔得蒙再度动身时，积雪已呈灰白色，显出病弱的样子；空气潮湿沉闷，融雪天的南风正在高空中呼呼地吹刮。

第十章

浮冰又顺着条条大河漂向下游，紫罗兰又从腐烂的残叶下吐放芬芳，歌尔得蒙又在五彩缤纷的春天里漂泊流浪，用他贪婪的双眼，饱餐着森林、山峰和浮云的秀色，从一处农庄走向另一处农庄，从一座村庄走向另一座村庄，从一个妇女走向另一个妇女。有不少春寒料峭的夜晚，他坐在人家的窗脚下，内心感到抑郁又难过：窗内灯火明亮，一切意味着幸福、家园以及人世安宁的事物都红光闪闪，对他来说既十分亲切，又不可企及。他所经历过并自以为了解的一切全都周而复始，但每一次回复时又总换了一副面目：穿越田野和荒原，在石砌的路上长途跋涉，夏夜露宿森林，在村子里尾随一群翻晒完干草或拾完忽布果后手挽手回家去的少女踟蹰漫步，秋风中的第一次瑟缩，寒冬里最初的哆嗦——一切来了又去，去了又来，一次接着一次，宛如一条从他跟前晃过的彩带。

经受了好些风霜雨雪之后，有一天，歌尔得蒙穿过一片稀稀疏疏的山毛榉林，看见枝头已吐出嫩绿色的芽儿，他继续向上攀登，来到了一道山梁上；极目望去，面前展现出一片新的土地，他不禁喜上眉梢，心头也潮水一般涌起新的预感、新的渴慕和新的希望。几天前，他已知道快到这个地区了，一直在期待着。眼下，在这中午时分，没想到它突然呈现在他面前；乍看之下，他所得到的印象，也证实和加强了他对这个地区所抱的种种期望。他从灰色的树干和微风中轻轻摆动的枝杈间望下去，看见一片绿色夹棕色的谷地，中间流过一条碧波粼粼的大河。这下好了，他想，长时间在没有道路的荒野上彳亍独行，孤孤单单地露宿在森林中，好不容易才能碰上一座农庄或穷村子的可怕生活，算是到了头啦。瞧啊，那下边流着一条大河，沿着河岸有一条帝国境内最漂亮、最有名的驿道，邻近的土地富庶肥美，河上航行着木筏和船只，驿道通往一座座风光如画的村庄、宫堡、寺院以及殷富的城市；谁要愿意，就可以在这条大道上旅行许多天以至许多星期，而不用担心像那些可怜的乡村小径一样会突然中断在一座森林里或一片沼泽地里。某种新的生活到来了，歌尔得蒙心中满怀喜悦。

黄昏时分，歌尔得蒙已经走入一座美丽的小镇。镇子坐落在驿道边上，面临大河，背靠红色的葡萄山；房舍都有三角形粉墙，墙里的横梁桁木一律漆成朱红色；进出镇子得通过拱形的城门，上下街巷都用石头砌成了台阶；一家铁匠铺把红光洒到街上，还不断传出叮叮当当的打铁声。初来的歌尔得蒙好奇地走遍所有大小街巷，在一处处地窖门前闻到了酒香，在河边上呼吸着含鱼腥味的清凉水汽，参观了教堂和公墓，同时也没忘记物色一个也许可以爬进去过夜的仓库。不过在睡觉之前，他打算先去牧师家里碰碰运气，看能不能要到一些吃的。牧师是个脸庞红通通的胖子。他盘问歌尔得蒙的来历；这小子便连瞒带编，对他胡诌一通。随后他得到美酒佳肴的盛情款待，并且硬由主人陪着边吃边聊，做了一夜长谈。第二天，他沿着河边的驿道继续前进，只见河面上木筏与货船穿梭似的来来往往。他赶过了其中一些船只，有的也带他走一段路，使他迅速地饱赏了无限春光：一座座村镇迎送着他，站在园篱后的或蹲在褐色土地上栽插秧苗的妇女在微笑，傍晚村道上漫步的姑娘们在唱歌。

一座磨坊里有个年轻女婢让歌尔得蒙特别喜欢，他在那地方逗留了两天，一直围着她转来转去。她陪他一起玩笑聊天，他真觉得自己最好当个磨坊工人，在那儿待一辈子。他有时在一旁看渔夫捕鱼，有时也帮车夫喂养和刷洗牲口，从而得到面包和肉，并且获准搭一段车。长期孤身漂泊后结伴旅行，长期冥思苦索后置身于有说有笑、欢乐愉快的人们中间，长期忍饥挨饿后大肉大鱼吃饱了肚子，这一切都使他心满意足，巴不得能永远如此逍逍遥遥地过下去。欢快的生活洪流就这么卷带着他，向着主教城行去；而越接近主教城，大道上便越是熙熙攘攘，热闹无比。

一天天刚擦黑，他来到一座村子附近的河边散步，走在绿叶婆娑的树林下。河水静静地流淌，只在擦过树根的时候发出潺潺声和汩汩声；月亮从山冈后面升起，给河面洒下点点银光，在树上投下幢幢黑影。突然，歌尔得蒙发现前面坐着一个少女，正在那儿哭泣；她刚和自己的爱人斗了嘴，爱人气跑了，丢下她一个人在这里。歌尔得蒙坐到她身边，倾听她的哭诉，抚摸着她的手，给她讲森林和小鹿的故事，这使她开心了一些，逗得她破涕为笑，最后痛痛快快地接受了他的亲吻。可就在这时候，她那心上人回来找她了；他的怒气已经平息，后悔刚才和她吵了架。他一见她身边坐着歌尔得蒙，不问好歹便扑上来，左右开弓一顿老拳，歌尔得蒙好不容易才招架住；等到小伙子觉得气出够了，才咒骂着跑回村子里去，这时姑娘却早已不知去向。歌尔得蒙相信事情并未了结，只得放弃已选定的宿处，趁着月色又往前赶了半夜路。他眼看着周围这个洒满银辉的静悄悄的世界，心里非常满意，一高兴就脚不停步地往前走，直至露水洗去了他鞋上的仆仆风尘，他也突然感到困倦不堪，才倒在面前的一棵树下沉沉睡去。太阳已升得很高，他被脸上的阵阵奇痒搅醒，睡意蒙胧地伸手往脸上摸了摸，随即又睡着了；但是马上又被同样的痒痒感觉重新弄醒，睁眼一瞧，原来面前站着个农家姑娘，正用一根柳条的尖梢在搔他。他摇摇晃晃地站起来，两人互相点头微笑了笑；姑娘把他领到了一间睡起来更舒服些的棚子里。两人在里边挨着躺了一会儿，随后她就跑去提来一桶刚挤出的暖暖的牛奶。他送给姑娘一条最近在巷子里拾起来藏在身上的蓝色发带。在歌尔得蒙动身往前走之前，两人又接了一次吻。姑娘叫弗朗西丝卡；离开她，歌尔得蒙挺难受的。

又一个晚上，歌尔得蒙投宿在一所修道院里，次日清晨参加了弥撒。其时，他心中涌起了千百种回忆；石头拱顶下清凉的空气，修士们的木屐在石砌走廊上走动的啪啦啪啦声，都奇异地勾起了他的乡思。弥撒完了，教堂中业已阒无声息，歌尔得蒙却仍然跪着，心中异常激动，当夜做了许许多多的梦。他感到心里产生了要清算过去，从此过另一种生活的愿望。他不知道为什么这样；或许仅仅是对玛利亚布隆以及自己虔诚的少年时代的回忆，使他感动了吧。他渴望办一次告解以清洗自己的灵魂。许多小的罪恶和孽债都可以承认，但他亲手杀死维克多这件事，却比一切罪孽都更沉重地压在他的心头。他找来一位神父办告解，向他忏悔这样那样的过失，特别是详细讲了自己一刀一刀刺进可怜的维克多脊背和脖子的情况。他有多久没办告解了啊！在他看来，自己罪孽既多且重；他准备接受重罚。想不到听告解的神父似乎很了解流浪汉的生活，不动声色地安安静静听着他讲，听完后只是严肃而和气地谴责和告诫了他几句，压根儿没想给他什么惩罚。

歌尔得蒙轻松地站起身来，按神父的指示去祭坛前祈祷了一会儿，随后就打算离开教堂。可是突然，透过穹顶窗户射进来的一束阳光吸引了他，他循着光线望去，看见侧堂中有一尊雕像；这雕像在他看来是那样亲切、那样动人，他不禁久久地用充满温情的目光仰望着它，满怀虔敬和激动地端详着它。这是一尊木雕圣母像，只见她温柔地站在那儿，微微前倾着身体，青色的袍子从她窄窄的肩膀上垂了下来。她向前伸着一只处女气十足的细嫩手臂，在她流露着痛苦的嘴上边，一双眼睛炯炯有神，秀气的额头十分丰满——一切都如此生动，如此妩媚，如此富有韵致和充满灵气，难怪歌尔得蒙叹为观止。他怎么看，也看不够那张嘴和那可爱而自然侧着的脖子。他觉得，这尊雕像就是他在梦中和预感中已经多次见到过的形象，就是他经常渴望着要见的形象。他几次转身准备走，几次又恋恋不舍地退了回来。

在他终于下决心离开的时候，刚才听他忏悔的那位神父已站在他身后。

“你觉得她很美吗？”神父问。

“美得没法说。”歌尔得蒙回答。

“有的人这么认为，”神父说，“另外一些人却声称她不是真正的圣母，说她太摩登、太俗气，一切都显得夸张和不自然。关于这尊雕像的争论，我们听得可多咯。我倒高兴你也喜欢她。这是一年前才在我们教堂里建成的，由本院一位施主捐赠。雕塑者是尼克劳斯师傅。”

“尼克劳斯师傅？他是谁？住在什么地方？您认识他吗？啊，请讲讲他的情况吧！谁能够雕出这样一件作品，他必定是位杰出而幸运的人。”

“我了解的不多。他是咱们主教城里的一位雕刻师，一位大名鼎鼎的艺术家；主教城离此有一天路程。大凡艺术家都不是圣者，他恐怕也不例外；然而他肯定是一位有才能的、思想境界很高的人。我见过他几次……”

“哦，您见过他！嗯，他长得怎么样？”

“我的孩子，你看来完全给他迷住了。好吧，你去找找他，向他转达博尼法齐乌斯神父的问候。”

歌尔得蒙感激不尽。神父笑吟吟地走了，歌尔得蒙仍久久伫立在那尊神秘莫测的雕像前；他见她的胸部仿佛在呼吸，她的脸上凝聚着如此多的痛苦，如此多的温情，歌尔得蒙感动得心都几乎缩紧了。

走出教堂，他已成为另一个人，周围的世界对他完完全全变了样。从站在那甜蜜、神圣的木雕圣像前的一刻起，他便拥有了自己从来不曾有过的东西：一个目标！过去，他嘲笑或嫉妒过拥有这种东西的人。如今，他自己也已经有了一个目标，也许还将达到这个目标；也许，他的整个散漫、浪荡的生活，从此将会获得某种崇高的意义和价值。这一新的感受既令他兴奋，又使他惶恐，脚步不自觉地加快起来。他走在美丽而欢快的驿道上；对他来说，这条驿道如今已不再像他昨天所见的那样是一个充满节日气氛的热闹场所，一个使人流连的舒适所在，而仅仅是一条通往城市之路，一条访求名师之路。他迫不及待地奔跑着，不到傍晚已经走近城郊，但见城墙里钟楼耸峙，城门上凿有城徽，还画着一面面盾牌。他穿过城门时心怦怦跳着，对街上鼎沸的喧闹声、欢乐拥挤的人群、骑着马来来去去的骑士和各式各样的马车，几乎都视而不见。在歌尔得蒙眼里，此刻重要的既非骑士或者车辆，也不是城市或者主教。他在城门洞里向第一个人提的问题就是：尼克劳斯师傅住在哪里？当人家回答不知道时，他真是大失所望。

他来到一个全是豪宅巨室的广场，看见其中许多家的门面上都装饰着彩绘与雕塑。有一家大门上立着个大而醒目的士兵像，色彩欢快鲜艳，虽然赶不上修道院那尊圣母像美丽动人，但他站立的姿态，他那小腿肚向外突出和长着胡须的下巴骄傲地向前伸出的特征，都使歌尔得蒙认为这个形象也可能出自同一位大师之手。他走进宅第，敲了几扇房门，登上几层楼梯，终于找到一位穿着皮毛滚边的丝绒长袍的绅士，便请教他在哪儿能找到尼克劳斯师傅。那人反问他找尼克劳斯干什么，他好不容易才克制住自己，只说有件事需要委托尼克劳斯师傅办理。绅士说出了师傅家的街名。不待歌尔得蒙问个仔细，天已经全黑了。他站在师傅的住宅前，仰望着楼上的窗户，心中既纳闷，又非常幸福，差点就冒冒失失地闯进去。不过，他想到现在天色已晚，自己又汗流浃背，风尘仆仆，便决心等到第二天再说。尽管如此，他仍在房前站了很久很久。他看见一扇窗户内亮起了灯，转身正待离去，却发现一个人影来到窗前，是一位很俏丽的金发少女，身后的灯光正柔和地流泻在她那秀发上。

翌日清晨，城市刚刚醒来，发出了声响，歌尔得蒙已在他投宿的修道院中洗好手脸，拍打掉衣服和鞋子上的尘埃，回到昨天那条街上敲门来了。一个老女仆走出来，她不肯马上领歌尔得蒙去见师傅；可是他到底说动了老太婆，使她立刻领他进屋了。在一间小客厅兼工作室里，站着身穿工作围裙的师傅，一位留着胡须的魁梧男子。歌尔得蒙估计他有四五十岁。他用淡蓝色的、目光锐利的眼睛望着陌生人，直截了当地问他有何贵干。歌尔得蒙向他转达了博尼法齐乌斯神父的问候。

“再没什么啦？”

“师傅，”歌尔得蒙呼吸紧迫地回答，“我在那儿的修道院里看见了您雕的圣母。唉，请您别这么严厉地瞅着我；我登门拜访纯粹是出于对您的爱戴和敬重。我并不是一个胆小怕事的人。我长期浪迹天涯，去过深山密林，风霜雨雪、饥渴困顿也全都经历过，从来不会畏惧任何人。可我却敬畏您。哦，我有唯一一个宏愿，它占据了我整个的心，叫我十分痛苦。”

“到底是什么愿望？”

“我渴望做您的弟子，跟随您学艺。”

“年轻人，你可不是唯一有这种愿望的人哪。不过，我是不喜欢徒弟的；我已经有两名助手。你究竟打哪儿来，父母是谁？”

“我没有父母，也不打任何地方来。我曾在一所修道院里当过学生，在那儿学过希腊文和拉丁文，后来却逃走了，多年来漂泊流浪，一直到今天。”

“那你怎么又认为，你一定得成为雕刻师呢？你尝试过类似的事吗？你画过画吗？”

“我画过很多画，可惜现在都没有了。但我渴望学习雕刻艺术的原因，却可以明明白白告诉您。我曾做过许多考虑；我见过许多人的面貌和身段，对它们想得很多很多。其中的一些想法一直折磨着我，叫我不得安宁。我发现不论在哪儿，人们身上的某种形式和某种线条，都是反复出现的，比如额头和膝盖，肩膀和臀部，总有某些相似之处；而这一切，又同一个人的气质和性格有着内在的相似性与一致性。此外，我有天夜里碰到一个妇人分娩，被硬拉去帮忙，我这时还发现：人在最大的痛苦和最大的欢娱时的表情是完全相同的。”

尼克劳斯师傅目光犀利地盯着陌生人。

“你明白你在说些什么吗？”

“明白，师傅，情况确实如此。我正是从您雕的圣母像上发现了同样的情况，感到不胜惊喜，所以才上这儿来了。哦，在那张可爱的美丽的脸上，凝聚着那么多痛苦，同时所有的痛苦似乎又全化作了纯净的幸福和笑容。一见之下，我心中便燃起熊熊烈火：我多少年的思索、多少年的梦想全都得到了证实，突然间不再毫无意义；我于是立刻知道了我该干什么，该去往何处。亲爱的尼克劳斯师傅，我恳求您，恳求您收下我这个徒弟吧！”

尼克劳斯聚精会神地听着，脸色仍然十分严肃。

“年轻人，”他说，“你对艺术发表了一些很好的见解；我还很惊讶，你年纪轻轻便谈到如此多的痛苦和欢娱。我倒乐意晚上和你一起喝上一杯，咱们边喝边聊。不过请你注意：在一起愉快地高谈阔论与长年在一起生活、工作，可不是一码事啊。这儿有一间工作室，因此将在这儿进行工作，而不是聊天；在这儿重要的不是一个人能想出些什么，讲出些什么，而单单是他用自己的双手会做出什么。看起来你是一片诚心，所以我也不想随随便便打发你走。咱们瞧瞧，看你能干点什么吧。你曾经用黏土或蜡泥塑过什么吗？”

歌尔得蒙立刻想起许多年以前做过的一个梦；梦中他用黏土捏了些小人，它们突然间都站立起来，变成了一个个巨人。不过，他只字未提此事，只告诉对方从来不曾尝试过这种工作。

“好。那你就画点什么吧。这儿有张桌子，你瞧，还有纸和炭条。坐下去画吧，不用着急，你可以一直待到中午或晚上。然后我也许就能看出来，你适合干什么。好了，话就谈到这儿，我得干活去了，你也开始干你的吧。”

歌尔得蒙坐在尼克劳斯指定的椅子里，拿起了画笔。不过他并没急着开始画，而是先静静地等待着，像个小学生似的。他好奇而满怀崇敬地凝视着一旁的尼克劳斯师傅；师傅的背半向着他，正在那儿用黏土继续塑一尊小小的人像。他细心地观察这个汉子，发现在他那已经花白的严峻的头颅上，在他那虽然粗糙却高贵而富有灵气的匠师的手上，都有着一种奇妙的魔力。他的长相比歌尔得蒙想象的更老一些、更谦逊一些、更理智一些，而且也不怎么气宇轩昂、令人心折，甚至一点也没有时运亨通的样子。他那严厉、无情的审视的目光，眼下已转到自己的作品上去了；由于不再被他注目而感到轻松的歌尔得蒙，这时才得以仔细打量师傅的整个形象。这个男人本来绝对可以成为学者的，他想；他绝对可以成为一位潜心于工作的、沉静的、一丝不苟的科学家，从事一项许多先行者已经开始、有朝一日还必将传给后辈的事业，一项艰巨的、长期的、永远也不会完结的事业，一项需要集中许多代人的劳动和心血的事业。歌尔得蒙从师傅的头颅上至少观察到了这一点；他那头颅表现出很多的耐性、很多的学识、很多的思考、很多的谦逊以及对于一切人类劳动的价值可疑的了解，但同时却也表现出对自身使命的信念。然而，他那双手的特征却不同；在这双手和头颅之间存在着一个矛盾。它们对付起要塑造的黏土来既坚定有力，又富于情感，就像一位情郎的手在搂抱自己温柔的爱人，那么入迷、那么脉脉含情、那么贪婪，全不区别获取与给予，同时既是肉欲的又是虔诚的，既稳妥而又老练，似乎经验已经非常非常丰富。歌尔得蒙看着这双获得了神恩的手，惊叹与敬佩之情油然而生。要是在这张脸和这双手之间不存在致使他不敢轻举妄动的矛盾，他真想画一画师傅哩。

他这样从旁观察了这位忘我工作的艺术家大约一小时，对这位男子的秘密进行过种种思考、探索以后，他内心便开始慢慢显现出一个形象，而且终于变得清晰起来，这就是歌尔得蒙最了解、最热爱和最衷心钦佩的那个人的形象。此人虽然也有许多特点，经历也不乏斗争和挫折，但是内心却显得完整和谐，不存在裂痕和矛盾。这就是他的朋友纳尔奇思的形象。在他心中，他这位爱友形象的完整、和谐与规则的特点，变得越来越强烈、越来越鲜明了：精神赋予他的头颅以一个高贵的形态，誓为精神服务的决心使他美丽而克制的嘴和略带哀戚的眼睛显得庄严、紧张，为求超凡入圣的苦斗使他瘦削的肩膀、细长的脖子和柔嫩的双手带有了灵气。从离开修道院那天起，他还从来不曾如此清晰地看见过自己的朋友，在他心里，还从来不曾如此栩栩如生地再现过他的形象。

仿佛做梦似的，歌尔得蒙不知不觉，但也满心情愿和情不自禁地开始画起来，画得那么认真仔细、满怀敬畏，根根线条都倾注着他对活在自己心中的那个形象的爱；他忘记了尼克劳斯师傅，忘记了自己所待的地方。他没有发现，房里日光在慢慢地移动；他没有发现，师傅好几次从一旁注视着他。他就像奉献牺牲一般，虔诚地完成着自己面临的任务，他的心提交的任务：再现他爱友的形象，把它像活在他心中似的在纸上保存下来。他感到这样做是在还情，是在偿债，虽然脑子里并没有这么想。

尼克劳斯走到画桌旁，说："中午了，我去吃饭，你可以一起吃。让我瞧瞧——你画好点什么了吧？"

他走到歌尔得蒙身后，瞅着那张大画纸，随即把歌尔得蒙推向一边，小心翼翼地把那张画拿到他灵巧的手中。歌尔得蒙此刻才如梦初醒，诚惶诚恐地望着师傅。这一位呢，手捧着画站在那儿，浅蓝色的眼睛里闪着锐利而威严的光，仔仔细细地在审视观察着。

"你画的这人是谁呀？"尼克劳斯看了一会儿问。

"是我的朋友，一位青年修士和学者。"

"好。你洗洗手，那边院子里有泉水。然后咱们吃饭去。我的助手都不在家，他们在外面工作。"

歌尔得蒙按师傅说的走到院子里，找到泉水洗了手，心里巴不得能知道师傅在想些什么。回到房中，师傅已经离开，歌尔得蒙听出他在隔壁走动；他走过去，看见师傅也洗好了，身上的工作围裙已经换成一件漂亮的呢外套，看上去大方又庄重。师傅在前领路，走上一层楼梯，楼梯的栏杆立柱上，装饰着一个个用胡桃木雕刻成的小小的天使脑袋。然后，他俩穿过一条两旁全是新旧雕像的过道，进了一间雅致的房间，房中的地板、墙壁和天花板全由硬木镶成，临窗的一角已摆好一张餐桌。一个少女走进来，歌尔得蒙一见便认出她正是昨晚上那个秀丽的姑娘。

“莉丝贝特，”师傅说，“你得再添一副刀叉，我来了一位客人。他叫——可不，我真还压根儿不知道他的姓名哩。”

歌尔得蒙说出了自己的名字。

“噢，歌尔得蒙。咱们可以吃了吗？”

“马上，爸爸。”

她取来一个碟子，又跑出去和女仆一起端来食物：烧猪肉、煮豌豆和白面包。父女俩一边吃，一边谈着这样那样的事，歌尔得蒙默不作声地坐着，只吃了一点，感到局促不安。姑娘很得他的欢心，身段苗条修长，几乎跟她父亲一般高，可是坐得规规矩矩的，既不与客人讲话，也不瞅他一眼，俨然如隔着一层玻璃似的不可亲近。

吃完饭，师傅说：“我还想休息半小时。你可以回工作室去，或者到外面溜达溜达，然后咱们再谈正经事。”

歌尔得蒙告了辞，走出房间。师傅看完他的画已经过去一个小时甚至更长的时间，却只字未提。如今还要叫他再等半小时！嗨，有什么办法，只好等呗。歌尔得蒙没有去工作室，他不愿再看自己那张画。他走到了院子里，坐在水槽上，看泉水从一根管子里涌出来，不断注入一个颇深的石坑，水滴下时在坑中激溅起小小的浪花，带着一串串气泡窜入坑底，然后又变成一粒一粒白色的珍珠浮上来。在清幽的水面上，他看见了自己的倒影，心中就想这个歌尔得蒙早已不是修道院的歌尔得蒙，也不是丽迪娅心目中的歌尔得蒙，而且甚至也不再是森林里的歌尔得蒙了。他想到，他的生命和每个人一样都在不断地流逝、变化以至终于消失，可一个艺术家所创造的形象呢，却将持久不变地永远存在下去。

也许，他想，也许所有艺术的根源，甚至所有精神劳动的根源，都是对于死亡的恐惧吧。我们害怕死亡，我们对生命之易逝、无常怀着忧惧，我们悲哀地看着花儿一次一次地凋谢，黄叶一次一次地飘零，内心深处便实实在在地感到我们自己也会消逝，我们自己也行将枯萎。然而，如果艺术家创造了形象，或者思想家探索出法则、创立起思想，那么，他们的建树和作为，就都能从这巨大的死之舞中救出一些什么，留下一些比他们自己的生命延续得更久的东西。尼克劳斯师傅以其为原型雕刻成美丽的圣母像的那个女子，没准早已憔悴或者死去了，师傅自己不久也会死去，别的人将住进他的房子里，围在他的餐桌边吃饭——可是他的作品却继续存在，几百年或更久以后仍将在那座幽静的修道院的教堂里发出光辉，永远是如此地美，嘴角永远带着既妩媚又哀戚的微笑。

歌尔得蒙听见师傅下楼的脚步声，便急忙回到工作室里。尼克劳斯师傅来来回回踱着，一次又一次端详着歌尔得蒙的画，最后停在窗前，以他那略显迟疑的、干巴巴的口气说：

“我们这儿的规矩嘛，徒弟至少得学四年，而且要由他父亲缴学费。”

他说着停了一下。这时歌尔得蒙想，原来师傅是怕收不到他的学费呀。他闪电般地迅速从口袋里掏出小刀来，一刀割开衣服上的一处线缝，把藏在里边的金币倒了出来。尼克劳斯惊讶地瞪着他；当歌尔得蒙把金币递过去时，他不禁哈哈大笑。

“哈，是这个意思吗？”他笑着问，“不，小伙子，金币你留下。好好听着。我是想把咱们行会中带徒弟的规矩告诉你。不过，我既不是个普普通通的师傅，你也不是个寻寻常常的徒弟。因为一个寻常的徒弟，总是十三四岁或者充其量十五岁来投师，并且在学习期间有一半时间得干点零杂活，当用人使唤。可你已经是个长大了的大小伙子，论年纪早该当伙计甚至师傅咯。一个长胡子的学徒在咱们行会中还从未见过。再说我也告诉你了，我家里是从来不收徒弟的。何况，你也不像个能听使唤和甘愿四处跑腿的人啊。”

歌尔得蒙不耐烦到了极点。师傅这些谨慎的话，一字一句都像在折磨他，使他觉得既无聊，又迂腐，很是反感。最后，他激动地嚷起来：

“您干吗讲这许多哟，既然您压根儿没想要收我做您的徒弟！”

师傅不理睬他，继续用他原先的口气往下讲：

“我把你的问题考虑了一小时，你这会儿也得有点耐心，听我把话讲完。我已看过你的画了。它有一些毛病，不过仍然很美。如果不是这样，我早送给你半个金币，打发你走路咯。关于这幅画，我不想再说什么。我乐意帮助你成为一名艺术家，也许你命定如此。不过你也不能再当学徒了。在我们这个行当里，一个不是学徒的人尽管学习完同样多的时间，但他还是当不上伙计和师傅。这一点得预先告诉你。再者，我想让你试一下。要是你能够在这座城市里待下去，你就可能来我这儿学到一些东西。你可以不承担任何义务和签订任何契约，想走随时可以走。你可以折断我几柄雕刀，毁掉我几块木头；可是一旦事实表明你不是一块当雕刻师的料，那你也只好另谋高就。这样办你满意吗？”

歌尔得蒙听完，既惭愧，又感动。

“我衷心感谢您。”他高声说，“我是一个无家可归的人，我能像在偏僻的深山老林里一样，在这座城市里坚持生活下去。我明白，您不愿像对一个学徒娃娃那般照顾我，并且承担责任。能跟着您学习，我认为已是莫大的幸福。我衷心感谢您对我的好意。”

第十一章

在新的环境里，歌尔得蒙开始了新的生活。正如这个地区和这座城市给他的印象是热闹、诱人和富庶的一样，他迎来的新生活也是欢快的，充满着各种各样的希望。只要不触动他心灵深处的忧伤和回忆，表面上生活在他眼里也呈现出五彩缤纷的颜色。眼下歌尔得蒙开始了他一生中最快乐、最无忧无虑的时期。他从外界观赏到的是殷实的主教城及其丰富的艺术、众多的妇女和上百种娱乐等喜人的景象；他在内心所获得的，是他那刚刚觉醒的艺术家的灵智，及其种种新的体验与感受。通过师傅的帮助，他在鱼市旁边一个包金匠家里找到了住处，在跟师傅学习的同时也跟包金匠学手艺，以便掌握跟木头、石膏、色彩、油漆以及金箔打交道的本领。

歌尔得蒙不属于那类虽然有很高的天赋，却始终找不到表现它们的适当手段的不幸的艺术家。要知道确实有这样一些人，他们对于世界的美能够得到伟大而深刻的感受，并在心中产生崇高的形象，可惜却怎么也找不到适当途径把这些形象再现出来，传达给其他人，使其他人也获得愉悦。歌尔得蒙无此缺点。用手干活和学习技巧与手法，对他来说是轻松而愉快的事；同样，他也轻而易举地在下班后跟同伴们学会了弹琴，在星期日的乡村舞场上学会了跳舞。他学起来不费吹灰之力，总是一学就会。尽管他学习木刻很认真，但也出现过困难与失望，还偶尔刻坏了几块上好的木料，有几次甚至割伤了手指；不过他总算迅速地结束了初学阶段，学到了相当多的技术。然而，师傅却常常对他很是不满，对他讲这样的话："好在你不是我的徒弟或者伙计，歌尔得蒙。好在我们知道你是从大街上和森林里来的，有朝一日又会回到那些地方去。谁若不了解你并非一个市民和手艺人，而是一个无家可归的流浪汉，谁就会受到诱惑，像每个做师傅的要求他的手下人那样，对你也提出各种各样的要求。你情绪正浓的时候，是个极其出色的工人。可上星期有两天却被你浪荡过去了。昨天让你去打磨那两个天使，你却在工作室里睡了半天觉。"

师傅的责备是对的，歌尔得蒙默默听着，未做任何辩解。他自己清楚，他不是一个可靠而勤勉的人。只有在工作吸引着他，向他提出挑战，使他感到能发挥技巧和兴高采烈的时候，他才干得兢兢业业。他不愿干繁重的手工活，耗时费工而又不怎么困难的任务，也就是不用动脑筋，只需要踏实、耐心去完成的任务，又常常让他讨厌得要命。对此他本人常常感到惊讶。难道几年的流浪生活，已确实把他变成一个懒散和靠不住的人了吗？或者是他母亲的天性遗传到他身上，发展得越来越强烈而终于占了上风吧？原因究竟何在呢？他清楚地回忆起初进修道院的几年，他是怎样一个勤奋的好学生。为什么当时他就有那么多的耐心，能孜孜不倦地学习拉丁文的句法，牢牢记住他内心深处感到确实并不重要的全部希腊文动词的不定过去式呢？对这个问题他常常想来想去。当初，使他坚强和奋发的原因是爱；他刻苦学习不为别的，只为博取纳尔奇思的好感；因为纳尔奇思的友谊，只有通过获取他的尊重与赞赏才能赢得啊。当初，为了获得自己爱戴的老师赞赏的一瞥，歌尔得蒙便可以发愤用功几小时甚至于几天。后来，目的达到了，纳尔奇思成了他的朋友；可奇怪就奇怪在偏偏是这位博学的纳尔奇思，向他指出了他不适合当学者，在他心中唤回了已经遗忘的母亲的形象。于是，代替博学、苦修和德行，强烈的原始欲望主宰了他，这就是性欲，是对女性的爱，对自由不羁和流浪生活的向往。后来他看到了师傅那尊圣母像，发现自己原来应当成为艺术家，便走上一条新的道路，重新定居下来。如今情况怎样呢？他将继续往何处去呢？这些障碍又是从哪儿来的呢？

他暂时想不明白。他只认识到：尽管他很佩服尼克劳斯师傅，可是却完全不像当初自己爱纳尔奇思那样爱他，有时歌尔得蒙甚至以使他失望和生气为乐事。看起来，这与师傅本身的人格矛盾有关系。出自他手中的雕像，至少其中最成功的那些，在歌尔得蒙眼中都是值得尊敬的楷模；但是师傅这个人本身对于他却不能成为楷模。

他雕刻出了具有最痛苦和最美丽的嘴的圣母，他用双手将深刻的体验和预感幻化为可见的形象，不愧为一位艺术大师，然而他的身上还体现着另一个人：一位非常严厉的、胆小怕事的家长和行会师傅；一位带着女儿和一名丑女仆，在宁静的住宅里悄悄过着猥琐、平静生活的鳏夫；一位安于平平庸庸、规规矩矩、有条不紊地过日子，因而激烈反对歌尔得蒙恣情放纵的凡俗之人。

歌尔得蒙敬重他的师傅，从不允许自己向旁人打听他，或当着旁人对他说三道四；可是尽管如此，他在一年后对师傅的一切却已了如指掌。这位师傅在他看来是个重要人物；他爱他，同时恨他，不让他安宁；他怀着一个学生的爱和疑虑，怀着越来越强烈的好奇心，拼命想深入到师傅的气质和生涯的秘密中去。他发现，尼克劳斯师傅的住宅尽管很宽敞，却不留任何学徒或伙计住在家中。他发现，师傅只是很少时候外出，而请客人来家做客的情况同样不多。他观察到，他如何温情脉脉地爱着自己美丽的女儿，竭力不让任何人看到她，而且对亲近她的人很容易产生嫉妒。他还知道，师傅在严格的、未老先衰的鳏夫生活的清心寡欲背后，仍然潜藏着旺盛的精力，以至每当接受订货而外出旅行，他在途中就可以一下子变成另一个人，几天工夫竟会年轻得叫歌尔得蒙惊讶莫名。而且有一次，他带着歌尔得蒙在一个外地小镇上雕一座祭坛，晚上收工以后，歌尔得蒙竟发现他偷偷地溜出去宿娼，事过几天后却一直心绪不宁，脾气暴躁。

日子久了，除了这种好奇心以外，又有其他什么使歌尔得蒙留恋着师傅的家，并且因此而伤脑筋。那是师傅的女儿莉丝贝特，歌尔得蒙很喜欢她。不过她很少在他跟前露面，从未跨进过他的工作室。他搞不清楚，她这样拘谨冷漠和怕见男人，是她父亲强加于她的呢，还是生性如此。师傅从未再让他与自己的女儿同桌吃饭，并且显而易见地竭力阻挠他与她见面。他因此看出，莉丝贝特是个身价甚高、管教很严的闺女，要想和她恋爱而不结婚是没有希望的，而且谁想娶她，谁还得是个良家子弟和有声望的行会成员，说不定还必须有钱财与住房哪。

莉丝贝特的丰姿与那些吉卜赛女郎和村妇显然不同，在初次见面的第一天，就使歌尔得蒙瞩目了。在她身上，有一点对他来说至今仍是陌生的东西，一点既强烈吸引他，同时又令他产生疑虑甚至反感的特殊气质：稳重文静、纯洁无邪，却又全无一点天真的孩子气，在循规蹈矩和道貌岸然的外表下，隐藏着冷漠和高傲，以至她的纯洁无邪不能让歌尔得蒙动情，并使他失去防御的能力——他可永远不能引诱一个孩子啊——相反，只使他觉得是一种对他的刺激和挑战。当她的身段成了他内心中一个熟悉的形象，他便产生出有朝一日要以她为原型创作一尊雕像的欲望，但不像她眼下这个样子，而应该有着觉醒的、性感的、痛苦的表情，不是一个小小的处女，而是一个赎罪的女子。她这张文静、秀丽和不动声色的脸，他的心常常渴望她什么时候能扭动一下，展开、暴露一下自己的秘密，不管是出于欢愉也好，还是出于痛苦也好。

除此而外，歌尔得蒙心中还存在着另一张脸，这张脸尚未完全为他掌握，歌尔得蒙渴望有朝一日能把它把握住，并像个艺术家一样把它表现出来。然而这张脸现在还总是逃避他，不给他细看的机会。这就是他母亲的脸。这张脸早已不再是他与纳尔奇思谈话后从忘却的深渊中回忆起来的那个样子。在日复一日的流浪途中，在搂抱着爱人的销魂的夜晚，在一个个满怀憧憬的时刻，在生死攸关的危急关头，他母亲的脸都在起变化，变得更加多姿多彩、深刻和复杂了。它不再是他自己母亲的容颜，而是从它的特征和肤色中渐渐演化出了一张非个人的脸，即夏娃的脸，夏娃的形象，人类之母的形象。尼克劳斯师傅在一些圣母玛利亚雕像中，塑造了主的母亲的痛苦形象，具有强烈而完美的表现力，在歌尔得蒙看来真正是登峰造极的杰作了；同样，他希望自己日后更成熟时，技艺更精湛时，也能成功地雕刻出人类之母夏娃的形象，如它长期以来珍藏在他心中的那般美丽而又神圣。这个形象，当初只是歌尔得蒙回忆里的亲爱的母亲，后来却处在不断的变化发展中，如今已经融合进了吉卜赛女郎莉赛、骑士小姐丽迪娅以及其他一些妇女的面貌特点；而且还不仅仅是所有他爱过的女性的脸在影响这个形象的发展和形成，他的每一个经历、每一次震惊都塑造着它，都给了它一些新的特征。因为将来倘若他能成功地将这个形象表现出来，应该代表的也并非某一位特定的妇女，而是作为人类之母的生活本身。歌尔得蒙以为自己经常看见了它；有时候，它也显现在他的梦里。然而对于这张夏娃的脸及其所应表现的思想，歌尔得蒙现在却还什么也讲不出来；他仅仅知道，它应显示出在生的欢愉与痛苦以及死亡之间，存在着难分难解的内在联系。

一年来，歌尔得蒙学到了很多东西。在绘画方面，他很快就大有进步；在学木雕的同时，尼克劳斯还让他偶尔试一下泥塑。他的第一件成功之作是一尊一尺多高的黏土塑像，塑的是丽迪娅的妹妹，那位娇小迷人的尤丽娅的形象。师傅称赞了他的这一作品，却没有满足他想用金属翻铸的愿望；师傅觉得这个女子太风骚和俗气，不肯当她出世时的教父。接下来，歌尔得蒙又开始创作纳尔奇思的像，他这次用的材料是木头，而且把他雕成了使徒约翰的模样；因为如果雕得成功，尼克劳斯希望把它摆进人家订制的一组耶稣上十字架的群像中去。长期以来，两个助手都在全力赶制这批订货，最后的加工却得师傅本人亲自动手。

歌尔得蒙怀着深挚的爱在雕纳尔奇思的像，而且雕着雕着，他的思想常常就开了小差。在这件作品中，他每每发现了他自己，发现了他的艺术家天性和灵魂。如今，闹恋爱、逛舞会、酗酒、赌博，有时甚至殴斗，已大大地影响了他的工作，使他往往一天甚至几天不出工作室的门；即使干起活来吧，也没精打采，少有兴致。只不过雕使徒约翰这件作品，他却总是挑自己最乐意干活和专心致志的时候去做，使这个他所热爱的沉思者形象，越来越纯粹地从木料中迎着他走来。在这样的时候他既不快活，也不忧伤，既不知生的欢愉，也不知生的无常。在他心中，自己一度心甘情愿地受纳尔奇思指导时的那种虔敬、明朗和单纯的感觉，又恢复了。仿佛不是他歌尔得蒙站在那儿按自己的意愿雕刻这尊圣像，而是另外一个人，而是纳尔奇思，在借助他这双艺术家的手，使自己从生命的变化无常中逃脱出来，为自己的存在塑造一个纯粹的形象。

真正的杰作，歌尔得蒙有时不寒而栗地感到，却刚好是以这种方式诞生的。他在周末还常去瞻仰的修道院那尊难忘的圣母像也罢，师傅陈列在楼上过道两旁那些古老雕像中的佼佼者也罢，都无不是以这种既神秘又神圣的方式产生的。将来，那个对于歌尔得蒙来说是唯一还更加神秘、更加庄严的形象，那个人类之母的形象，也会以相同的方式诞生出来。唉，从人类的手中要是只能产生这样的艺术品，只能产生这种神圣的、必不可少的、没有被任何主观意志和虚荣心所玷污的形象，该有多好啊！然而，歌尔得蒙早已了解：情况并非如此。人们也能创造出另外一些形象，一些漂亮而令人赞叹的作品，一些表现着高超技艺的作品，一些博得收藏家欢心、堪作教堂和市政厅点缀的雕塑——不错，这些东西虽然漂亮，却不是产生自灵魂深处的神圣的、真实的形象。不只在尼克劳斯和另一些师傅的作品中，他知道有这种造型尽管优雅、做工尽管精细，但仍仅仅无异于儿戏的东西；使他觉得羞愧和难过的是，他自己内心深处也已经知道，他自己手里也已经感觉出，一个艺术家出于轻浮，出于虚荣心，出于对自己技艺的沾沾自喜，都是可能给世界造出这样一些华而不实的玩意儿来的。

当他第一次获得这种认识，真是难过得要命。唉，仅仅为了做出美丽的小天使和其他好玩的东西，哪怕它们再美，也不值得当个艺术家啊。也许对于其他人，对于工匠，对于市民，对于一切宁静自足的心灵，这已经够有价值了；对于他却不够。对于他，艺术和艺术家如果不能像太阳那般炽热，像风暴那般猛烈，而只能赏心悦目，带来小小的幸福感，那就毫无价值。用亮晶晶的金箔去贴一顶塑造得像花边似的精巧美丽的圣母花冠，这不是歌尔得蒙喜欢干的事，即使报酬十分丰厚。尼克劳斯师傅干吗要接这么多订货？他干吗要雇用两名帮手？当有市议员或修道院院长来请他雕大门或祭坛时，他干吗要手捏着尺子，一连几个小时听他们唠叨？他这样做有两个原因，两个可悲的原因：一是他希望成为一位订货多而又多的著名艺术家，二是他想积攒金钱。他攒钱不是为了从事什么伟大的事业或供自己享受，而是为了他那个早已十分富有的独生女儿，为了给她准备嫁妆，为了给她添置花边绉领和绸缎衣裙，为了给她购置一张垫褥、枕被都十分华贵的胡桃木婚床！仿佛漂亮的姑娘不可以在任何一个干草堆上享受到爱情的欢愉似的！

在做这类思考的时候，歌尔得蒙身上便激荡着他母亲的血液，内心深处油然产生一个流浪者对于定居的小康市民的鄙视和自豪感。有几次，他对自己所学的手艺和他的师傅讨厌得跟什么似的，每次都差点逃之夭夭。

师傅呢，也已经多次后悔同意教这么个难对付的、靠不住的年轻人，使自己的耐心受到了严峻的考验。一旦他了解歌尔得蒙的品行，了解他轻视财富、浪费成癖、不断谈情说爱、经常与人斗殴时，对他就更没有好感；原来他把一个不可信赖的吉卜赛人收留在自己家里了。这个流浪汉的眼睛怎样盯着他的女儿莉丝贝特，他不会视而不见。但他对这小子仍一忍再忍。他并非出于义务感和谨小慎微才这样做，而是为了那尊他眼看着渐渐成形的使徒约翰像。对于它，尼克劳斯怀有一种心灵相通的感情和喜爱，虽然他不肯完全向自己承认。他留意着，这个从森林中跑到他身边来的吉卜赛人，如何把那幅尽管动人而美丽却很笨拙的素描画——当初就是为了那幅画他才收下了歌尔得蒙——慢慢地、狂热地，但也是坚持不懈地和准确无误地，变成一件木雕使徒像。尽管歌尔得蒙性情变化无常，工作时断时续，但师傅仍毫不怀疑这尊雕像总有一天会成功。到那时，它会是一件他的助手们谁都永远做不出来的作品；就算是大师吧，它也不可多得。尽管师傅看自己学生有很多不顺眼的地方，常常指责他这个不对，那个不该，对他大发雷霆的次数也不少，可对他的约翰像，却从未说过半句不称心的话。

这些年来，歌尔得蒙已渐渐失去曾经讨得那么多人欢心的翩翩少年和天真烂漫的风度。他已成长为一名健壮的美男子，为妇女们热烈恋慕，却已不那么为男人们所乐见。自从纳尔奇思把他从童年的无邪睡梦中唤醒，浪迹天涯的生活给了他磨炼以后，他的内心也如外表一样发生了变化。他早已从一个俊俏清秀、性情温柔、虔诚向善、乐于助人的人人都喜欢的修道院学生，变成了完全不同的另外一个人。纳尔奇思唤醒了他，妇女们使他开了窍，流浪生活磨去了他的稚气。他没有朋友，他的心里只有女人。女人很容易赢得他，只要含情脉脉地一瞥就够了。他很难对一个女人不顺从，他对她们总是有求必应。尽管他对于美的感觉异常敏锐，特别喜欢青春妙龄、含苞待放的少女，但面对那种不很美和不很年轻的女人的诱惑，他也不能无动于衷。跳舞池上，他有时去追求某个无人问津的、失去了勇气的老姑娘，这样的姑娘能博得他的怜悯，但也不仅仅是怜悯，他还有永不消失的好奇心。一旦他爱上一个女人——不管这爱是持续几个星期，还是仅仅几个钟头——那么她对于他都是美的，他因而也会一心一意。经验告诉他，任何女人都美，都有使人幸福的本领；那种其貌不扬、为男人轻蔑的丑女，爱起来往往格外热烈、格外专注；那种半老徐娘更有胜过母性温柔的、带着哀怨的浓情蜜意；每个女人都有自己的秘宝，每个女人都有自己的魔力，发掘起来令人无限幸福，所以在这一点上，女人全都一样。就算缺少青春和美貌，她也会用某种特殊的举止或风姿进行弥补。只不过并非任何女人都能拴住他同样长的时间。虽然他对年轻貌美的和年长丑陋的在爱抚时都一样温柔，一样怀着感激，从不中途退却，但有些女人却能使他在两三个夜晚甚至十天半月的恩爱之后仍恋恋不舍，而另一些女人呢，只过一夜便会失去魅力，被他忘记。

爱情与欢愉，在他似乎是唯一能真正使生命温暖和充满价值的东西。他根本不知道荣誉为何物，主教也罢，乞丐也罢，在他是一样的；金钱财产拴不住他的心，他蔑视它们，不肯在任何时候为它们做一点点牺牲，如果偶尔赚到了许多钱，便不动脑筋地统统挥霍掉。对女人的爱和两性的嬉戏，在他眼里是高于一切的。他常常喜欢悲观感伤，根源就是他已体验到了欢愉的须臾即逝。情欲一触即发，熊熊燃烧，但转瞬间却已烟消火灭——这对他似乎是一切体验的核心内容，已成为生命的一切欢乐与一切痛苦的象征性阐明。他也能够像沉湎于爱情一样，沉湎于感伤与世事无常的恐惧中；感伤似乎也是爱，也是欢愉。正如爱的欢愉在最紧张、最幸福的高潮，已注定在下一个瞬间必然减弱和重新消失，内心的孤寂和愁闷也肯定会突然被欲望吞噬，重新转向生活的光明面。死和欢愉是一回事。你可以称生活之母为爱情或欢愉，也可以称她是坟墓或腐朽。母亲夏娃啊，她既是幸福之源，也是死亡之源；她永远地在生，永远地在杀；在她身上，慈爱与残忍合而为一。歌尔得蒙把她的形象久久地藏在自己心里；对于他来说，她已变成一种比喻和神圣的象征。

他知道，但不是通过语言和意识，而是通过血液更深刻地感知到：他的道路将通向母亲，通向欢愉和死亡。生活的父性的一面是精神，是意志；这并非他的归宿。生活在那儿的是纳尔奇思。如今，歌尔得蒙才完全吃透和领悟了他这朋友的话，把纳尔奇思看成自己的对立面。在他的圣约翰像上，他也刻出了这个特点，并且表现得十分鲜明。对于纳尔奇思，歌尔得蒙可以思念到热泪长流、魂牵梦萦的程度——可要他回到他身边去，成为和他一样的人，歌尔得蒙却办不到。

同样，歌尔得蒙凭着某种神秘的直觉，也隐约感觉出自己作为艺术家的秘密，感觉出他内心对艺术深藏着的爱的秘密，以及他暂时表露出来的对艺术疯狂仇恨的秘密。不用思索，仅仅凭着各种比喻，他便感觉到：艺术是父性世界和母性世界的结合体，是精神和血肉的结合体；它可以从最感性的事物出发引向最抽象的玄理，也可以始于纯粹的思维世界，止于血肉之躯。一切真正崇高的艺术品，一切并非只能哗众取宠、充满着永恒的秘密的艺术杰作，比如师傅那尊圣母像，一切地地道道的、毫不含糊的名家精品，全都有着这种危险的、笑意迎人的阴阳脸，这种男女同体，这种冲动的性感与纯粹的精神的并存。如果有朝一日歌尔得蒙能成功地塑造出夏娃母亲，那她的脸就将最鲜明、最集中地表现出这种两重性。

对歌尔得蒙来说，在艺术和艺术家生涯中，存在着调和他内心深处的矛盾的可能性，使他分裂的天性获得一种美好的、不断更新的喻示。然而，艺术并非天上掉下来的礼物，随随便便可以获得；它要求付出许多代价，做出必要的牺牲。在三年多时间里，歌尔得蒙牺牲了仅次于爱情的最宝贵和最不可缺少的东西：自由。自由自在，海阔天空，放浪形骸，独立不羁，所有这类东西，他全放弃了。他有时生起气来不去工作室干活，人家就可能认为他脾气古怪，不守规矩，任情使性——可在他看来，这样的生活却无异当奴隶，常常使他苦恼得几乎忍无可忍。他现在不得不服从的，既非他的师傅，也非未来的前途，也不是生活的必需，而是艺术本身。艺术这位看上去很富于灵性的女神，她也需要这么多琐屑的东西啊！她需要头上有个屋顶，她需要工具、木头、黏土、颜料、金箔，她要求劳作和耐心。歌尔得蒙为她牺牲了森林中的自由、原野上的欢畅、冒险时的乐趣、穷困里的高傲；他必须不断地向她奉献新的祭品，虽然他是硬着头皮、咬紧牙关在这么做。

他所牺牲的一部分东西重新有了补偿：他借一次次爱情的冒险以及与情敌的争斗，对眼下生活的奴性与安定舒适做了小小的报复。他个性中一切受压抑的力量和被禁锢的野性，都通过这个小小的透气孔发泄出来，使他成了全城闻名、人人畏惧的斗鸡公。在去与姑娘幽会的途中，或者从舞会回家来的路上，他常常在黑巷子里遭人暗算，挨上几闷棍；但他马上会扭过身来，转守为攻，喘息着把同样气喘吁吁的对手抓住，用拳头猛击人家的下巴，拽人家的头发，狠狠掐住人家的脖子；这样干他觉得很有味道，在一段时间里治好了潜藏在他身上的怪癖，同时为他赢得了妇女们的青睐。

这一切的一切，使他日子过得倒挺忙活，而且只要还在继续进行着使徒约翰的雕刻，任何事情又都有了意义。他这件工作拖得很久，特别是面部和双手的最后造型，更是他集中精力，耐心细致，以庄严肃穆的心情精雕细刻的。在伙计们干活的工场后面，有一间木棚，歌尔得蒙就在里面进行他的创作。雕像完成的那天早晨，他找来一把笤帚把棚子里扫得干干净净，用小毛刷轻轻地拂去了他那圣约翰毛发间的最后几粒木粉，然后久久地伫立在像前，一股刚经历过一桩难得的伟大事件的庄严感油然而生；在他一生中，这样的事件也许还可能发生一次，也许就仅此一回而已。一位大喜之日的新郎，一位当日受封的骑士，一位初为人母的产妇，也会在心中同样地激动，有同样的幸福感和庄严感，同时却又掺杂进同样的隐忧，生怕这崇高而宝贵的时刻很快就会消逝，随后一切又将走入常轨，让平庸、琐屑的生活给淹没。

歌尔得蒙就这样站了一个多小时，凝视着他的朋友和少年时代的领路人纳尔奇思，眼看着他屏息倾听般地扬着头，身穿与那位耶稣爱徒同样美丽的服装，一脸宁静、温驯和虔诚的神气，恰似一个正欲绽开的微笑的蓓蕾。他这张清秀、诚笃和充满灵性的脸，他这修长、轻盈的身姿，他这双优美而虔诚地举着的纤细的手，它们虽然充满青春活力和内在的音乐美，但对痛苦与死亡却不陌生；只不过它们一点没表现出绝望、混乱和烦躁罢了。在这个高贵的躯体里面，他的灵魂可能快乐，也可能哀伤，却总是十分和谐，容不得任何杂乱的噪声。

歌尔得蒙站在那儿观赏着自己的作品，一开始对这座自己少年时代的纪念碑，这座与纳尔奇思的友谊的纪念碑，心中充满了崇敬；但是看着看着，脑子里不禁涌起了种种的忧虑，心情顿时沉重起来：眼前耸立着的他的作品，这位美丽的使徒将留传后世，它美丽的容颜永远不会憔悴；然而他自己呢，他创造了这件作品，却马上不得不同它告别，明天它就不会再属于他，不会再等着他的手去接触，不会在他的手里继续成长、发育，不会再是他生活的意义、安慰和寄托了。他将两手空空地留下来。因此，歌尔得蒙觉得，与其今天单单与他的圣约翰告别，不如一股脑就向他的师傅、向这座城市以及向他的艺术告别更好。他在此地已无所事事，他心中已没有可以塑造的形象。那个他最为憧憬的人类之母的形象，现在对于他尚不可企及，远远地不可企及。难道让他再去打磨小天使，刻那些装饰品吗？

他断然离开了木棚，向着师傅的工作室走去。他跨进门，静静地站在门边，直到师傅发现并招呼了他。

“什么事，歌尔得蒙？”

“我的像雕成了。您也许午饭前能过去瞅一瞅吧。”

“好的，我马上去。”

他俩一起走进木棚，让门敞开着，以便里边更亮一些。尼克劳斯已很长一段时间没来看雕像，好让歌尔得蒙一个人安安静静地工作。这会儿他聚精会神地、默不作声地观看着徒弟的作品，一贯不动声色的面孔竟容光焕发、眉飞色舞起来。

“好！”他说，“很好！凭着它，你可以当上伙计，歌尔得蒙，你现在出师啦。我将请行会的同人来看看你这尊雕像，请他们把出师证明发给你。你当之无愧啊。”

歌尔得蒙并不怎么在乎行会，但是知道师傅这几句话包含着多少对他的赞赏，因此很是欢喜。

这时候，尼克劳斯再次围着圣约翰像慢慢地走着，同时叹了口气道：

“这个形象充满着虔诚和彻悟；它是严肃的，却又洋溢着幸福与宁静的光辉。人家也许会讲，雕刻它的一定是个心地光明而快活的人啊。”

歌尔得蒙微微笑了。

“您知道，我这尊雕像表现的不是我自己，而是我的一位爱友。带给这尊雕像明朗和宁静的是他，而不是我。确确实实不是我创造了这个形象，是他自己把它灌输到了我心里。”

“可能是这样。”尼克劳斯师傅说，“这样一个形象是如何产生的，倒真是个秘密哟。我并非妄自菲薄，但我必须讲：我有许多作品还远不如你这雕像哩。不是指技巧和做工精细，而是指真实性。唉，你自己非常清楚，这样的作品是不可能重复做出来的。这也是个秘密。”

“是的，”歌尔得蒙说，“像雕成了，我注视着它，心里就想：这样的作品你再也创造不出下一个了。因此我相信，师傅，我现在又该去流浪啦。”

尼克劳斯瞪着他，既惊讶又不高兴，目光变得严厉起来。

“咱们再谈吧。对你来说，工作才刚刚开始，显然还不到能撂下它远走高飞的时候。不过今天你可以收工了，中午请到我家来用饭吧。”

正午时分，歌尔得蒙梳梳洗洗，换了一身干净衣服，动身去师傅家。这次他已了解到，被师傅邀请去吃饭有多大意义，表示师傅能够赏识他是多么难得。可是，在他登上楼梯，走进那条摆满各种雕像的过道时，他的心却不像上次那样诚惶诚恐、受宠若惊，而是一踏进那些华丽宁静的房间时便怦怦直跳。

莉丝贝特也打扮过一番，脖子上戴着一条宝石项链，席间除了吃鱼喝酒，还有一个歌尔得蒙意想不到的节目：师傅赠送他一只皮的钱包，内藏金币两枚，算是对歌尔得蒙已完成的雕像的酬劳。

这次在父女俩交谈之际，他不是闷坐着一声不响。他俩都跟他聊天，还相互碰了杯。歌尔得蒙的眼睛怪殷勤的，抓紧机会把容貌高贵又颇为骄傲的俏丽少女看了个清清楚楚，眼神中流露出他是非常喜欢她的。她呢也对他彬彬有礼；使他失望的是她那张脸既不红也不烧。他内心又产生一个热烈的愿望，要让她那张无动于衷的脸活泼起来，迫使它暴露出自己的秘密。

吃完饭，歌尔得蒙道了谢，在过道上的雕像旁边流连了一会儿，然后便到城里闲逛了整整一个下午，百无聊赖得像个无所事事的人。师傅如此尊重他，是他万万没料到的。可这为什么不能使他高兴呢？所有这些荣誉，又为什么都使他兴趣索然呢？

一时心血来潮，他租了匹马骑着出了城，来到他第一次看见师傅的作品和听见他名字的那座修道院。事情仅仅发生在几年前，现在想来却仿佛已经很久很久。他进修道院的礼拜堂里去观赏圣母像，这件杰作今天又一次使他叹服不已。比起他的圣约翰来，它同样富于内涵和神秘，而且在技巧方面，在造型的轻巧自如方面，还更胜一筹。他现在注意到了许多只有艺术行家才能注意到的细节。比如衣裙的微小褶皱，纤细的手和手指的大胆处理，木料天然纹理的巧妙运用——这一切的一切，与构思单纯而含蓄的整体相比固然微不足道，但毕竟有胜于无，而且非常非常之美，只有一位技艺炉火纯青的幸运儿才有可能做到。为了达到这一步，一个人仅仅心中有形象还不行，他的眼睛和手都得经受说不清多少次的训练；也许还得终身献身于艺术，放弃自由自在的生活，放弃见世面的机会，日后才能创造出这么一件美妙绝伦的作品。因为光有体验和观察不够，光有爱也不够，还必须有登峰造极的技术和能力。如此煞费苦心值得吗？这是个大问题。

歌尔得蒙深夜才骑着疲倦的马回到城里。其时还有一家酒馆开着，他便进去吃了点面包，喝了几杯酒，然后爬进他那在鱼市旁边的小房间里，内心疑虑重重，充满着矛盾。

第十二章

第二天，歌尔得蒙仍下不了决心去工场。像以往某些不开心的日子一样，他又在城里溜达起来。他瞅着主妇和女仆们去赶鱼市，自己在鱼市的水井旁边站得特别久。他看见鱼贩子和他们的脏老婆如何叫卖兜售自己的货物，如何从大木桶中抓出冰冷、银白的鱼来让顾客挑选；他看见那些鱼痛苦地张大嘴巴，恐怖地瞪着眼睛，有的静静等候死亡，有的疯狂地绝望挣扎。像以往许多次一样，他突然对这些动物产生了同情，对人类产生了愤懑：人们为何如此迟钝、残忍，如此不可想象地麻木不仁啊？不管是鱼贩子和他们的老婆，还是那些讨价还价的买主，他们全都视而不见，看不到这些嘴，看不到这些充满了对死的恐惧的眼睛，看不到这些疯狂摆动的尾巴，看不到这毫无用处的绝望挣扎，看不到这些奇妙而好看极了的鱼身上那难以忍受的痛苦变化：它们最后浑身轻轻地哆嗦几下，便死了，僵了，直挺挺地躺在案桌上，被砍成可悲的一小块一小块，以便送到老饕们的饭桌上去——这一切一切，人们为何全都视而不见啊？这样一些人，他们什么也看不见，什么也不知道，什么也不察觉，什么也不动心！完全一样，不管一只可怜的温驯的动物死在他们眼前，还是一位艺术大师把所有的希望、所有高贵的气质、所有人生的痛苦和潜藏着的恐惧，全都借一张圣像的脸惊心动魄地表现出来，他们同样视而不见，同样无动于衷！他们一个个要么乐乐呵呵，要么忙忙碌碌，有的有要事，有的有急事，有的在嚷，有的在笑，有的在打打闹闹开玩笑，还有的仅仅为着两文钱在大吵大闹，可人人都心情舒畅，适得其所，对自己和对世界都极为满意。他们全是些猪，唉，比猪还可鄙得多，讨厌得多！可不，他自己也曾常常混在他们中间，感觉就像处于同类当中那样舒服惬意，和他们一起追逐过妇女，一起心安理得地大笑着从盘子里抓起过熏鱼吃。可是，他常常又像中了邪似的，心里突然会失去兴致和宁静；这种醉生梦死、自满自足、无所用心的麻木状态，突然从他身上消失了，使他陷入了孤寂和沉思之中，又重新开始独自游荡，以便考虑痛苦、死亡和忙忙碌碌的人生意义究竟何在，以便正视那无底的深渊。有时，从对毫无意义的可怕世态的绝望观察中，也会突然为他开出朵欢乐之花来，使他产生渴慕和兴致，去唱一首美丽的歌，或者画一幅画，或者摘一朵鲜花来闻，或者和一只小猫嬉戏一下。于是，他又像孩子那样重新与生活相安无事、和平相处。就说目前吧，这样的情况也可能重演，不是明天就是后天，世界对他又将重新变得美好可爱起来。只不过在此以前，歌尔得蒙仍在苦闷、沉思，对那些垂死的鱼和将谢的花，满怀着无望而揪心的爱，对人们像蠢猪一样浑浑噩噩、有眼无珠感到震惊。每当这样的时刻，他总会回忆起那个被他用刀戳死，然后血淋淋地扔在枞树林里不管的流浪汉维克多，心情既痛苦、内疚，又非常好奇，竟至忍不住搜索枯肠，企图想出维克多那老兄眼下究竟成了什么样子，是让野兽吃得一干二净了呢，还是留下了点什么？是的，骨头大概还会剩下，也许还有几撮头发。可这些骨头——它们又会怎样呢？要等多久，几十年或仅仅几年，它们才会失去本来面目，变成泥土呢？

唉，今天，当他怀着怜悯观察那些鱼，怀着厌恶观察市场上的人们，心中生出忧戚和对世界以及他自身的刻骨仇恨之际，他不禁又想起了维克多。说不定他让人发现后掩埋了吧？果真如此，他的皮肉想必也已从全部骨头上脱落、腐烂，早让虫子吃得干干净净了吧！他脑顶上还有头发，眼窝边还有睫毛吗？从维克多那充满奇特冒险经历和荒唐古怪把戏的生命中，到底留下来了什么呢？他可并非一个平庸之辈啊；然而就在这样一个人的生命中，除了杀害他的凶手保留着对他的一些零零星星的记忆，还留下来了什么呢？那些他一度爱过的女人，她们梦中还有一个维克多吗？唉，一切都已逝去，一切都杳无踪影。任何人的结局都会如此，任何物的结局也会如此；花开得快，谢得也快，红消香断后，雪便会落满枝头。几年前，他来到这座城市，心中满怀对艺术的渴求以及对尼克劳斯师傅深深的崇敬，真也算是意气风发啊！可曾几何时，他生活中还剩下点什么呢？没有，没有，就像那个可怜的大个子流浪汉维克多一样，什么也没有剩下。当初，要是有谁告诉他，有朝一日尼克劳斯将把他视为有同等价值的人，并且为他去行会中申请开业执照，那他准会相信，他已把全世界的幸福都握在自己手中。可现在呢，除去一朵枯萎的花、一点空虚和怅惘以外，便什么也没有了。

想到这里，歌尔得蒙突然产生一个幻觉。仅仅在一刹那间，像电光那样蓦地一闪，他看见了人类之母的容颜：从生的渊薮的另一边，她探过身来，带着茫然的微笑，神情妩媚而又悚惧地看着人世；歌尔得蒙看见她冲着诞生微笑，冲着死亡微笑，冲着春花微笑，冲着沙沙作响的秋叶微笑，冲着艺术微笑，也冲着腐朽微笑。

人类之母一视同仁，她那不祥的微笑就像天空中的月亮那样照临万物；对她来说，忧郁沉思的歌尔得蒙跟鱼市案桌上那条垂死的鱼没有两样，骄傲冷漠的少女丽迪娅跟那个曾想偷他金币的、尸骨散乱在森林中的维克多，也没有两样。

闪电熄灭，神秘的夏娃母亲的面孔已经消逝不见。但在歌尔得蒙的心灵深处，那惨白的光电仍在继续闪烁，一股生命、痛苦与焦灼的渴望汇成的浪潮，翻滚着冲进他的心海。不，不，不，他不想要其他人——不想要那些鱼贩子、那些小市民和那些忙忙碌碌的商人的幸福和满足。让这样的幸福和满足见鬼去吧！唉，那张闪电一般苍白的脸，饱满如暮秋的圆月，从她沉重的嘴唇上漾起无名的死的微笑，这宛如清风、宛如光明的微笑，已悠然地消逝了！

歌尔得蒙回到师傅家。时近正午，他静候着，直到听见师傅放下工作在洗手了，才跨进房去。

“我有几句话要跟您说，师傅，您一边洗手更衣，一边听就行了。我急于要告诉您一些真心话，现在正是时候，将来也许就不能再说了。因为我现在觉得必须和一个人谈谈，而您，也许就是唯一能理解我的人。我向您讲心里话，并非由于您有一间著名的工场，承接着各个城市和寺院交来的重要订单，雇着两名伙计，拥有一幢华丽的住宅；而是由于您是一位艺术家，创造了城外修道院里那尊我所见过的最精美绝伦的圣母像。我曾爱戴和尊敬过这位艺术家；成为和他一样的人，曾经是我活在世上的最高理想。我现在完成了一尊雕像，就是圣约翰像，可是没能把它雕得像您的圣母像一样完美；它现在怎样就只好怎样了。另外还有一个形象，我暂时不能雕；它还不曾要求我表现它，使我觉得非雕不可。不错，我心中存在一个形象，一个渺茫而神圣的形象，将来我必须把它表现出来，只是今天还办不到。为了能表现它，我必须再多多见见世面，多多体验人生。也许在三四年后我能完成这件作品，也许要等十年或更长的时间，也许永远也完成不了。不过呢，师傅，在这之前我可不愿当个手艺匠，像所有的同行那样漆雕像，刻祭坛，在作坊中讨生活，挣钱养家。不，我不愿这样做，我要生活和漫游，要体验酷暑寒冬，要看看世界，要品尝美的滋味和恐怖的滋味。我甘愿忍受饥渴，甘愿把在您这儿经历和学习的一切重新忘掉与抛弃。诚然，我渴望有朝一日能创造出像您的圣母像那么美、那么深深打动人心的作品——可是，变成像您一样的人，像您那样生活，我却不愿意。”

师傅已洗好手，并且揩干了。这时他转过身来，凝视着歌尔得蒙，脸色是严峻的，但并不恼怒。

“你说的话，”他道，“我都听见了。就这样好咯。活儿尽管多的是，我却不指望你来做。我不把你看成我的助手，你需要自由。我还想跟你谈谈其他的事，亲爱的歌尔得蒙；不过不是现在，过几天再说吧。在这之前，你可以随意打发你的日子。瞧，我比你年长一些，有过这样那样的经历。我跟你的想法不同，不过仍理解你和你的意思。过几天我派人来叫你。我们可以谈谈你的前途，我有各式各样的计划。耐心地等着吧！我非常清楚，一个人在完成一项心爱的工作后，他的心情是怎样的；我了解这种空虚。不过相信我，这空虚会过去的。”

歌尔得蒙怏怏地走了。尽管师傅一片好心，但于他又有何益呢？

他知道河边有个地方，住在城郊的鱼贩子们都在那儿倾倒杂物和垃圾，因此河床淤塞，水浅流急。歌尔得蒙去了那里，坐在堤岸上望着脚下的流水。他非常爱水，凡有水的地方都对他有吸引力。眼前透过水晶般清澈的流水，黑黝黝的河床隐约可见。这儿那儿，有些什么东西像金子一样在熠熠闪光，也许是旧盘子的一块碎片，也许是一把废弃的卷口镰刀，也许是一块光洁的石头或上了釉的瓦，但常常也可能是一条鱼，比如肥壮的鳕鱼或红眼鱼什么的，它们肚子朝天游着，让腹部亮晶晶的鳍和鳞也接受一会儿阳光——肉眼始终也辨别不清究竟是什么，可永远那么迷人、那么美，一闪一闪地引诱着他，就像沉入黑色深潭中的宝藏似的。歌尔得蒙也时常感觉，心灵里似乎有真实不虚的形象，所以真正的秘密，情形也就与这河水底下的小小秘密一样：没有轮廓，没有形式，只像一个遥远而美好的可能性那样让你去体会，仿佛蒙着一层纱幕，暧昧而模糊。正如朦胧的绿色河底里那些闪着金光或银光的东西，它们本身尽管毫无价值却充满诱惑力，一个让你在背后一瞥即逝的倩影，有时也一样能显示出无穷的魅力和无限的悲哀。再如，一辆夜行的马车辕下吊着盏晃晃悠悠的马灯，灯光在墙上映出转动的轮辐的巨大阴影，于是在一刹那间使人产生出维吉尔的全部诗作所能引起的种种遐思、幻觉和神秘感，同样也是这个道理。织成夜间的梦境的材料与此相似，一点微乎其微的东西可以包容世界的所有形象，一滴水的结晶可以寄寓全部人、兽、天使和魔鬼的身影，让他们随时能够活现于其中。

歌尔得蒙再次屏息凝神，茫然盯着那流逝的河水出神。他在河底上看见了摇曳不定的闪光，心中联想到国王的金冠和美人裸露的玉肩。他回忆起当初在玛利亚布隆看那些拉丁文和希腊文字母时，也产生过同样的幻觉和遐想。他不是还和纳尔奇思谈过一次吗？唉，那是何等久远的事，多少世纪以前的事呢？唉，纳尔奇思！要是能看见他，和他谈一小时话，握一握他的手，听一听他那宁静、理智的嗓音，歌尔得蒙真愿意放弃他的两枚金币啊。

为什么这些东西竟这般美，这些水底下的金色闪光，这些幻影和预感，这所有不真实的仙女般的幻象？所有这些无可言喻的美和令人快乐的东西，它们可正好是艺术家所创造的美的反面呀！须知，这些无名事物的美如果说是无形的，并且仅仅由神秘的东西构成的话，那么，艺术家的作品则刚好相反，都是实实在在的、明明白白的、充实完整的形象。没有什么比画在纸上或刻在木头上的头部和嘴部的线条更明确、更肯定的了。他可以准确地毫发不爽地把尼克劳斯那尊圣母像的下唇和眼皮临摹下来；这儿没有什么不肯定的、模糊的、游移变幻的东西。

歌尔得蒙专心一意地思索着。他不明白，这些想象得出来的最明确、最具象的东西，怎么会与那些最不可捉摸、最无形的东西，对人们的心灵产生非常相似的影响。不过想来想去，歌尔得蒙总算明白了这样一个事实，就是为什么他对许多无懈可击的、完美的艺术作品非但不喜欢，而且感到讨厌以至于近乎痛恨，尽管它们也具有某种美。工场中、教堂内、宫廷里，全都充斥着这种无聊的艺术品，他本人也一起制作过几件。它们都令人大失所望，因为它们唤起了人们对最崇高的事物的追求却不能予以满足，因为它们缺少一点主要的特征：神秘。而最杰出的艺术品与梦境之间的共同点恰恰就是：神秘。

歌尔得蒙继续想：这个神秘就是我所爱的和追索的东西，我曾不止一次看见它像闪电一般出现后又消失了。将来，一旦我可能成为艺术家，我便要塑造它，把它的形象揭示出来。这将是那位伟大的产妇——人类之母的形象；这个形象的秘密，不像任何其他形象那样存在于这种或那种细节中，不存在于丰满或瘦削、粗犷或纤弱、遒劲有力或柔和优美中，而存在于一个事实里，即那些在世界其他场合不可调和的巨大的矛盾，如诞生与死亡、善良与残忍、存在与毁灭等，都一起存在于这个形象中。我若是苦苦想出它来，那仅仅是我的思维游戏，或者一个艺术家的奢望罢了，于它本身将无所损害；我可能会看出它的缺陷，进而将它遗忘。然而，不，人类之母不是思想，我不曾想象出她，而仅仅看见过她！她活在我心里，一再地让我不期而遇。我第一次预感到她，是在一座村子里，是在一个冬夜，当我迫不得已在一位产妇床前掌灯的时候。当时她的形象就开始在我心中活了起来。以后她经常显得那么遥远、那么不可捉摸，要过很久以后，才会突然一闪重新显现出来，就如今天一样。一度我最热爱的自己母亲的形象，也已完全融进这个形象里，后者包含着前者，就像樱桃包含着本身的核一样。

歌尔得蒙清楚地感觉出自己眼下的处境：畏畏缩缩、举棋不定、裹足不前。他必须做出相当于当年离开纳尔奇思和修道院时的抉择，继续在寻找母亲的道路上走下去。也许，有朝一日这位母亲将借助他手下的一件作品，向世人显现出自己的形象来。也许，他道路的终点就在这里，他生命的意义就在这里。也许如此，但究竟怎样他可不知道。但有一点他是清楚的：他正追踪着母亲，正在朝通向她的道路上走去，正受着她的吸引和召唤；而这就很好，这就是生活。也许他永远也表现不出她的形象，也许她永远只是梦幻，只是预感，只是诱惑，只是神圣的、秘密的金色闪光。噢，不管怎样，他反正还是得追随她，他已把自己的命运托付到她的手里，她已是他的星辰。

歌尔得蒙即将做出决定，一切情况都已经清清楚楚了。艺术是一桩美好的事业，却不是女神，也不是目的，对他来说全都不是；他要追随的不是艺术，而是那母亲的召唤。老是训练自己的手指头，这有什么用呢？从尼克劳斯师傅身上，你就可以看到将来会有怎样的结局。所能得到的，不过是盛名、荣誉、金钱和安逸的生活罢了；但与此同时，唯一能与神秘之物相通的灵感便会枯竭、萎缩。剩下来能做的事就是制造漂亮值钱的玩具：形形色色的辉煌的祭坛和布道台，圣塞巴斯蒂安像，头发卷曲的可爱的小天使，每一个值四枚银币。哦，一条鲤鱼眼珠里的金光，一只蝴蝶翅膀边缘上薄薄的一层银绒，比起盈室充栋的这类艺术品来已不知要美好多少、生动多少、有趣多少啊。

一个男孩唱着歌走下河来，手里拿着一个白面包，唱着唱着又停下来咬它一口。歌尔得蒙向男孩要了一块面包，抠出软心来捻成一个个小球。他把身子探出堤外，慢慢将面包球一个一个扔进河里，看着白色的小球在幽暗的水里下沉，接着便被一群迅速攒动的鱼脑袋包围起来，最后消失在一张鱼嘴里。他看着一个接一个的面包球下沉和消失，心中很满意。随后他感到饿了，便去找他的一个在肉店里当使女的情人，也就是他所谓的“火腿女王”。他吹一声口哨，就像往常一样把她召到了厨房的窗前，让她给他弄点各式各样有营养的东西，好让他揣在兜里，到河边一个栽满葡萄树的小丘上去享用。那儿葡萄叶子肥大，葡萄架下的沃土闪着红光，时值春天，风信子开出的蓝色小花散发出阵阵清香。

可是，今天真像个充满决断和省悟的日子！当卡特琳娜出现在窗前，一张结实而粗鲁的脸向他微笑，他也已伸出手去准备给她一个暗号的时候，他不禁突然想起以前每次站在窗前等待的相同情景，立刻精确地预见到接下去的几分钟将发生的一切，不禁感到十分无聊：卡特琳娜一明白他的暗号又会退回房里去，不一会儿就拿着点熏香肠什么的出现在后门口，他一边去接，一边如她期待的那样抚摸抚摸她，拥抱拥抱她——歌尔得蒙突然觉得这一切都愚蠢透顶、丑恶透顶，都是老一套的周而复始的把戏，而且他还得在里边扮演一个角色，去接面包，去感受那结实的胸部的挤压，同时还必须拥抱拥抱她作为报答。突然，他觉得在她那和善粗憨的脸上看见一种本能的表情，在她亲切的笑容中发现了一点司空见惯的、机械的、毫无神秘感的、有损他的尊严的神气。他举起的手还没来得及招一招，脸上的微笑便已消失。他还爱她吗？还真正恋慕她吗？不，他到这儿来的次数太多了，她那同样的微笑他也屡见不鲜，因此回报时心里毫无冲动。昨天他还可以不假思索地干的事，今天忽然就干不了啦。姑娘还站在那儿眼巴巴望着他，他却扭转身子，走出胡同，下定决心永远不再露面。让另一个人来摸这结实的胸部吧！让另一个人来嚼这美味的熏香肠吧！而且，请看在这座富足欢快的城市里，日复一日，还有什么不被人吞噬和消耗掉啊！那些肥头大耳的市民，他们如此懒惰，如此娇生惯养，吃东西时如此爱挑剔，为他们每天得宰如此多的猪和牛犊，得从河里捕捞如此多美丽而可怜的鱼！可他自己呢——他自己也被娇惯了、败坏了，和那些肥胖的市民一样令人恶心呀！在流浪途中，在白雪皑皑的原野上，一个干缩的李子，一片陈面包屑，不也比在安适中一次行会的聚餐还可口得多吗？啊，流浪！啊，自由！啊，月光下的荒原！啊，带露的衰草中小心翼翼窥探出的兽迹！在城市里，在安居的人们中，一切都轻而易举，一切都枯燥乏味，爱情也是如此。他突然觉得厌倦，他唾弃这种生活。在这儿生活已经失去意义，形同失去骨髓的枯骨一般。只有当师傅还是他心目中的楷模，莉丝贝特还是他心目中的公主的时候，他在这儿的生活才一度是美好的、有意义的；只有当他还在雕他的圣约翰像时，这种生活才堪忍受。现在可算完了，花香已经消散，花朵已经凋谢。一股世事无常的情绪猛然向他袭来；这同样的情绪，曾经常常既能使他深感痛苦，又能使他深为陶醉。一切都好景不长，欢乐会转瞬即逝，剩下来的唯有枯骨与尘埃。然而，也有一种永恒的存在，这就是人类之母，她无比古老，却也永远年轻，在她嘴上始终挂着忧伤、残忍却又充满慈爱的微笑。歌尔得蒙又在瞬息之间看见了她：伟岸如同巨人，头发间闪烁着明星，梦幻般地坐在世界的边缘上，用她灵巧的手摘下一朵一朵的鲜花，一个一个的生命，让它们慢慢飘落进无底的深渊。

这几天，歌尔得蒙一边回顾自己那段已经枯萎的生命，一边在周围一带熟悉的地区游荡，心完全沉醉在别离的惆怅中。与此同时，尼克劳斯师傅却在煞费苦心地为他的前途谋划，企图一劳永逸地使这位不安静的客人住下来。他劝说行会发给歌尔得蒙开业执照，计划不让他当自己的下手，而做自己的合伙人，凡有重大订单都准备与他一起商量，一起完成，共同分享收益，以便牢牢拴住他的心。这是件冒险的事，即便从莉丝贝特考虑也是如此，因为这个年轻人随后自然会成为家里的姑爷。不过，像圣约翰这样一尊雕像，就连尼克劳斯历来雇用过的最好助手，也休想什么时候能做出来；他自己呢，年纪老了，想象力和创造力都衰退咯。他可不甘心自己著名的工场，眼看着降格成一家平平庸庸的作坊啊。这个歌尔得蒙肯定会很难对付，但冒冒险总是必要的嘛。

师傅如此盘算来，盘算去。他准备为歌尔得蒙将后面的工作室扩建一下，把住宅的顶楼腾给他住，还要送他一套漂亮的新衣服，让他在入行会时穿起来。他还小心慎重地征求莉丝贝特的意见；其实自从上次一起吃午饭以后，女儿就已盼着这件事。可见，莉丝贝特也同意了！要是小伙子能定居下来，当上师傅，她才真是求之不得哪。在她这方面不存在障碍。岂止不存在障碍，万一尼克劳斯师傅和事业的前景都仍然不能完全驯服这个吉卜赛人，她莉丝贝特还将亲自出马，来完成这件事。

一切都已安排妥当，在圈套后面已为鸟儿挂好了食饵。这一天，师傅便派人去请好久没再露面的歌尔得蒙，邀他再来吃午饭。歌尔得蒙梳洗一番后前往赴约，又坐在那间华丽而庄重的房间里，又与师傅和师傅的千金碰杯。饭毕，莉丝贝特回避了，尼克劳斯才把他伟大的计划和建议摆出来。

“你理解我的意思，”他在做完那些令歌尔得蒙深感意外的宣告后补充说，“我也就不用告诉你，从来还没有哪个年轻人连学徒都没当满就一下升为师傅，找到一个温暖的窝的。你真走运啊，歌尔得蒙。”

歌尔得蒙惊讶而困惑地望着师傅，推开了摆在自己面前的半杯酒。他原等着师傅为他这些日子东游西荡责骂他哩，然后也许建议他留下当个帮手什么的。想不到事情竟是这样。如此与师傅面对面坐着，使他感到既难过，又尴尬。他一时不知如何回答才好。

师傅发现自己很赏面子的提议并未立刻被喜出望外、受宠若惊地接受，脸已经绷紧起来，露出了失望的表情，站起身说道：

“唔，我的建议让你感到意外，你也许想先考虑考虑。这确实有点伤我的自尊心；我原以为会叫你大大高兴呢。好吧，我无所谓，你就去考虑一些时候吧。”

“师傅，”歌尔得蒙说，措辞有些结结巴巴，“请您别生我的气！我打心坎里感谢您，感谢您对我的好意，更感谢您对我像对一个学徒娃娃似的耐心。我永远不会忘记，我欠您多少情呀。不过，我不必再做什么考虑；一切我早已决定了。”

“决定了什么？”

“早在接受您邀请来吃饭之前，早在知道您这抬举我的建议之前，我便决心不再留在此地，而是继续去外面漫游。”

尼克劳斯脸色苍白，两眼阴沉沉地瞪着他。

“师傅，”歌尔得蒙又恳求说，“请您别以为我是想侮辱您！我已告诉您我决心干什么。事情已无法改变。我必须离开，必须去漫游，必须回到自由中去。允许我再一次衷心地感谢您，让咱们高高兴兴地分手吧。”

他向师傅伸过手去，眼睛里噙着泪花；尼克劳斯却没有碰他的手，而是气得脸色发青，绕室狂奔起来，越走越急，越走越快。歌尔得蒙从未见过他这副模样。

最后，师傅忽然停了下来，拼命地克制着自己，瞅也不瞅歌尔得蒙地在牙齿缝里嘀咕道：

“好，你去吧！马上走！我再也不想看见你！否则我会做出或说出叫自己后悔的什么来。去吧！”

歌尔得蒙再次向师傅伸出了手。尼克劳斯却报之以不屑理睬的神气。这时也已经脸色苍白的歌尔得蒙只好转过身，一声不响地走出房间，在外面戴上帽子，手抚着楼梯栏杆立柱上一个个木雕的天使头像，悄然走下楼来，溜进住宅后面那间小小的工作室，依依不舍地在他的圣约翰像前伫立良久，然后才离开了师傅的家，心情比当初告别骑士城堡和可怜的丽迪娅时更加沉痛。

好在至少事情进行得很快！好在至少没有讲什么废话！当歌尔得蒙跨出大门时，这便是唯一给了他安慰的想法。他往前看去，熟悉的城市和街道已经变为另一种陌生的样子；再回头一望，师傅住宅的大门业已紧闭，俨然成了一所他不认识的房屋——当我们的心充满离情别绪时，一切就会变成这副模样。

回到自己房中，歌尔得蒙傻站了一会儿，随后动手打点行李。诚然，他可收拾的东西不多；要做的只是告别一下而已。屋里墙上挂着一幅他亲手画的圣母像，模样挺温柔；此外还胡乱扔着、挂着他的所有财产：一顶礼拜日戴的礼帽，一双跳舞穿的靴子，一卷画，一把小琴，几个自己捏的泥偶，几件情人赠的礼物，比如一束纸花、一只红宝石颜色的酒杯、一块放硬了的心形胡椒饼，以及类似的七零八碎的东西，每一件都自有某种特殊意义和特殊历史，都曾经为歌尔得蒙所珍爱，但现在在他眼里全成了讨厌的累赘，要知道任何一件他都带不走啊。于是他用那红宝石颜色的酒杯跟房东换来一把长长的猎刀，拿到院子里去磨得锋利；他把胡椒饼掰成一小块一小块，喂给了邻家院里养的鸡；他把圣母像送给了房东太太，人家回赠了他一些很有用的礼物：一只旧的皮旅行背囊和一大堆路上当口粮的食品。他把自己仅有的几件衬衫、一沓卷在一截扫帚柄上的不太大的画，连同那些食物全装进了背囊，其他那些玩意儿就只好扔下了。

在城里还有一些妇女，他似乎也该去告别一下才是；昨天晚上，他就在其中一位那儿过的夜，却只字未提离去的打算。是啊，一个人想远走高飞，就总有这样那样的事情来绊他的腿。可顾不了这么多哟。歌尔得蒙除了向房东一家告别以外，没有去任何人那儿。他是晚上告别的，以便次日一清早就动身。

尽管如此，第二天早上他正打算悄悄摸出去时，房里另外一个人也起来了，邀请他到厨房去喝牛奶。她是房东的女儿，一个年方十五岁的孩子，身子病恹恹的，很少出声，两只眼睛倒挺漂亮，只可惜腰上有毛病，走起路来一瘸一拐。她名叫玛丽。眼下她脸色十分苍白，看得出一夜不曾合眼，衣服却穿得颇讲究，头发也梳得油光光的。她在厨房里侍候歌尔得蒙喝牛奶，吃面包，对他的离去显得挺难过。他向她道谢，临别时还怀着怜悯吻了吻她那薄薄的嘴唇。她闭着眼，虔诚地接受他的吻。

第十三章

重新开始流浪的初期，歌尔得蒙贪婪地享受着再次获得的自由，但对一个流浪汉无以为家、颠倒混乱的生活方式，却得重新加以适应。流浪汉们不听命于任何人，只受天气与季节的约束，眼前无目标，头上无房顶，身边无长物，得过且过，随遇而安，生活得天真而勇敢，寒酸而充实。他们是被逐出乐园的亚当的儿子，纯洁无辜的动物的兄弟。时时刻刻，他们从老天手中受领着主的赐予：阳光、雨露、霜雪、冷暖、舒适和困厄。对于他们来说，无所谓时间，无所谓历史，无所谓追求；他们也不像那些定居在房子里的人，对所谓发展和进步怀有异教徒似的狂热崇拜。一个流浪汉可能是文雅的或者粗野的，精明的或者痴憨的，勇敢的或者怯懦的；但不管怎样，他在心里总是个孩子，总生活在出生后的第一天，生活在世界历史开始之前，他的生活总是受很少几个简单的欲望和需要支配。

他可能是聪明的，也可能是愚蠢的；他既可能深知一切生命之脆弱和短暂，深知一切在茫茫宇宙中存身的生物之渺小和可怜，也可能懵懵懂懂，完全只知道满足自己贪婪的肚腹的需要。他始终是财产拥有者和安居乐业者的对头与死敌；这种人恨他、鄙视他、害怕他，因为他们不愿被他提醒并觉悟到：存在是短暂的，所有的生命都在不断枯萎，在我们四周的宇宙里，充斥着冷酷无情的死亡。

流浪汉生活的幼稚单纯，它的母性倾向，它跟法则与精神格格不入，它的冒险轻生以及时刻处于死亡边缘等，都早已对歌尔得蒙的心灵产生过深刻的影响。但尽管如此，他心中仍然存在灵性和意志，他仍然是位艺术家；而这个矛盾，就把他的生活变得更加丰富而艰难了。每一个人的生活都是通过分裂和矛盾才变得丰富多彩的。没有陶醉和纵乐，理性和明智何以存在？没有死神在背后窥视，感官的欢愉又有什么价值？没有两性之间永远还不清的孽债，又怎能产生爱？

夏季和秋季过去了，歌尔得蒙好不容易熬完寒冬，重又迎来鸟语花香的、令人陶醉的春天；时序更替快如飞梭，夏日高悬蓝天的骄阳，总是一眨眼便落了下去。如此年复一年，歌尔得蒙似乎忘记了世界上除了饥饿、爱情以及这不声不响的节令变化以外，还有其他东西；看起来，他已完全沉溺在母性原始的爱欲世界里了。其实，每次在梦中，每次在休息时望着一道道鲜花盛开或者枯萎萧索的山谷而堕入沉思的时候，他仍然充满彻悟，仍然是一位艺术家，仍然痛感着一种想以精神力量将这过一天算一天的无意义生活改变和抛弃的渴望。

有一天，他碰见一个同伴。自从与维克多那次你死我活的搏斗以后，他就一直在单独流浪。眼下这位不知怎么跟上了他，他甩了好长时间都摆脱不了。不过这个同伴并非和维克多同一类型，而是个去过罗马的朝圣者，年纪轻轻，身穿修士袍，头戴朝圣帽，名叫罗伯特，老家在博登湖[1]边上。此人是个手艺人的儿子，曾在圣伽鲁斯修道院念过书，少年时代就产生了去罗马朝圣的念头，年纪越大越是入迷，等到抓住一个机会便立即实行起来了。他的父亲死后，他的愿望才得以付诸实现。他本身是在父亲的工场里做细木匠的。老头刚一下葬，罗伯特就向母亲和妹妹宣布，现在任何事情也别想再拦住他去实现自己的夙愿了，即动身前往罗马朝圣，以便赎补他自己和他父亲的罪过。

1　德国、瑞士、奥地利三国交界处的大湖。

两个女人叫苦连天没有用，破口大骂也没有用；罗伯特固执己见，未曾得到母亲的祝福，也不考虑两个女人日子是否过得下去，便在妹妹的怒骂声中走出了家门。促使他这么干的主要原因是对游荡的兴趣，其中也掺杂着某种表面上的虔诚，即想在宏伟的教堂和圣地待一待，尝一尝参加弥撒、洗礼、葬仪以及燃点圣香和圣蜡的滋味。他也会少许拉丁文，但不是想做学问，而是渴望在教堂穹顶的阴影中嘀咕嘀咕，自我陶醉。小时候，他很热衷于当做弥撒的辅祭。歌尔得蒙并不怎么瞧得起他，但对他也还喜欢，觉得在狂热地迷恋漫游和向往异域方面，自己和他颇有些相似。罗伯特自称高高兴兴地离开了家，还真到过罗马，受到了无数修道院和神父的殷勤款待，亲眼看到过许多名山大川和南国风光，在罗马的大小寺院和教堂里感到身心舒畅，听了数百场弥撒，在最神圣的地方做过祷告，领过圣餐，吸进的圣香之多，已经超过了赎补他年轻人的小小罪过以及他父亲的罪孽的需要。他在外流浪已一年多；当他终于返回故乡，踏进家门的一刻，家人对他却不像迎接一个归来的游子般亲热。原来妹妹已经垄断家中的义务和权利，在工场中雇用了一个勤快的伙计，嫁给了他，一个人把家庭和工场管理得井井有条，使罗伯特回去后没住两天便发现自己是个多余的人，而且当他马上声称又要出走的时候，谁也不曾劝他留下。他呢，也并不难过，只求他母亲拿出一点点积蓄，重新做一套朝圣服穿起来，便踏上新的旅程，漫无目的地横穿了整个德意志帝国，一半像流浪汉，一半像教士。他身上挂的朝参著名圣地的纪念铜牌和念珠叮叮当当响个不停。

他初次碰见歌尔得蒙时两人只同行了一天，相互交换了一些流浪的见闻，到下一座小镇便走散了。后来他又不止一次遇见歌尔得蒙，终于完全留在了他身边，成了他一名相处得融洽的、不辞劳苦的旅伴。他很喜欢歌尔得蒙，常常献一些小殷勤讨好他；他钦佩歌尔得蒙的学识、勇敢和智慧，热爱他的健康、力量和诚恳。两人渐渐彼此习惯了，因为歌尔得蒙为人也挺豁达。他只有一个怪癖，就是当他堕入忧郁和沉思时，总是固执地一声不响，目光茫然，旁若无人；在这种情况下，他就不容谁去找他唠叨，或者问这问那，或者对他进行安慰，而必须听其自然，让他爱沉默多久就沉默多久。罗伯特很快便学会了这样做。后来，他发现歌尔得蒙能背出一大堆拉丁文诗篇和圣歌，在一座教堂的大门口听他讲解了那些石像的来历，亲眼看见他用一截赭石寥寥几笔就在他们靠着休息的白墙上画出一些真人大小的人物像，打这时起，他更把自己的伙伴视为上帝的宠儿，甚至几乎当他是一名魔法师。至于歌尔得蒙还是妇女的宠儿，只需抛一个媚眼和微微一笑，便能征服她们中的某些人，罗伯特也同样看在眼里，心中有数；就这一点他不那么喜欢，却不得不佩服。

有一天，他俩的旅程意外地被人打断了。其时他们正走进一座村庄，冷不防迎面碰上一群用棍棒以及连枷杆武装起来的农民，为首的一个远远地喝住他俩，命令他们立即向后转，永远滚出这个地区见魔鬼去，否则就要揍死他们。歌尔得蒙停下来想问个究竟，一块石头已经砸着他的胸部。他扭头一瞧，罗伯特已经没命地逃跑了。农民们一步步逼上来，歌尔得蒙别无他法，只好慢慢去追赶逃得无影无踪的同伴。在田野中间的一具耶稣受难十字架下，罗伯特浑身哆嗦地等着他。

“你跑得真够好样的，”歌尔得蒙笑着说，“可这些脏家伙的蠢脑瓜到底怎么啦？打仗了吗？干吗用武装守卫自己的窝，不放人进去？我真想不通在搞什么鬼名堂！”

他俩谁也搞不清楚。直到第二天早上，他们在一座孤零零的农庄里经历了一些事以后，才开始猜出这个谜。农庄里有一所茅屋、一个厩舍、一间仓库；周围是一片野草齐腰的绿色庄稼地，果树相当多，然而异常寂静，一切都像睡着了似的：没有话语声，没有脚步声，没有小孩啼哭声，没有锤击镰刀使之锋利的声音，什么也听不见；只有田地中间站着一头母牛在吃草，不时地发出两声哞叫，看样子早该有人去挤它的奶了。两人走到住屋前，敲了敲门，没得到回应；又走进厩舍去，厩舍也敞开着，里边空空如也；再走向仓库，只见麦草盖的房顶上鲜绿的苔藓在阳光下发亮，房中却连个鬼影也没有。两人又朝住屋走去，踏进荒芜的前院，用拳头再一次捶门，仍然没人应声。歌尔得蒙试图自己开门，却惊讶地发现门压根儿未锁死，轻轻往里一推便开了，于是他走进黑沉沉的房间。“喂，我说屋里有人吗？”他大声嚷着，可是仍然鸦雀无声。罗伯特留在门外，歌尔得蒙继续好奇地往里钻。屋子里气味很难闻，散发着一股令人恶心的奇臭。灶孔里积满了灰烬，他往里吹吹，最底下的木炭上居然还冒出一点点火星来。这时候，在光线朦胧的灶台后面，他看见一个人坐着。那人正坐在一把圈椅里睡觉哩，看样子是一位老太太。叫喊不起作用，这所房子好像中了魔似的。歌尔得蒙亲切地拍了拍那位坐着的老太太的肩，她还是一动不动；到这会儿他才发现，老婆子原来坐在一张蛛网里，蛛丝的一端附在她的头发里，一端缠在她的膝盖上。“她死啦。”歌尔得蒙想，心中微微感到有些悚惧；为了把事情弄个水落石出，他便去灶孔前掏开死灰，往里吹气，直到余烬吐出火苗，点燃一根长长的木条。他照了照那坐着的老婆子的脸，只见她灰白的头发底下面色铁青，一只眼睛瞪着，茫然无光，凝滞不动。这个女人就如此坐在椅子里死了。哎哟，真是没有什么办法。

歌尔得蒙擎着照明的木条，继续进行搜索，发现在同一间房间里，在通往里屋的门口，又躺着一具尸体，一个约莫八九岁的男孩，脸孔肿胀而扭曲，只穿着一身内衣。男孩肚子朝下趴在门槛上，两手拼命地握成拳状。这是第二个了，歌尔得蒙暗自思忖；他像在做一个噩梦似的再往前走，进了里屋。这儿板窗都大开着，日光照射进来，显得很明亮。他小心翼翼地熄了木条，用脚在地上将火星踏灭。

里屋中摆着三张床。第一张是空的，麻布床单下露出了铺草。第二张床上躺着一个人，一个大胡子汉子，面朝天僵卧着，脑袋使劲往后仰，下巴上的胡子翘得很高；想必是当家的农民。他深陷的脸颊泛着死灰色的光，一条胳臂从床沿垂到地上；那儿翻倒着一个陶罐，水已从罐中流出来，在地上还不曾完全渗掉，而是流到了一个木盆面前，盆里还剩有一些水。在第三张床上，躺着一个结实高大的女人，浑身上下紧紧裹着麻布和粗毛毯，脸埋在床单里，麦秸似的又粗又黄的头发在日光中闪闪发亮。在她旁边，与她紧紧搂在一起的是一个刚发育的女孩，一样有麦秸似的黄头发，脸上青一块灰一块，像是给缠在乱糟糟的麻布里憋死的。

歌尔得蒙把几具死尸挨个察看了一遍。只见那个姑娘的脸虽然完全变了形，却仍流露出对死亡无可奈何的恐惧。她的母亲把脸深深埋进床单里，脖子和头发上却可以看出愤怒、恐怖和狂热的求生欲望。尤其是那不服管束的头发，看来怎么也不肯向死神屈服。至于农民的面孔，则表现出抗争与强忍着的痛楚；看起来，他死时很难受，但很有男子气概，下巴上的胡子倔强地冲天空高高翘着，活像一名壮烈牺牲的战士。他这个舒展的、克制的、倔强而凝滞不动的姿态，真能引起某种美感；显然，一个如此迎接死亡的人不会是个胆小鬼。但更令人感动的，却是那个肚子趴在门槛上的男孩的尸体；他脸上毫无表情，俯卧的姿态和紧握的小拳头却意味深长：无可奈何的悲哀，忍无可忍的疼痛。他脑袋旁边的门板上，锯了一个供猫进出的洞。歌尔得蒙仔细地察看着一切。在这座房子里，气氛无疑相当恐怖，而且一股尸臭令人恶心；尽管如此，一切却对歌尔得蒙有着深深的吸引力，它如此实在、如此具体，仿佛充溢着伟大的命运启示，甚至还包含着某些能赢得他的爱，能使他铭记在心的东西。

这时罗伯特在门外已等得不耐烦和担心起来，开始大声唤他。歌尔得蒙是喜欢罗伯特的，但在此刻却不能不想到，像他这么一个胆小、好奇、孩子气十足的活人，与那些死者相比是何等渺小和可怜啊。他没有回答罗伯特；他专心致志地观察着那些尸体，心情就像一个艺术家，既怀着真诚的同情，又保持着鉴赏的冷静。他仔仔细细看了那些躺着的形象和那个坐着的形象，研究了他们的头、手以及身躯的姿态。在这座中了魔的房子里有多安静啊！在这座怪宅中，气味又是多么难闻啊！这人类小小的栖身之所，灶孔里仍有余烬燃烧，屋内却遍布尸体，死亡窃据着每一个角落，整个显得多么阴森、多么凄凉啊！这些无声无息的人，不久脸上的肌肉便会脱落，老鼠便会啃噬他们的手指。其他人都躺在棺木和墓穴里，悄悄地、不露形迹地去完成自己最后一件可悲的任务，即腐烂和发臭；他们五个人却在自己家里，在关着门的房间中，在光天化日之下，肆无忌惮地、毫无遮掩地、不知羞耻地腐化了。歌尔得蒙已见过一些死人，但还从未碰到过死神如此残酷无情地捉弄人的景象。他把这幅凄惨的画面牢牢记在心中。

罗伯特在门外的喊叫终于使他再也待不下去。他走出房来。

他那同伴怯生生地瞅着他。

“怎么啦？”罗伯特问，声音里充满着恐惧，“里边到底有没有人？喂，你干吗这么瞅着我？说呀！”

歌尔得蒙用冷冷的目光打量着他。

“自己进去瞧瞧呗，一所滑稽的房子。然后咱们去挤那头漂亮母牛的奶。快去！”

罗伯特畏畏缩缩地跨进门，向着灶台摸过去，看见那个坐着的老太婆，发现是死的，便大叫一声，仓皇逃出门来，眼睛鼓得像鸡蛋那么大。

“天啊！灶前坐——坐个死老婆子！怎么回事？屋里竟——竟没一个人？干吗不——不葬了她？啊，天啊，已经发臭了哟！”

歌尔得蒙淡然一笑。

“你是位大英雄，罗伯特，只可惜往回跑得太快了点。一个死老女人这么坐在椅子里，确实是个不平凡的景象。

可你要是再往里走几步，你还能看见更加不平凡得多的情形哪。一共五个，罗伯特。床上躺着三个，门槛上趴着一个小男孩，都是死的。一家大小全死绝了，所以奶牛才没人挤嘛。”

同伴傻愣愣地望着他，过了一会儿突然用快要窒息的嗓音叫了起来：

“噢，噢，现在我明白了，昨天那些农民干吗不放咱们进村去。啊，上帝啊，现在我一切全明白了。鼠疫！凭我可怜的灵魂起誓，鼠疫，歌尔得蒙！而你在里边待了那么久，没准还摸过死人吧！走开，你，别靠近我，你肯定给传染上啦。我很遗憾，歌尔得蒙，可我不得不走，我不能留在你身边。”

他拔腿想跑，不料朝圣服早被拽住。歌尔得蒙以谴责的目光逼视着他，牢牢抓住他的衣服，他怎么挣扎反抗也无济于事。

“小伙计，”歌尔得蒙用和气而讥诮的声调说，“想不到你倒挺机灵哩。看样子你是对的。喏，到下一个农庄或村子里咱们就知道啦。很可能这个地区真在闹鼠疫。咱们可以瞧瞧，看能不能平安无事地闯过去。但你想溜却不成，小老弟。你看，我是个慈悲为怀的人，心肠有多软；

当我想到，你可能已在里边受到传染，让你一跑说不定会在荒野里的什么地方倒下，一个人孤零零地等死，没谁来合上你的眼皮，给你掘个墓坑，往你身上撒土时——不，亲爱的朋友，要这样我会难过死了的。我说啊，你可得注意听并且好好记住，我说过一遍绝不说第二遍：咱俩处于同样的危险中，倒霉的可能是你，也可能是我。还是让咱俩待在一起吧，要么一道死，要么一道生，逃出这可诅咒的瘟疫区。要是你将来病了，死了，我就会安葬你，这难道不值得吗？要是该死的是我，那你尽可以自便，安葬我也好，径直溜掉也好，我反正无所谓。然而在这之前，亲爱的，不能逃走，记住！咱们将互相需要。好了，别啰嗦，我什么也不想听。喏，去厩舍里找个铁桶来，咱们该挤奶啦。”

果真如此办了。从这时起，歌尔得蒙怎么吩咐，罗伯特就怎么做，两人过得挺不错。罗伯特也再没企图逃走，只是解释说：

“我有一会儿工夫很怕你。当你从死人的屋子出来时，脸色真叫我不愿看。我想，你肯定传染上鼠疫啦。不过，可能不是鼠疫；但尽管这样，你的脸色还是变了的。真有那么可怕吗，你在里边看见的事？”

“一点也不可怕。”歌尔得蒙毫不迟疑地回答，“我在里边看见的，是你和我以及所有的人都将会发生的事情，即使咱们并不患鼠疫。”

他们继续往前走，马上就到处碰着在当地肆虐的黑死病。有的村子不准任何外人进入，另有一些村子他们则可以在大街小巷任意穿行。许多农庄被弃置不顾了，陈尸遍野，要不就腐烂在房间里，没人去掩埋。圈里的母牛都在哞哞叫，有的奶胀了，有的因为饿。其他牲畜便在庄稼地里野窜。他们挤了几头奶牛和奶羊，给它们丢了点草料；还宰了几只小山羊和小猪，拿到树林边烤熟了，一边啃，一边喝从那些没有主人的地窖里搬来的葡萄酒和果子酒。他们日子过得挺自在，要什么就有什么；只不过心里总觉得不是滋味。尤其罗伯特，时刻担心被传染，一见死人就恶心，常常吓得失魂落魄；他总怀疑自己已经有病，不停地把脑袋和双手伸在他们露宿的篝火上让烟熏——这在当时被认为是有效的治疗方法——甚至睡梦中也在自己身上瞎摸，看他的腿、胳膊、腋下是不是已经发出疱疹。

歌尔得蒙经常骂他，讥讽他。他没有罗伯特式的恐惧，也不感觉恶心，他怀着紧张和阴郁的心情，穿行在死亡的国度里，精神完全集中在观察那些浩劫景象上，灵魂充满着深秋时节的惆怅，耳畔唯听见沉郁的死之歌。偶尔，永恒的母亲的形象又显现在他眼前，一张长着美杜莎怪眼的苍白巨脸，凝重的笑意里满含着痛苦与死亡的神气。

有一天，他俩抵达一座小城。城外好像防护得很严，从城门口起，围着城墙加筑了一道有房屋那么高的护垣，奇怪的是上边一个守卫也没站，洞开的城门下不见一个人影。罗伯特不愿意进城，恳求他的同伴也别这么做。说话间，只听得一阵钟声响起，从城门里踱出一位神父来；他手捧一具十字架，身后跟着三辆运货车，两辆由马拉着，一辆由牛拉着，全都装着垒得高高的尸体。一群穿着异样的长袍、脸紧紧裹在头罩里的士兵，在车旁赶着牲口。罗伯特脸色铁青，精神恍惚；歌尔得蒙跟在运尸车后，保持一段短短的距离，走了约莫二三百步光景；所到的地方并非公墓，而是在旷野上掘的一个坑，深不过二尺，却大得如一间厅堂。歌尔得蒙停住脚，只见士兵们用木棍和船上的钩竿把尸体拖下来，堆在大坑中，然后神父口中念念有词，举起十字架在尸堆上晃了两晃便退到一旁，士兵们再围着尸堆点起熊熊大火，火一旺各自就默默无声地往城里走去，谁也顾不上去用土把尸坑填起来。歌尔得蒙定睛看去，大坑里可能有五十具或者更多的尸体，重重叠叠，赤身露体，这儿突兀地翘起一条腿，那儿僵直地伸出一条胳膊，一块破衣片在风中轻轻飘动，景象煞是凄惨。

歌尔得蒙回到原处，罗伯特差点没跪到地上哀求他赶快离开。罗伯特这样做看来是有理由的；他在歌尔得蒙茫然的目光中，又发现了那种他十分熟悉的专注凝滞、如醉如痴和灵魂出窍的神气。罗伯特没能制止住他的朋友。歌尔得蒙独自进城去了。

他穿过无人把守的城门，听见自己的脚在石铺路面上踏着的响声，头脑里就浮现出他漫游过的许多小城及其城门口各种不同的景象来，耳畔又听见经常在此迎着他的孩子们的叫嚷声、儿童的嬉戏声、妇女的吵骂声、铁匠铺里叮叮当当的榔头声、辚辚的车轮声，以及其他各种各样的声响，有的粗哑，有的悦耳，全都乱糟糟地混在一起，织成了一张声音的网，包容着人们形形色色的劳作、乐趣、事业和交往。眼下这空洞洞的城门和门内那冷清清的街道呢，却静悄悄的没有一声欢笑，没有一声呼喊，空气也凝滞了似的一片死寂；而正因为如此，城里还汩汩唱着歌的泉水就显得声音很大，简直是震人耳鼓。在一扇敞开着的窗户里面，可以看见在各式各样的长面包和面包卷之间坐着一位面包师。歌尔得蒙指指面包卷，面包师就用长柄铲子小心翼翼地递了一个出来，并等着歌尔得蒙把钱放在铲子上。当陌生人并不付钱，一边咬面包一边就径直离开时，他只愤愤地关上自己的小窗，没有破口大骂。在一所华丽的宅邸的窗前，摆着一排瓦钵，从前钵里想必都是鲜花盛开，如今只在枯茎上耷拉着几片败叶。从另一所宅子里传出来小孩子的哭泣声和呼叫声。可是没想到，在邻近一条街的一处二楼的窗户后面，歌尔得蒙竟看见站着一位漂亮的姑娘；她在那儿梳头。他仰望着她，直到她发现后低下头来，脸红红地把他瞅着。他才趁机冲她亲切地微微一笑，只见姑娘那绯红的脸庞上也慢慢地、微弱地漾起了一抹笑意。“快梳好了吧？”歌尔得蒙仰着脸大声问。她笑吟吟地从窗孔中探出鲜艳的脸来。

“还没生病？”他又问。她摇了摇头。“那么跟我一块儿离开这座死人的城市吧，咱们到森林中去过好日子。”

她眼神中带着疑问。

“别考虑来考虑去啦，我说的是真话。”歌尔得蒙高声喊道，“你是住在父母家里，还是给别人当女佣？——原来是给别人当女佣。那马上来吧，亲爱的；让那些上了年纪的人去死，咱们还年轻健康，还想好好地活一阵子哩。

来呀，褐色头发的美人，我不骗你。”

姑娘审视着他，迟疑不决，一脸惊讶的神色。他慢慢向前踱去，穿过一条无人的街道，接着又穿过一条无人的街道，然后又慢慢踱了回来。他抬眼一望，姑娘仍站在窗前，向外探出身子，见他回来非常高兴。她向他挥挥手，他慢慢走去，她马上便追上来，还不到城门口时她已赶上了他。她手中提着一个小衣包，头上裹着一条红头巾。

“你叫什么名字？”他问姑娘。

“莱娜。我跟你一起走。啊，这城里太可怕啦，人都快要死绝了。离开吧！离开吧！”

在离城门不远的地方，蹲着垂头丧气的罗伯特。他看见歌尔得蒙走来，便一跃而起，等到发现还有个姑娘，便睁大了眼睛。这一次他没有马上屈服，而是连声抱怨，又跳又闹。从鼠疫窝里带一个人出来，而且竟指望他罗伯特容忍她在身边，这不是犯精神病吗？这不是存心试探上帝吗？不，他死也不和歌尔得蒙再待在一起，他的忍耐现在已经到了头！

歌尔得蒙任他一个劲地诅咒、抱怨，直到他不再吭声了才说：

“哼，你对咱们啰唆得够啦。你现在该和咱们一起走，而且应为能有这么个漂亮姑娘做伴而感到高兴才是。她叫莱娜，以后将待在我身边。可我也想让你高兴高兴，罗伯特。告诉你，咱们现在打算安静而健康地生活一段时间，避开这些鼠疫窝。咱们可以找一块有空屋子的干净地方，或者自己搭一间房子，然后我和莱娜准备做主人和主妇，你就算我们的朋友，和我们住在一起。让咱们舒舒服服、和和睦睦地过一些日子，你觉得怎么样？”

噢，噢，罗伯特非常赞成。只要歌尔得蒙不要求他跟莱娜握手，或者碰她衣服。

“不会的，”歌尔得蒙说，“不会要求你这样做。甚至将严禁你用哪怕一个指头碰一碰莱娜。你可别异想天开咯！”

三人一起继续往前走，起初谁都不吭一声，随后莱娜开始讲起话来，说能重新看见天空、森林、草地真是高兴，那鼠疫猖獗的城里，情形可怕得难以形容。她述说着亲眼看到的那些可悲而骇人的景象，心情倒轻松了一些。她还讲了几个悲惨的故事，那座小小的城市简直是座人间地狱啊。她讲：城里原有的两个医生死了一个，剩下的那个只去给有钱人看病；许多房子里都有死人躺着腐烂，没有人来运尸；运尸的士兵却在另外一些人家趁火打劫，奸淫妇女，常常把还活着的病人从床上拖下来，跟死人一起扔到运尸车上，拖进坑里去烧了。她讲的惨事可多着哪。两个同伴谁也没打断她的话，罗伯特听得既惊恐，又好奇；歌尔得蒙则一言不发，十分沉静，他想让莱娜尽情述说自己所受的惊吓，心里舒畅一下。再说，他对那些事又有什么好讲呢？终于莱娜也累了，滔滔的叙说遂告中断。于是歌尔得蒙放慢脚步，轻声唱起歌来；唱的是一首有许多诗节的歌，每唱一节声音就越响；莱娜开始露出笑容，罗伯特却听得津津有味，大为惊叹——过去他还从未听歌尔得蒙唱过歌哩。他真是什么都会啊，这个歌尔得蒙！瞧他眼下一边走，一边唱，真是个怪家伙！他唱得有板有眼，悠扬悦耳，但嗓门并未完全放开。在唱第二首歌时，莱娜已在跟着轻轻地哼，不久也大声唱起来。天快要黑了，旷野前边远远地出现一片黑黝黝的森林，森林背靠着一座不太高的青山，山色越往外越浓。他们的歌声时而愉快，时而庄严，前进的脚步也随之或快或慢。

“瞧你今天真高兴啊。”罗伯特说。

“是的，我很高兴，我当然很高兴，找到了这么个漂亮爱人嘛。嗨，莱娜，那些运尸的士兵把你留给我，倒真不错。明天咱们就会有个小家，好好地过一过日子，为咱们的肉和骨头还乖乖地长在一起而庆贺庆贺。我说莱娜，你有没有在秋天的树林里见过那种肥大的菌子？这种菌子蜗牛很喜欢，人也能吃。”

“见过。”莱娜笑着回答，“见过许多次。”

“就跟你头发一样是褐色的，莱娜，气味也挺香。咱们还要唱首歌吗？或是你恐怕已经饿了吧？我背囊中还有些好吃的。”

第二天，他们找到了要找的东西。在一片小小的白桦林里，立着一座用粗树干建的小房子，也许从前有伐木工人或者猎户居住过。房里空无一物，门却锁着；罗伯特也认为这房子不错，是个卫生住所。途中他们碰见一些没人牧放的、四处乱窜的山羊，顺手便牵了一只挺好看的母羊带上。

“喂，罗伯特，”歌尔得蒙说，“尽管你不是大木匠，却到底做过细木工。咱们要在这儿住下来，你必须给咱们的宫殿造一道间壁，把它分成两个房间，一间归我和莱娜住，一间归你和母羊住。吃的东西已经不多了，今天只得对付着喝羊奶，多也罢，少也罢。就是说，你得造个间壁，我俩负责搭大家夜里睡觉的铺。明天我再去找饲料。”

三人动手干起活来。歌尔得蒙和莱娜去找干树枝、羊齿草和苔藓来搭床，罗伯特便在一块石头上磨刀，准备砍小树造墙。然而一天工夫他完不成这个任务，夜里只好一个人露宿室外。歌尔得蒙发现莱娜是个小可人儿，羞羞答答的，没有经验，爱得却异常热烈。他把她搂在胸前，听着她的心跳，在她早已疲倦和满足地睡着以后，还久久不能入眠。他嗅着她头发间的香味，把脸紧紧地偎上去，脑海里却出现那个大而浅的土坑，看见那些蒙着面的魔鬼把一车一车的尸体扔进去。生命是美好的，幸福美好而又短暂，青春美好却易于凋萎。

小屋的间壁造得很漂亮，收尾时三人一起动了手。罗伯特想显示一下自己的能耐，兴冲冲地讲要是有刨床、工具、角铁和钉子，他真想再做好多好多家具哩。可是，他除去一把刀跟一双手便什么也没有，就只能满足于砍下十多根桦树干，在屋中间建一道结实粗糙的隔栅。不过他吩咐道，在两间小屋当中，还必须用金雀花的枝条编出一道间壁。这需要时间，但大家一起动手，干起来也挺愉快。随后，莱娜去采草莓和看管母羊，歌尔得蒙则出发巡视住地周围的情势，搜索食物，看看有无邻居，同时捎带点东西回来。远远近近全无人烟，这使罗伯特很满意，如此一来既不怕传染鼠疫，也不怕有人袭击；可也有一个缺陷：

吃的东西太少。附近有一座废弃的农舍，这次里边没有死尸，这使歌尔得蒙禁不住提议放弃林中小木屋，搬到那儿去住。罗伯特却不答应，连看到歌尔得蒙踏进那座空住宅也十分反感，歌尔得蒙从那儿捡回来的每一件家什都必须先熏过、洗过，他才肯碰。歌尔得蒙能在那儿找到的东西不多，但总算有了两张矮凳、一个牛奶桶、几只瓦罐、一把斧头。后来有一天，他又在野地里抓到两只乱窜乱飞的鸡。莱娜深深爱着歌尔得蒙，感到很幸福；三人齐心合力建立自己的小小家园，看着它一天天更美好，也确是一件乐事。缺少的仅仅是面包；为了弥补这个缺陷，他们又养了一只羊，还找到一块长着萝卜的菜地。日子一天天过去，间壁已用金雀花枝条编好，床铺也调整得更舒适了，并且还砌了一眼灶。小溪离此不远，溪水又清又甜。大家常常一边干活，一边唱歌。

一天，他们坐在一起喝羊奶，赞颂着自己安适的生活，莱娜却突然以梦呓般的口气说："可是，冬天到来后又会怎样呢？"

谁也没回答她。罗伯特笑了笑，歌尔得蒙样子奇怪地凝视着前方。莱娜渐渐看出，谁也没考虑冬天，谁也没想真正在这儿长期住下去，这个家并不是家，她已沦落到一群流浪汉中了。想到此，她垂下了头。

这时候，歌尔得蒙开腔了，口气就像逗哄孩子似的：

“你是个农家女，莱娜，事情想得很远。甭担心，等这场瘟疫一过去，你就会重返家园，瘟疫总不致永远闹个没完嘛。然后你就可以去找你的父母和其他亲人，或者再进城当女仆，吃面包。可眼下呢，还是夏天，周围一带无处不在死人，只有这儿才安全，咱们过得挺惬意的嘛。所以咱们待在这儿，高兴待得久就久些，高兴待得短就短些。”

“可往后呢？”莱娜激动地嚷道，“往后不就一切全完了吗？你一走，我又怎么办呢？”

歌尔得蒙一把抓住她的长辫子，轻轻地拽了拽。

“傻丫头，”他说，“难道你已把那些运尸首的士兵忘了吗，还有那些死气沉沉的房子，那个城外烧死人的大坑？你应该高兴，你没有躺在坑里，让雨淋你的小内衣。你应该想到，你逃出来了，四肢都还灵活有劲，还能够笑，还能够唱歌。”

莱娜仍然不高兴。

“我可不想再走了，”她哀哀地说，“也不愿放你走，不！一想起很快一切都会完结，一切都会过去，我心里怎能不难过啊！”

歌尔得蒙又一次劝慰她，亲切的语气中却已暗暗透露出威胁：

“这个问题嘛，小莱娜，古来的圣贤们都绞尽脑汁。世上本来就没有长久的幸福。你要对眼下咱们所有的一切还不心满意足、高高兴兴，那我马上一把火烧掉这座房子，然后咱们各奔东西。好了，莱娜，咱们别再谈下去了吧。”

事情就此结束，莱娜屈服了；但在他们快乐的生活中，却已投下一道阴影。

第十四章

夏天尚未完全过去，小屋里的生活已告结束，而原因是他们未曾料想到的。那一天，歌尔得蒙带着把弹弓在林子里转了很久，希望打到只鹧鸪或者其他什么野物；吃的东西实在相当少了。莱娜在附近采草莓，歌尔得蒙不时地擦过她旁边，看一看她那掩映在小灌木丛中的脑袋、黝黑的脖子以及下面穿的麻布汗衫，有时还听一听她的歌声。有一次，他跑过去抢了她几颗草莓吃，吃完又朝远处走去，有好一会儿不再看到她。他想着她，既对她充满柔情，又生她的气，她又唠叨过秋天呀，未来呀什么的，说是已经怀了孕，绝不能再让他走啦。嗯，就快结束喽，他想，就快厌烦喽，然后还是我一个人流浪，把罗伯特也撇下，我希望入冬前能回到尼克劳斯师傅的城里去，在那儿过冬，来年春天买上一双结实的新鞋，然后动身长途跋涉，一直走到咱们的玛利亚布隆修道院，问候问候纳尔奇思，我不见他快十年了吧。我说什么也得再见到他，哪怕只和他待上一天两天也好。

一点异样的声音使他从沉思中清醒过来，他蓦然意识到，他的思绪和梦想早已远走高飞，不再待在这儿了。他侧耳谛听，那个恐怖的喊声又一次传来，他自信地听出是莱娜的声音，便循声走去，虽然他并不高兴听她这样叫自己。很快走近了——可不，正是莱娜的声音，而且像是在大难临头时呼唤他的名字。他跑得更快了，尽管仍有点不高兴，但她那一声一声喊叫已使同情和担忧在他心中占了主要地位。终于能看见她了，他发现莱娜在地上半跪半坐，衣服完全被撕破了，正叫喊着和一个男人搏斗；那家伙妄图奸污她。歌尔得蒙三步并作两步跳过去，气恼、不安、难过全都迅速化为愤怒的力量，发泄在那个外来的暴徒身上。莱娜的胸前淌着血，那家伙贪婪地抱住她，想把她完全按倒在地，完全没料到会钻出来个歌尔得蒙。歌尔得蒙一下向他扑来，愤怒的双手紧紧掐住他的脖子；歌尔得蒙的手感觉这脖子是瘦瘦的，下巴还长着毛茸茸的胡须。歌尔得蒙带着一种快意猛掐着，直到那家伙放开莱娜，软绵绵地瘫在他手里；他继续掐着这个毫无反抗之力的、多半已经灵魂出窍的人，把他在地上拖了一大段，来到几块从泥土中突露出的灰色岩石前，两次三次地举起这个并不轻的家伙，把他脑袋朝下往那锋利的石头砸下去。直到砸断了脖子，他才扔掉那具尸体，可仍然余怒未消，恨不得再狠狠整治整治他。

莱娜在一旁惊喜地瞧着。她胸部淌着血，浑身颤抖，气喘吁吁；但她马上就振奋起来，看着自己强壮的情人拖走那个侵犯者，掐他，摔断他脖子，扔掉他的尸体，狂热的目光中既满含欢欣，又充满钦敬。那家伙张手伸脚地软瘫在地上，活像一条死蛇，灰色的脏脸上胡须乱糟糟，后脑勺上稀稀落落的几绺头发，瞧上去真够可怜。莱娜欢呼着站起来，扑到歌尔得蒙怀中；可是她马上又脸色苍白，手脚战栗，心中很不好受，疲乏地倒在了草地上。过了一会儿，她才跟歌尔得蒙回到小屋。他替她洗净胸部上的血；那个暴徒不仅抓伤了她的乳房，还咬了她一口。

罗伯特对这次遇险很是激动，一个劲地追问搏斗的细节。

“脖子摔断了，你说？真好样的！歌尔得蒙，看谁敢不怕你。”

歌尔得蒙却没心思继续讲下去，样子显得很冷淡。在离开那个死鬼的那刻，他禁不住想起了可怜的流浪汉维克多，加上他，这已是第二个死在他手里的人了。为了摆脱罗伯特的纠缠，他便说："嗯，你也可以干点什么。去瞧瞧，看你能不能把那尸体弄走。要是嫌挖坑埋掉太困难，你就得拖他到芦苇塘里去，或者用泥土和石块好好把他盖起来。"可是他这个要求遭到了拒绝，罗伯特才不肯跟尸体打交道哩，谁知道它有没有让黑死病传染过。

莱娜在小屋中躺下了。她胸脯上被咬伤的地方疼得很厉害，可没过一会儿又感觉好些了，便爬起来烧火煮晚上喝的羊奶。她心情挺好，但仍被歌尔得蒙早早地打发去睡觉。她听话得像只小羊羔似的，对歌尔得蒙真是佩服得五体投地。他呢却闷声不响，脸色阴沉；罗伯特了解他这脾气，也不来打扰他。夜深了，他走到床前，俯下身听了听莱娜的动静。她睡着了。歌尔得蒙焦躁不安，想着维克多，心里产生了恐惧和流浪的欲望；他感觉到，这建立家园的游戏快结束了。不过，有一件事令他深思。在他举起那死鬼扔开的一刹那，莱娜瞅着他的眼神，他是看见了的。那是一种很特别的眼神，他知道，他一辈子也不会忘记它：从她睁大的、恐惧而惊喜的眼睛里，闪射出一种骄傲的光芒、一种胜利的光芒，其间还夹杂着一些复仇和凶杀的狂热快意；这，歌尔得蒙在其他女人的眼中可从来不曾见过，甚至也是不曾想象过的。如果没有这种眼神，他想，他也许一些年后就会把莱娜的模样忘掉。这一眼神，使她那农家姑娘的脸变得伟大了，变得美丽和可怕了。几个月来，他的眼睛不曾见过任何东西，使他陡然萌生“我必须把它画下来”的愿望。可一见莱娜那种眼神，他便猛地一惊，顿时感到了这个愿望。

歌尔得蒙老是睡不着，最后干脆起身，摸到小屋外面去。空气清凉，微风轻轻拂动着白桦树梢。他在黑暗中踱来踱去，然后坐在他常坐的那块石板上，陷入了深沉的哀思。他可怜维克多，可怜那个今天被他杀死的人，也痛惜自己已经失去了的心灵的纯洁与天真。难道就为这个，他才逃出修道院，才离开纳尔奇思，才得罪尼克劳斯师傅，才放弃了美丽的莉丝贝特吗？难道就为睡在这荒野里，躲在树后抓人家跑丢的猪崽，并在那石堆中杀死这可怜的家伙吗？这一切有意义吗？值得经历吗？这胡天胡地的生活使歌尔得蒙自己鄙视自己，心情十分沉重。他倒下身去仰卧着，两眼呆视着苍茫的夜空，思绪如飞般从脑海里掠过；他分不清楚，自己注视着的是夜空中的稠云，还是他本身暗淡的内心世界。蓦地，当他在石板上要睡着的一刹那，浮云中迅速得像闪电般地显现出一张苍白的巨脸，夏娃的脸。起初那脸还愁眉不展似的，随后却突然睁大眼睛；巨眼里充满了欢愉和杀人的欲念。歌尔得蒙睡着了，直到朝露湿透了他的头发。

第二天，莱娜病了。伙伴们让她自己躺着，要做的事情太多：罗伯特一清早在小树林里撞见两只绵羊，可是被他放跑了。他来叫歌尔得蒙一起去追，两人追了大半天才抓住一只；傍晚他们牵着羊回来时，已经累得够呛。莱娜觉得很难受，歌尔得蒙仔细一瞧一摸，发现她身上已有了鼠疫疱疹。他默不作声；尽管如此，罗伯特一听莱娜病了便起了疑心，再也不肯进屋来。他说要在外面找个睡处，并且牵走了绵羊，说羊也可能被传染。

“见你的鬼去吧！”歌尔得蒙冲着他怒吼，“我不想再见你的面。”他说时一把夺过绵羊，牵到金雀花枝条编的间壁后面。罗伯特静悄悄地走了，没有羊，心里由于恐惧而难受得要命。他畏惧鼠疫，畏惧歌尔得蒙，畏惧寂寞和黑夜。他在离小屋不远的地方安顿了下来。

歌尔得蒙安慰莱娜：“我留在你身边，别害怕。你一定会好起来的。”

莱娜摇摇头。

“当心，亲爱的，你别也染上病。不许你再走近我。

别再花力气来安慰我啦。我一定会死的，死了也好，免得有一天我看见你人去床空，把我给抛下。我每天早上都这么想过，这么担心过。是的，我倒是死了好。”

黎明时分，莱娜的病情已经很严重。歌尔得蒙不时地喂她一口水，自己抽空也睡了一小时。过会儿天亮了，他在莱娜脸上清清楚楚看出死亡即将来临的征兆；这张脸是如此枯萎、如此憔悴。歌尔得蒙走出小屋待了一会儿，以便呼吸些新鲜空气，看看蓝天。林子边上几棵弯曲的红松已经沐浴着曙光，空气十分甜美、清新，但远处的山丘还笼罩在晨雾中无法看到。歌尔得蒙走了一小段距离，舒展着疲乏的四肢，同时进行深呼吸。在这个悲伤的早晨，世界是美丽的。马上又要开始四处漂泊了，应该向这个家告别。

罗伯特在林子里招呼他。情况有没有好转？如果不是鼠疫，他就留下来；歌尔得蒙可不该生他的气，他还照管了绵羊的嘛。

“带着你的绵羊下地狱去吧！”歌尔得蒙冲着他嚷道，“莱娜躺在那儿快死啦，我也已经被传染上！”

后面一句是谎话；他这么说，是想甩掉罗伯特。这个罗伯特尽管是个好心肠的小伙子，歌尔得蒙却已经厌烦他，认为他太怯懦、太渺小，不适合这个变幻无常、激烈动荡的时代。罗伯特走了，再也没回来。光明的太阳已经升起。

当他再走到莱娜身旁时，她睡着了。歌尔得蒙也再睡了一会儿；梦中，他看见自己从前的爱驹布莱斯以及修道院门前那棵美丽的栗子树，心情就像从一个非常遥远的荒野回顾已经失去的可爱家园那般感伤，醒来时，泪水已流淌在生着金黄色颊须的脸上。他听见莱娜喃喃低语，以为是在唤他，便从床上撑起身子；莱娜并未对任何人讲话，只是自顾自地在嘀咕，一会儿柔声细语，一会儿狠狠咒骂，一会儿嘻嘻地笑，一会儿又唉声叹气、暗自饮泣，后来她渐渐没有了声息。歌尔得蒙爬下床来，向她那已变了样的脸俯下身去，既悲痛又好奇地注视着这张脸上已被死神灼热的唏嘘烤得扭曲和紊乱了的线条。亲爱的莱娜，他的心喊道，可爱而善良的姑娘，你也要离开我了吗？你已经厌倦我了吗？

他本来很想跑开，去漫游，去流浪，迈开大步，呼吸新鲜空气，让筋骨疲劳一些，观赏种种新鲜景象，这会使他心情舒畅，这也许能减轻他内心的忧伤。可是他不能这样做，他不忍心把姑娘一个人扔在这里等死。连每过几小时出去呼吸一下新鲜空气，他也很勉强才做了。莱娜不能再喝羊奶，他只好自己喝个饱，因为除此之外没有任何吃的东西。他也把绵羊牵出去过几次，让它吃草，喝水，活动活动。随后他又站在莱娜床前，对她说着绵绵情话，目不转睛地盯着她的脸，黯然神伤但聚精会神地目睹着她死去。她神志还清醒，有时也睡着一会儿；但当她醒来时，却睁不大眼睛，眼皮已经疲倦松弛地耷拉着。在眼睛和鼻子的周围，这个年轻姑娘一刻比一刻更显苍老；在她青春年少的脖子上，生的是一张迅速枯萎的老太婆的脸。她只偶尔吐出一言半语，叫一声“歌尔得蒙”或者“我亲爱的”，并竭力用舌尖滋润自己已经肿胀发紫的嘴唇。这时歌尔得蒙就喂她几滴水。

当天夜里，莱娜死了。她死时没有抱怨，只是稍稍痉挛几下，便停止了呼吸，一股冷气悠然掠过她的全身。看着这番情景，歌尔得蒙不禁怦然心悸，恍惚间便想起了那些他曾经常在鱼市上见过并寄予同情的垂死的鱼：它们的生命之火也是如此熄灭的，也是痉挛几下，一股冷气悠然掠过全身，便带走了它们的光泽和生命。他在莱娜身旁跪了片刻，然后走出屋外，坐在野草丛中。他突然想起那只羊，便又走进屋去，把它牵出来；羊在周围嗅了一会儿，便躺在地上。歌尔得蒙躺在羊身边，把脑袋枕在它肚子上，一觉睡到了天明。他最后一次走进屋，绕到金雀花枝条编的间壁后面，最后一次看了看死者那张可怜的脸。他不忍心就让她这么躺着，便去捡了一抱干柴和枯草回来，堆在屋子里，用火镰打着了火，将柴草点燃。除了这个打火器之外，房里的任何东西他都没有拿。转瞬间，干燥的间壁已熊熊燃烧起来。他站在外边瞅着，脸让火烤得红彤彤的，直到屋顶蹿出火舌，椽子开始往下掉。母羊吓得咩咩叫着，乱窜乱跳。看来应该宰掉这畜生，烤熟一块来填饱肚子，为路途中增加一点力气。可是歌尔得蒙不忍心这样做，便把母羊赶进荒野里，径自走了。一直到了树林里，他身边还有那燃烧的木房的烟味。一生中，他从未如此难分难舍地踏上旅途。

然而等待着他的前景，比他预料的还糟。前几个农庄和村子的情况已经叫他够受的了，可越往前走越可怕。整个地区，都笼罩在一片死亡的阴云下，所到之处无不弥漫着一派忧惧、恐怖和绝望的情绪。最可怕的还不是死气沉沉的房舍，拴在链子上饿毙了的腐烂着的看家狗，倒卧道旁没有掩埋的尸体，四处行乞的儿童，城外大面积的焚尸坑，等等；最可怕的是那些在恐怖和死亡的重压下目光茫然、失魂落魄的活人。一路上，歌尔得蒙听见和目睹了许许多多闻所未闻、触目惊心的事情：一旦亲人中有一个染了病，父母就抛弃儿女，丈夫就抛弃妻子；收尸的士兵和医院的工役残暴得同刽子手一般，他们趁机劫掠，有时扔掉尸首爱埋不埋，有时又把未断气的病人从床上拖下来，硬装在车上拉走。一个个心惊胆战的逃亡者，孤魂野鬼一样四处游荡，见人就躲，拼命想要死里偷生。另一些人则聚在一起恣情纵乐，大宴大饮，在死神拉奏的提琴伴奏下狂舞欢歌，调情苟合。还有一些人蹲在公墓前面或者人亡物空的家门口，蓬头垢面，目光茫然，愁眉苦脸，怨天怨地。而比这一切更可怕的是，谁都想为眼前的劫难找出一只替罪羊来，谁都自以为认出了酿成这场瘟疫的十恶不赦的罪魁祸首。据说竟有一些魔鬼似的坏蛋在幸灾乐祸地传播死亡，故意把死尸身上的黑死病毒取出来，要么涂到墙壁上和门把手上，要么投进水井里并且传染给牲畜。谁要被怀疑成这种人而又没得到警告及早逃走的话，那就惨了：他要么让官府处以死刑，要么让暴民活活打死。此外富人与穷人之间也相互责怪，要不就认为在捣鬼的或者是犹太人，或者是意大利人，或者是医生。在一座城市里，歌尔得蒙愤怒地目睹着整整一条犹太人住的街道被烧掉，火从一所房子向另一所房子蔓延，周围站着欢呼雀跃的人群，惨叫着逃出来的人又被武力赶回到火海中去。在恐怖、愤懑以至疯狂的气氛中，到处都有无辜的人被打死、烧死、刑讯折磨死。歌尔得蒙感到愤怒和作呕，在他看来，世界已遭毁灭，已遭荼毒，人世间似乎再不存在什么欢乐，什么清白无辜，什么相亲相爱。他时常逃身到那些恣情纵乐的人们中去；到处响着死神的提琴声，他很快便听熟了它；他时常参加那些绝望者的饮宴，在沥青火把的映照下弹琴狂舞，通宵达旦。

他不感到害怕。死的恐怖他已尝过一回，在那个枞树林中的冬夜，当维克多的指头紧紧掐着他喉咙的时候，以及后来他又冷又饿地一连几天困在雪原上的时候。那一次的死亡，人还可以和它进行斗争，对它进行反抗；他当时就用颤抖的手、哆嗦的脚、张开的胃、疲乏的身体，对它进行过反抗，战胜了它，从而死里逃生。对这一次的瘟疫带来的死亡人们却无法抗争，只好任由它肆虐，只好听天由命；歌尔得蒙呢早就听天由命了。他毫无恐惧，仿佛在抛下熊熊火焰的木屋中的莱娜以后，在日复一日地目睹这死亡国度的景象以后，生命对他来说已无足轻重。只是一种巨大的好奇心驱使着他，使他保持着清醒，使他不知疲倦地观看着死亡的舞蹈，倾听着无常的歌声，不回避任何地方，到哪儿也兴致勃勃地参与其事，睁大两眼在这人间地狱中逡巡。他吃过那些人死光了的住宅中久已发霉的面包，他在那些疯狂的宴会上唱过歌、饮过酒，他采过迅速枯萎的欢乐之花，他注视过女人们如醉如痴的眼神、醉鬼们呆滞迷茫的眼神、垂死者黯然无光的眼神；他爱过绝望的发烧的女人，他帮助抬过死尸以换取一盆汤喝，他干过掩埋裸尸的工作以便挣两个铜子。世界变得又黑暗又野蛮，死神唱着凄厉的歌，歌尔得蒙心急火燎，竖着耳朵在倾听。

他要去的目的地是尼克劳斯师傅的城市，内心里有一个声音在召唤着他。此去路途遥远，而且经过的净是疫疠猖獗的地区，举目一片凄凉景象。一路上，歌尔得蒙的心情既感伤，又陶醉，所有感官都奋张着，欣赏着死亡之歌，体验着人世间巨大的苦难。

在一座修道院里，他看见一幅新绘制的壁画，对着它端详了很久。墙壁上画的正是死之舞：仅剩一身白骨的死神舞蹈着，诱人脱离生命，让他带着一起跳的有国王、主教、修道院院长、伯爵、骑士、医生、农民以及兵士等，一群瘦骨嶙峋的乐师拉着由空空的人骨做的琴在伴奏。歌尔得蒙好奇的眼睛贪婪地吸收着这幅画的形象；一位不知名的同行，把他本人对黑死病的体验完全画出来了，对人的必然死亡做出了厉声刺耳、铁面无情的宣告。这幅画不错，他从这疯狂的画里可以听到令人不寒而栗的铮铮白骨之声。但尽管如此，它与歌尔得蒙所见闻和体验的还不是一码事。它表现的只是人之必死这严峻无情的一面；歌尔得蒙却希望画一幅不同的画。在他这幅画中，死亡的乐曲应与刺耳的铮铮白骨之声迥异，不仅不严峻、刺耳，而且简直甜美、迷人，恰如母亲对游子的召唤。当死神把手伸进生命中来时，那声音不仅仅是刺耳的、阴惨的，同时也应是深沉的、温柔的、肃穆的、充实的，就如同秋天；在死亡靠近的时刻，生命的油灯要显得更明亮、更温暖。对于其他人来说，死亡可能是斗士，是法官，是刽子手，是严父——但对于他歌尔得蒙，死亡也是慈母和情人，它的呼声乃是爱的挑逗，乃是情人之间身体接触时的战栗。歌尔得蒙观赏完这幅死之舞的画后走出修道院，想回到师傅身边去工作的心情更加急切了。可是他不论走到哪里总要耽搁一会儿，使他看到了一些新的景象，获得了一些新的体验。他鼻孔颤动着，吮吸着那死的气息；他到处都碰上引起他同情或好奇的事，使他停留一小时或一天。他收留一个大哭大叫的农家孩子有三天之久；这是个饿得半死的五六岁左右的小家伙，他好几个小时把他驮在背上，费了九牛二虎之力才把他交代掉。最后由一个烧炭夫的老婆收养了这个小家伙；她死了男人，希望能给自己身边再找点生气。还有一只无家可归的流浪犬，也跟着歌尔得蒙跑了好几天，从他手里吃东西，夜里替他暖背，后来有一天早上却又失踪了。这使他很惋惜，因为他已习惯于和狗谈话，常常对这牲畜讲一些深思熟虑的大道理，诸如人性之丑恶、上帝之存在、艺术之本质，以及他年轻时认识的一个叫尤丽娅的骑士小姐的乳房和丰臀之美。歌尔得蒙在与死亡并肩而行的旅程中，自然已有些精神失常；在瘟疫流行区，所有的人的精神全都有些毛病，其中不少人更完完全全成了疯子。就说那个曾经和歌尔得蒙一起待了两天的犹太女郎吧，精神也许就有点不正常。她名叫丽贝卡，是个皮肤黝黑的美人，生着一对火辣辣的大眼睛。

他碰见她是在一座小城的郊外，她正蹲在一处烧成了木炭的废墟前号哭，一边还用手打自己的脸，扯自己黑色的头发。这头发令歌尔得蒙顿生爱怜，它们是如此之美，他不禁前去拉住姑娘发疯似的手，好言安慰她，同时他发现她的长相和身段也美极了。她在哭自己的父亲；他和其他十四个犹太人一起，被奉政府之命的人活活烧死了，只有她一个人得以逃脱，现在却绝望地跑回来，悔不该自己没有被一起烧死。歌尔得蒙耐心地握紧她战栗的手，温柔地劝慰她，声音中充满同情与疼爱，还提出要给她帮助。她请求他帮助安葬父亲，于是两人便从热灰中将所有的尸骨全掏出来，搬到野地里一处隐蔽的所在，用泥土埋了起来。干完这件事后已是黄昏，歌尔得蒙便在小橡树林中找了个睡觉的地方，为姑娘搭了一张床，自己则答应守夜。他听见她躺在床上继续啼哭和抽泣，好不容易才睡着。随后他也睡了一会儿，第二天早上却已开始对姑娘进行追求。他对她说，她不能这样一个人过下去，人家会认出她是犹太人因而打死她的，要不野蛮的流氓也会强暴她，再说森林里又有豺狼和吉卜赛人。他呢，却乐意带上她，保护她不受狼和人的伤害，因为她叫他可怜。他说他会对她很好，因为他脑袋上长着眼睛，知道什么叫美，他永远也不能容忍这甜蜜聪颖的眸子和这妩媚动人的玉肩被野兽吞掉，或者被送上火刑堆。姑娘脸色阴郁地听着，听着听着突然跳起来拔腿就跑。他只好追上去，抓住她，然后才继续他的劝诱。

“丽贝卡，”他说，“你可看得出，我对你没有恶意。

你心里难过，你想念父亲，你现在没有心思理会爱情。可我愿意明天、后天，或者更晚一些再来问你这个问题；而在这之前呢，我愿意保护你，供你吃，不碰你一根汗毛。你需要哀悼多久就哀悼多久。在我身边你要难过也可以，快乐也可以，反正你喜欢怎样我就让你怎样。”

可是讲来讲去总是徒然。她咬牙切齿地、愤愤地说，令人快乐的事她一样也不想做，她想做的事只能带来痛苦；她永远也不指望什么欢乐，倒是越早让狼吃掉越好。她请他现在就走，什么也不能打动她，话说得已够多了。

“你呀，”他说，“你难道没看见到处都是死亡，所有人家和所有城镇都在大量死人，因而一片悲苦吗？那些烧死你父亲的蠢货的怒气，也纯粹是这种悲苦的表现；人们的苦难太深重了，便产生了这种情况。瞧吧，咱们不久也会让死神抓去，尸体腐烂在野地里，鼹鼠将衔着咱们的骨头扔来扔去玩哪。在这之前，还是让咱们亲亲热热地一起过吧。你呀，你那漂亮的脖子和小小的脚真让我可怜！可爱美丽的姑娘啊，跟我去吧。我不会碰你，只想见到你，照顾你罢了。”

他继续恳求了很久，后来自己突然感到，用言语和讲道理是讨不到她的欢心了，于是沉默下来，悲哀地望着她。她呢，高傲的脸上冷若冰霜，一副凛然不可侵犯的神气。

“你们就是这样，”她终于开了口，声调里充满着仇恨和轻蔑，“你们这些基督徒全这样！你先帮助一个女孩埋葬她被你的教友杀害了的父亲——他的一个小指甲盖都比你高贵——事情刚办完，你就要姑娘顺从你，和你苟且。你们就是这样的！起初我还以为，你没准是个好人吧。可你怎么会好呢！你们这些猪！”

当她这么讲的时候，歌尔得蒙发现在她的眼睛里，在仇恨的后面，有一种奇异的光，令他感动而又惭愧，并且深深铭记在了心中。他在她眼里看见了死亡，但不是无可奈何的死亡，而是心甘情愿的死亡，得到允许的死亡；这样的死亡乃是不声不响地、全心全意地听从大地之母的召唤。

“丽贝卡，”他低声说，“你也许说得对。我的确不是个好人，虽然我对你怀着好意。原谅我，我这会儿才理解你。”

他摘下帽子，像对一位侯爵夫人那样对她深深鞠了一躬，心情沉重地走了；他必须让她自行沉沦啊。过后，他长时间闷闷不乐，跟谁也不愿讲话。这个可怜的高傲的犹太少女，不知怎的使他回忆起了骑士小姐丽迪娅。“她们两人很不一样啊。”他想。爱这种女人只会带来痛苦。但是有一会儿，他倒觉得除了她们两人，除了那个可怜而胆小的丽迪娅和这个害羞而尖刻的犹太女郎，他似乎对任何女人也不曾爱过。

以后的一些日子，他还对这个艳丽的黑发少女日思夜梦；她那窈窕迷人的身体看来是注定要享受幸福欢乐的，谁知结果却交给了死神。哦，这样的芳唇，这样的乳峰，竟要成为猪猡的猎获物，然后腐烂在荒野里！难道就没有任何力量，没有任何魔法，能拯救这些宝贵的含苞欲放的鲜花吗？有的，有这样一种魔法，就是让它们活在他的心中，由他将它们的形象塑造出来，保存下去。歌尔得蒙悲喜交集地感觉到，他的心灵中是如何充满形象，这次穿越死亡之国的长途跋涉，真大大丰富了他的想象力啊。哦，他的内心是如此地充实而紧张；他是如此地渴望能静下来将自己所见所闻思考一下，让它们从内心迸涌出来，化作永不泯灭的形象！歌尔得蒙更加振奋和急不可耐地向前赶路，恨不得马上拿起纸和笔，得到黏土和木料，在工场中开始工作。与此同时，他仍睁大眼睛，怀着好奇，观察着所到之处的情形。

夏天过去了。许多人相信，一到秋天或者至迟初冬，瘟疫便会结束。那是一个没有欢乐的秋天。歌尔得蒙走到哪里，哪里的水果都没人收获，结果全从树上掉下来烂在了草里；有的地方还遭到城里来的暴民野蛮劫掠，能吃的东西全被糟蹋一空。

歌尔得蒙渐渐接近了自己的目的地；可在这段时间里，他常常突然害怕起来：他可别再走回到以前那个地方也染上鼠疫，或在什么地方的马厩里死去呀。如今他不再愿意死，不，在他享受到再一次站在工作室专心致志创作的幸福之前，他不愿死。现在是他有生以来第一次感到，这个世界真太广阔，德意志的土地也太大了。没有一座美丽的市镇能诱使他停下来，没有一个漂亮的农家姑娘能拴住他两夜。

一天，他经过一座教堂。在大门口一个由雕花小圆柱支撑着的深深的壁龛里，他看见许多古代留下的石雕，全是那类他已见过多次的天使像、使徒像和殉教者像；他曾经学习过的玛利亚布隆修道院，也有些这样的雕像。从前，少年时代，他也乐意但并无热诚地观赏过它们。在他看来，它们美虽美，威严虽威严，却显得庄重了些、刻板了些、太老气横秋了些。后来，他在第一次流浪结束时为尼克劳斯师傅那尊妩媚忧郁的圣母像所感动和吸引，从此就更觉得这种古弗朗克式的庄严雕像过分笨重、过分死板，因此显得跟他格格不入。他很自豪地发现，他师傅的新风格要活泼得多、深邃得多、有灵性得多。可是今天，千难万险的经历给他心灵中留下了累累的伤痕和烙印，他脑子里充斥着种种形象，痛切地渴望着进行思考和创作。这个时候，古代的这些庄严形象却对他的心产生了莫大的魅力，使他深为感动。他默默地肃立在像前，仿佛感到一个早已逝去的时代的心脏还在其中跳动，那些多少个世纪之前业已死去的一代代人的恐惧与喜悦，仍然凝聚在石像中，呈现于他的眼前，抗拒着世事的无常。看着看着，歌尔得蒙心中油然产生一种敬畏之情，而对于自己已经蹉跎和虚度的生命，则感到惶愧不安的恐惧。于是他决心做一件已很久很久没再做的事：他走进教堂，想找个忏悔间办办告解，请求惩罚。

忏悔间是有的，但里边却找不到神父；他们有的死了，有的躺在医院里，有的已逃得不知去向。教堂里空无一人，歌尔得蒙的脚步声在石头穹顶下发出嗡嗡的回响。他跪在一个忏悔间前，合上双眼，对着木格子里低声说道："仁慈的主啊，你瞧瞧我已变成什么样子了。我从茫茫尘世上归来，已堕落成一个有罪的无用之人；我虚度了自己的青春时代，余年已经不多。我杀过人，偷过东西，犯过奸淫，终日游手好闲，吃掉了别人的面包。仁慈的主啊，你为什么要把我们造成这样，领我们走上这样的路？难道我们不是你的孩子？你的儿子不是为我们牺牲了吗？难道并不存在引导我们的圣者和天使？莫非这一切全是杜撰的动人故事，仅仅用来诓诓孩子的，神父们自己也感到可笑吗？我不明白你，上帝，你怎么把世界造得这样坏，弄得这样糟？我看见那一座座的房子、一条条的街道都满是死尸；我看见富人们都躲在家里，不让人接近，要不就逃得远远的；我看见穷人扔下自己兄弟的尸体不加掩埋，彼此之间还任意猜疑；我看见犹太人像牲口似的被人打死。我看见那么多清白无辜的人受苦沉沦，为富不仁者花天酒地。难道你把我们完全忘记和抛弃了，对你所创造的人类已经深恶痛绝，想让我们全都走向毁灭吗？”

歌尔得蒙叹息着，走出教堂高高的大门，仰望着那些无声的石雕像，仰望着天使们和圣徒们，它们一个个又瘦又高，穿着褶皱累累的、凝重的袍子，无动于衷，不可企及，是超人，却仍然为人和人的智慧所创造。它们高高在上，既严厉又麻木不仁，站在那狭窄的神龛中听不见任何祈求和询问；然而，它们是那么美丽而庄严地站着，看着一代又一代人逝去，本身就包含着无穷的安慰，体现着对死亡与绝望的鼓舞人心的胜利。唉，要是美丽的犹太女郎丽贝卡，要是和小屋一起化为了灰烬的可怜的莱娜，要是温柔妩媚的丽迪娅以及尼克劳斯师傅，他们也能站在上面就好啦！可有朝一日，他们会这样站着并存在下去；歌尔得蒙将把他们创造出来，使这些今天对他而言意味着爱情、痛苦、恐惧和激情的形象，站在将来生活着的人们面前，没有姓名，没有历史，静静地、默默地成为人生的象征。

第十五章

歌尔得蒙终于抵达目的地，走进了那座他向往已久的城市的城门；许多年以前，他曾第一次穿过这同一道城门，来城里寻师。还在即将抵达的路上，他已得到一些这座主教城的消息，知道这里也发生了鼠疫，而且说不定眼下仍在继续猖獗。人家告诉他城中发生了骚乱，民众也起而暴动，皇帝派来一位总督，以便恢复秩序，颁布了紧急法令，以保护市民的财产和生命安全。要知道瘟疫一发生，主教就离开城市，远远地住到他的一座乡间别墅里去了。歌尔得蒙对所有这些消息都不关心。只要城市还存在，他渴望在那儿工作的工场还存在，其他一切在他全无关紧要。他抵达的时候，鼠疫已经消灭，市民们正盼望着主教大人回来，为总督即将撤走，重新恢复已习惯的和平生活而高兴。

歌尔得蒙看见城市，心头涌起一种从未体验过的重逢和还乡情绪。为了克制住自己，他异乎寻常地板起脸来。哦，一切都依然存在：一道道城门，一座座美丽的喷泉，大教堂古老的四方形钟楼，玛利亚教堂新建的又细又高的钟楼，圣洛伦茨修道院嘹亮的钟声，壮丽的市集大广场！这一切全在等着他啊！他不是在路上曾经做过一个梦，梦见到达时发现一切都是陌生的、变了样的，一部分毁掉了，成了废墟，一部分由于添加了新建筑和怪里怪气的标记而无从辨认了吗？现在他穿过街道，看着一幢幢熟悉的住宅，眼泪差一点流了下来。归根到底，还不是这些有家的人值得羡慕吗？他们住在自己漂亮的房子里，过着满足的市民生活，心怀着扎根故乡的宁静感、安全感，日日来往于住宅与工场之间，身边环绕着妻子儿女、仆婢邻人。

时近黄昏，街上一边的房舍、酒店和行会的招牌，雕花的大门和花钵等，都还沐浴在溶溶的夕辉中，没有任何迹象表明这座城市也一度为残暴的死神和疯狂的人群所统治。在震响的桥拱下，清澈的河水闪着浅绿和浅蓝色的波光，使人心中产生一股凉意。歌尔得蒙在河堤上坐了一会儿，看见脚下的绿色水晶中，仍有游鱼的影子悠然滑过，要不就一动不动地停下来，鼻子冲着上游。在那朦朦胧胧的深处，这儿那儿仍有淡淡的金光一闪一闪，引起人们的遐想，使人产生无限希望。诚然，其他的江河也有同样的现象，其他的桥梁和城市也同样壮观；可是，歌尔得蒙觉得，他似乎已经很久很久没再见过这样美的景物，有过与此相似的感受。

两名屠宰场的小伙计赶着一头牛犊嘻嘻哈哈走过；他们挤眉弄眼，和街边一处晒台上正在收衣服的婢女开玩笑。一切都变化得真快呀！不久前，烧死尸的烟火味还弥漫城中，残忍的运尸人还在肆虐；转眼间，生命又活跃起来，人们又已嘻嘻哈哈地开玩笑啦！就连他自己也一样，坐在这儿为重逢的喜悦所陶醉，内心充满对上帝的感激，甚至羡慕起安居的市民来了，好像压根儿不曾存在过灾难和死亡，以及莱娜和那个犹太公主。他微笑着站起来，朝前走去，直到离尼克劳斯师傅住的地方近了，他又走在许多年前每天去上班都要走的那条路上时，心情才开始抑郁和不安起来。他加快步伐，希望今天就能见到师傅，把情况了解清楚；他急不可耐，仿佛要等到明天都完全不可能似的。要是师傅还生他的气呢？时间过去这么久了，这不再有多大意义；即使发生这种情况吧，他也可以克服嘛。只要师傅还在，他的工场还在，一切就好了。匆匆忙忙地，仿佛再晚一步就会误事似的，歌尔得蒙踏进那座熟悉的房子，伸手抓住了门环，不禁大吃一惊：大门是紧紧关着的。这会是什么凶兆吗？想当初，这道门在白天是从来不关死的。他啪啦啪啦拍响门环，然后等着，心里突然产生了忧惧。

还是第一次让他进屋的那个老女仆来为他开了门。她没有变得丑一些，却更加苍老，更不和气，而且已经认不得歌尔得蒙了。他声音颤抖地问起他的师傅。老女仆痴愣愣地瞪着他，一副疑惑不解的神气。

“师傅？这儿没有什么师傅。走你的吧，我说，这儿谁都甭想进去。”

她打算把歌尔得蒙推出来，他便抓住她的胳膊，对她大声嚷道：

“有话好讲嘛，玛格丽特，真见鬼！我是歌尔得蒙，你难道不认识我了吗？我要见尼克劳斯师傅。”

但她那远视的昏花老眼中，仍不见欢迎的光辉。

“这里不再住着尼克劳斯师傅，”老婆子不耐烦地说，“他死啦。请您自己走自己的路吧，我可不能老站在这儿闲扯。”

歌尔得蒙的心一下子凉了，顺手推开老婆子，任她在背后大喊大叫地追，自己却径直奔过黑洞洞的走廊，来到了工作室前，伸手一推，门锁着，便顺着楼梯跑上楼去；身后的老婆子又是叫苦，又是咒骂。朦胧之中，他看见过道两边仍旧陈列着师傅所搜集的那些雕像，它们是他很熟悉的。歌尔得蒙扯开嗓门，呼唤莉丝贝特小姐。

房门开了，莉丝贝特走进来，但歌尔得蒙是一再定睛细看才认出了她；看着她那模样，真叫他的心都缩紧了。如果说从他发现大门紧紧关着的那一刻起，这座房子就已像梦中的魔窟一般令他觉得阴森可怖，那么见到莉丝贝特的形象，他更是毛骨悚然，连脊背都凉了。一度俏丽高傲的莉丝贝特，如今变成了个畏畏缩缩的、佝偻的老处女，一张蜡黄的、病恹恹的脸，穿着件毫无装饰的黑长袍，目光游移，神色紧张。

“对不起，”歌尔得蒙说，“玛格丽特不放我进来。您还认识我吗？我是歌尔得蒙。唉，请您告诉我：您的父亲，他真的去世了吗？”

歌尔得蒙从她的目光看出，她这会儿才认出了他，而且马上就可以断定，她对他并未保留什么好的记忆。

“噢，您是歌尔得蒙？”她说，语气中仍然带着一点点当年的傲慢劲，“您这一趟是白跑了。我父亲已经去世。”

“那么工场呢？”他脱口问道。

“工场？关了呗。如果您是想找工作，那只好劳驾上别处去。”

歌尔得蒙竭力镇定自己。

“莉丝贝特小姐，”他和蔼地说，“我不是想找工作，我只是想来问候问候师傅和您。我听见的消息使我很难过。看得出来，您的日子也不轻松啊。设若令尊的一个心怀感激的徒弟能为您效点劳的话，那您就吩咐吧，我会高高兴兴去做的。唉，莉丝贝特小姐，看见您如此……如此受罪受苦，我的心真要碎了啊。”

莉丝贝特抽身退入房门。

“谢谢，”她迟疑了一下说，“您现在再不能对他有用了，对我也一样。玛格丽特会领您出去的。”

她的声音很难听，半带愤恨，半带恐惧。歌尔得蒙感到：她要是有勇气的话，是会把他骂出去的。

他下了楼，老太婆等他一出去就关上了大门，顶上了门杠。这关门上杠的嗵嗵两声，在他听来就跟棺材合盖的声音一般揪心。

他慢慢回到河边，坐在老广场附近的堤上。太阳已经沉落，从水面飘上来阵阵凉意，他坐着的石板也冷了起来。临河的小街变得静悄悄的，流水冲击着桥墩发出哗哗的声音，河底墨黑一片，再没有金光一闪一闪了。哦，他想，我要能滚下堤去，消失在河中，岂不更好！世界重又显得死气沉沉。再过一小时，黄昏即将变成黑夜。歌尔得蒙终于哭了起来，热泪滴在他的手上和膝上。他哭死去的师傅，哭莉丝贝特消失了的美貌，哭莱娜，哭罗伯特，哭犹太女郎，哭他自己业已枯萎的、虚度了的青春。

夜深了，他走进一家小酒店，这是他从前经常和同伴一起狂饮的地方。老板娘认出他来；他向她要一个面包，她给了他，额外还友好地端来一杯酒。但他吃不下面包，也不想喝酒，只在店里的一条长凳上睡了一夜。早上老板娘推醒他，他爬起来说声谢谢后便离开酒店，一边走，一边啃那个面包。

他来到鱼市上，这里坐落着他曾经住过的那座房子。在水井附近，有几个女人在卖鲜鱼，他望着大桶里鳞光闪闪的美丽的鱼。过去，他曾常来这儿看鱼，现在他回忆起，他常常很同情这些鱼，而恨那些鱼贩子和买鱼的人。他想起有一次，他在这儿转了整整一个早上，欣赏和怜悯着鱼，心中很难过。从那以后，时光和江水一样都逝去了很多很多。他清楚记得他当时难过极了。但什么原因却再也弄不明白。是啊，悲伤也会过去，痛苦和绝望也会过去，正如欢乐会消逝、淡忘，失去其深义与价值；终于会有这么一天，人们将不再能想起曾经使他们痛苦难受的是什么。是啊，痛苦也同样会凋谢，会枯萎。师傅死了，死时对他这徒弟尚心怀怨怼；工场关闭了，他不能再享受创作的幸福，不能将他心上的形象的重负卸脱，为此他感到痛苦和绝望。他今天的这种痛苦和绝望，有朝一日是否也会枯萎和失去意义呢？会的，这种痛苦以及今日的困厄，无疑也会衰老虚弱，也会被他淡忘的。没有任何事物能永远存在，痛苦亦复如此。

他正望着鱼沉思，忽听得一个亲切的声音轻轻唤着自己的名字。

“歌尔得蒙。”喊声带着羞怯。他循声望去，看见面前站着一个相当娇弱的、带有病容的年轻姑娘，一双黑眼睛倒挺美。

他不认识她。

“歌尔得蒙！这不是你吗？”她怯生生地说，“你什么时候回到城里来的？你不认识我了吗？我是玛丽呀！”

但他真不认识她。她只好对他讲，她是他过去的房东太太的女儿，在他离开这座城市的那天清晨，她还在厨房里为他烧过一杯牛奶来着。讲到这儿，她的脸红了。

不错，正是玛丽，正是那个腰肢有毛病的孱弱的小姑娘，当初她曾那么亲切而羞涩地关心过他。这会儿他又记起全部往事：在一个带着寒意的清晨，姑娘早早起来等着他，为他的离去而伤心难过，给他烧了牛奶，他也吻了她一下，她接受这个吻时就像领圣体那样肃穆、庄严。自此他从未想到过她。当初她还是个孩子，这会儿却已长大成人，有着一双美丽的眼睛，可走路仍旧一瘸一拐，样子显得憔悴。歌尔得蒙把手伸给她，为这个城市里到底还有认识他和喜欢他的人而高兴。

玛丽要带他回家，他没有怎么推辞。在她父母的房中仍挂着他的画，壁炉台上仍竖立着他那只颜色如红宝石的酒杯。主人要他一定留下吃午饭，并邀请他住几天，他们为能再见到他感到高兴。在这儿他了解到师傅家中发生的事情。尼克劳斯并非死于鼠疫，传染上鼠疫的是美丽的莉丝贝特；她气息奄奄地躺在床上，她父亲一直在旁边服侍，结果她尚未完全康复，他就累死了。莉丝贝特的命是救活了，但昔日的花容月貌却已消失。

“工场眼下在那儿闲着，”房东说，“可对于一位干练的雕刻师，这可是个乐园和钱库。你可以考虑考虑嘛，歌尔得蒙！她不会说不的。她没有其他选择。”

他还了解到瘟疫时期的一些其他情况：暴民先放火烧了一所医院，随后又袭击和洗劫富人的宅邸；有一阵子，城里秩序大乱，一点也不安全，因为主教逃命去了。这时皇帝正好在附近巡幸，便派来一位总督，即亨利希伯爵。不错，这位伯爵是个果断的人，用他的一帮骑士和兵丁在城里恢复了秩序。可现在看来是他结束统治的时候了，市民们都盼着主教回来。伯爵大人对他们要求太苛刻，再说他那情妇阿格妮丝也叫人够受了，简直是个地地道道的妖精。哼，这帮人很快会撤走。市议会早让这位取代善良主教的廷臣和武夫折腾得够呛。他身为皇上的宠信者，便俨然摆出国君的气派，不断地接待着外邦的使团。

最后他们也问起了客人的经历。“唉，”歌尔得蒙悲戚地说，“甭提啦。我流浪来流浪去，到处都闹着瘟疫，到处都尸横遍野；由于恐惧，人们都变得疯狂而且凶暴。我算是活下来了，有朝一日也许会把这一切都忘记。可眼下我回到城里来，师傅却死啦！让我待几天，休息休息，然后继续去流浪吧。”

但他留下并非为了休息；他留下是因为失望和犹豫不决，是因为对幸福时日的回忆使他留恋这座城市，是因为可怜的玛丽的爱情温暖着他的心。他无以为报，只能给她以友谊和同情；她那无言的、谦卑的倾慕确确实实使他欣慰。但除了这一切，使他不忍离去的更重要的原因，还是他渴望再度做一个艺术家，即便没有工场也罢，因陋就简也罢。

有好几天，歌尔得蒙除了画画什么也不做。玛丽为他弄来了纸和笔，他便坐在房中，一个小时接一个小时地画下去，一会儿匆匆涂抹，一会儿精心描绘，给大张大张的纸画满了人物，将珍藏在他内心里的无数形象全搬到了纸上。他把莱娜的脸庞画了许多次，其中包括那个流氓被打死后她带着满意、深情和仇杀的快意的脸，以及最后那天夜里她即将回到大地母亲怀抱时那变了形的脸。他画了那个攥着小拳头，趴在家中门槛上死去的农家小男孩。他画了堆满尸体的大车，车前由三头公牛吃力地拖着，车旁走着的士兵手握长杆，眼睛在黑色防护帽的小孔中闪着阴森可怖的光。他反复画着丽贝卡，画她亭亭玉立的身段、乌黑的眸子、薄薄的骄傲的嘴唇、充满痛苦与愤怒的脸，以及那像是生来该饱享爱情欢乐的青春动人的躯体，还有她盛气凌人的刻毒的小嘴。他也画他自己，把自己画成了流浪汉、情人、死神镰刀下的逃亡者、纵欲狂欢的宴会上的舞客。他低头潜心在白纸上画着，画上了他曾经见过的莉丝贝特高傲而冷漠的模样，画上了老女仆玛格丽特的凶脸，画上了他热爱而敬畏的尼克劳斯师傅的容颜。不止一次，他也以轻淡、虚幻的线条，描摹过一个女性的形象，人类之母的形象，画她的手搁在怀里坐着，眼神忧郁而面带笑意。他这样不断地画着，心里感到无比幸福，手也舒服极了。用不了几天，玛丽张罗来的纸全被他画完了。从最后一张纸上，他裁下一块，以简洁的笔触勾画出了玛丽的面庞，一双美丽的眼睛，嘴角挂着凄苦的表情。他把这张画送给了她。

画完，他郁积在心中的情感得到了发泄，舒了一口气。当他还画着的时候，他始终不知道自己身在何处，世界之于他就仅仅剩下一张小桌子、桌上的白纸以及晚上点的蜡烛。现在他才如梦初醒，回忆起最近几天自己的经历，正视着马上又要开始漂泊的无情现实，又怀着喜相逢兼伤离别的矛盾心情，在城里久久徘徊。

在这样一次漫步途中，歌尔得蒙碰到了一个女人，一见之下，他全部紊乱的感情便获得了一个新的中心。那是个骑在马上的金发妇人，身材高大，一双天蓝色的眸子闪着好奇而又略显冷漠的光，四肢健壮，艳丽的脸上带着自满与骄纵的神气，妖妖娆娆，富有魅力。她颐指气使地高踞马上，但并不目空一切，令人望而却步。她那双略嫌冷漠的蓝眼睛底下，一对鼻翼不住地翕动着，吮吸着来自世界的种种馥郁气息，一张阔嘴看来非常富有接受和赐予的能力。歌尔得蒙见到她的那一刹那，全部的欲望便苏醒了，一心要和这个骄傲的女人见个高低。征服这样一个女人，在他看来是个崇高的目的，即便为此而遭受杀身之祸，也死而无憾。他马上感觉出，这头母狮乃是他的同类，同他一样感官健全，富有灵性，能经受一切风暴，既狂野又温柔，从祖先那儿继承了强烈的情欲。

她骑在马上走过去；歌尔得蒙目送着她，看见在金黄色鬈发和天蓝色绒领之间，露出一段结实的粉颈，那么骄傲地、笔挺地昂着，皮肤却如孩子似的细嫩而有弹性。歌尔得蒙简直认为，她是他见过的天下第一美人。他恨不得马上去搂一搂那粉颈，把她眸子中冷冷的、蓝色的秘密窥探出来。要打听她是谁并不难。他很快了解到，她住在宫堡里，是总督的情妇阿格妮丝；对此他毫不惊奇，她原本是有资格当个皇后的。他站在一座喷泉的水池旁，在水中照了照自己的脸。他的模样完全配得上那个金发女人，只不过太不修边幅就是了。他当即去找一位认识的理发匠，好言好语地求他把自己的头发和胡子剪短，梳洗得油光光的。

他接连跟踪了她两天。阿格妮丝从宫里出来，这个陌生的金发男子已站在大门旁，以倾慕的目光注视着她。阿格妮丝驱马绕过岗哨，陌生人便从赤杨林中踱出来。阿格妮丝去找金匠，在离开金匠作坊时又碰见陌生人。她高傲地瞟他一眼，鼻翼颤动了几下。第二天早晨，她第一次骑马出游又发现他等在那里，便对他发出挑战的微微一笑。歌尔得蒙也看见了总督，一个魁梧而剽悍的男子，看来值得认真对付对付；不过，他鬓发已经斑白，而且满脸愁容，歌尔得蒙自觉仍然胜他一筹。

这两天使他很幸福，脸上又恢复了青春的光彩。让这样一个女人看一看他，向她进行挑战，是很美妙的。为这个美人牺牲自己的自由，也很美妙。为了她而将自己的生命孤注一掷，那种感觉就更加美妙而富于刺激。

第三天早晨，阿格妮丝由一个侍从陪着，骑着马走出宫门。她的目光立刻四下搜寻那个盯梢者，显示出战斗的激情与不安。不错，他已经在那儿。她打发侍从去办一件事，自己却骑着马缓缓往前走，来到桥堡门前，过桥去了。她只回头瞅过一次，发现陌生人仍跟着她。在时下很冷清的通往圣怀特朝圣教堂的大道旁，她停下来等他。她不得不等了半个小时，陌生人才慢吞吞地走到；他不愿让她看见自己上气不接下气的样子。他容光焕发地、笑吟吟地走上前来，嘴上叼着一小枝鲜红的野蔷薇果。她翻身下马，把马拴在树上，身子倚在土墙上的常春藤里，目不转睛地盯着来人。他与她面对面地站住，脱下了帽子。

“你干吗老跟着我跑？”她问，“你想从我这儿得到什么？”

“噢，”歌尔得蒙回答，“与其说我想从你身上得到什么，不如说想给你点什么。我希望把我本人作为礼物奉献给你，美丽的夫人，你愿把我怎样，就请把我怎样吧。”

“那好，我倒想瞧瞧，对你这个人能够怎么样。可是，你如果指望在这野外不冒风险就采到一朵鲜花，那你便打错算盘喽。我只能爱那些必要时敢冒生命危险的男人。”

“一切听候吩咐。”

慢慢地，她从脖子上摘下一条细细的金项链来，递给歌尔德蒙。

“你叫什么来着？”

“歌尔得蒙。”

“好，金口；我倒要尝尝，尝尝你这张嘴有多少金味。

听着：傍晚你得把这条项链送进宫里来，说是在路上捡的。你不能交给其他人，我要从你手中亲自收回它。你来时就像你眼下这个样子，让人家当你是个乞丐好啦。侍从中要是有谁盯着你瞧，你得镇静。你必须了解，我在宫里只有两个亲信，一个是马夫麦克斯，一个是侍女贝尔塔。你必须见到他俩中的一个，让他带你到我那儿去。在宫里的其他人面前，包括伯爵面前，你都得小心谨慎，他们全是我的敌人。记住我的警告，不然你会丢了小命的。”

她向他伸过手来，他微笑地接住，温柔地吻了吻，并把自己的脸颊凑上去轻轻挨了一挨。随后，他把项链揣进怀里，下山朝河流和城市的方向去了。两边的葡萄山已经光秃秃的，树上的黄叶一片接一片往下落。歌尔得蒙眺望山下的城市，觉得它竟是这样亲切可爱，自己也不禁摇摇头笑了。就在几天前，他还那么感伤，而感伤的困厄与痛苦，也同样容易消逝。可是眼下，它们不真正已经消逝了吗，沉落了吗，就如枝头金黄的秋叶。他觉得，这个女人的爱情对于他比以往的任何爱情都更加光辉灿烂。她身高体壮，头发金黄，充满生气，这使他想起自己还是个少年时在玛利亚布隆修道院心里有过的那个母亲形象。前天他还不相信，世界会再一次对他露出亲切的笑脸，生命、欢乐和青春的激情能再一次在他的血管里涌流。真是幸福啊，他还活着，在历经那些可怕的岁月时竟能死里逃生！

傍晚，他来到了宫里。只见院子里一派繁忙景象，马夫们在卸鞍，使者往来奔走，还有一队神父和显要的教会人士由侍从领着穿过里门，走上楼去。歌尔得蒙想跟着走，却被门卫拦住了。他掏出金项链来说，他奉命只能亲手交给夫人或者她的侍女。于是人家叫个用人给他带路，在一条条过道里转了很久。终于，他面前出现一个漂亮、机灵的女子，在擦过身旁时悄声地问："您是歌尔得蒙？"随后手一招，让他跟着走。女子无声地消失在一道门里，过了半晌又出来，招手让他进去。

他进的是一间小小的房间，里边弥漫着皮毛和香水的甜腻香味，四周挂满裙子和袍子，木架上支撑着一顶顶女帽，一只敞开的箱子里放着各色各样的靴子和鞋子。他站在房里等了约莫半个钟头，鼻子吸着喷香的衣裙的味道，手不时摸摸毛皮袍子，对周围这一切漂亮的物件好奇地微笑。

门终于开了，这次来的不是侍女贝尔塔，而是阿格妮丝本人，只见她穿着一袭浅蓝色衣裙，领口上镶了一圈白色的毛皮。她慢悠悠地、一步一步地走向等着的人，那冷冷的、蓝色的眸子严肃地直视着他。

“你不得不久等了，”她低声说，“我觉得，我们这会儿是安全的。一个教士代表团来晋见伯爵，他设宴款待他们，然后没准儿还要谈很久；只要跟神父一谈，总是短不了。咱们有的是时间。欢迎你，歌尔得蒙。”

她把身子俯向他，贪婪的嘴唇接触到他的唇，以第一个吻相互表示问候。他伸手慢慢搂住她的脖子。她领他穿过房门，走进她的卧室。高敞的房间里，烛光明亮，已备好一桌酒菜。两人坐下来，她立刻递给他面包、黄油和一些肉，并在一只翠蓝色的杯子里为他斟满了白葡萄酒。两人吃着，从同一只杯子里饮着酒，他们的手却试探地相互挑逗。

“你到底是从哪儿飞来的，我的小鸟？”她问歌尔得蒙，“你是个战士或是戏子，或者仅仅是个可怜的流浪汉？”

“我是你希望的一切，”他笑着柔声说，“我完全是你的。你希望我奏乐，我就是个乐师，而你的脖子便是我甜蜜的琴，我把手指抚在你脖子上进行演奏，天使就会在我们耳畔唱起美妙的歌。来吧，心肝儿，我来这儿不是为吃可口的点心和喝白葡萄酒，我来是为了你。”

他拉开她的白皮毛领，殷勤地脱去她身上的衣裙。让廷臣和神父们在外面会谈吧，让侍从们蹑手蹑脚地走来走去吧，让那一弯新月完全隐没在树丛后面吧，相爱的人是全不理会这些的。他们置身在一个鲜花盛开的乐园里，相互紧紧吸引着，缠绕着，沉湎在甜蜜的夜色里，窥探着朦胧闪现的白花之谜，用温柔的、感激的手采摘着渴望的果实。我们的乐师还从未弹过这样一把琴；而这把琴，也从未在如此有力而灵巧的手指抚弄下吟唱过。

“歌尔得蒙，”她火辣辣的嘴唇凑近他耳朵说，“哦，你真是位了不起的魔术师！我甜蜜的小金鱼，我真想为你生个孩子。或者干脆死在你身边。喝掉我吧，融化我吧，杀死我吧，亲爱的！”

当看见她眼里的冷峻神情慢慢融化以至变得温柔了时，歌尔得蒙幸福得喉咙里发出低沉的咕噜声。她眼底深处掠过一抹寒光，既像温柔的死的颤抖，又像垂死的鱼那银鳞上倏忽而逝的战栗，也像河底下奇妙的熠熠如金的闪亮。歌尔得蒙觉得，人生所能体验的一切幸福，此刻全贯注在他的身上了。

当她还闭着眼躺在床上微微战栗的时候，他就轻轻翻身下床，穿好了自己的衣服。他叹了口气，凑近她耳朵说："漂亮的宝贝，我走啦。我不想死，不想把小命送在伯爵手里。像今天这样，我想再使你和我幸福一次。再来一次！再来许多次！"

阿格妮丝不出声地躺着，直到歌尔得蒙完全把衣服穿好。随后他轻轻掀起她的被子，吻了吻她的眼睛。

"歌尔得蒙，"她说，"哦，可惜你必须走啦！明天再来啊！要是有危险，我派人警告你。再来吧，明天再来吧！"

她拉了拉铃。侍女在藏衣室门边迎接歌尔得蒙，领他出了宫堡。他很想赏她一枚金币；对于自己的穷困，他一时间深感羞愧。

半夜，他站在鱼市旁自己下榻的住宅前，仰望着楼上的窗户。这么晚了，谁都不会不睡觉，看来他只好在外边过夜了。使他惊异的是，房门竟然开着，他溜进去，关上门，朝自己的卧室里走。经过厨房时，他发现还有亮光，一看是玛丽坐在桌旁，面前点着一盏小油灯。她已等了两三个小时，刚刚打起瞌睡来。歌尔得蒙进去时，她惊得一下子站起身来。

"噢，"他说，"玛丽，你还没睡吗？"

"是的，"她回答，"不然你就要被关在门外了。"

“我很抱歉，玛丽，让你等我。天已经这么晚了，请别生气。”

“我一点也不生你的气，歌尔得蒙。我只是有些伤心。”

“可别伤心。干吗要伤心呢？”

“唉，歌尔得蒙，我多希望能健康、美丽、结实啊。真这样，想必你就不会深更半夜跑进陌生的房子，去爱别的女人了。你大概也会在我身边待一待，和我亲热亲热。”

在她温柔的声音里没有希望，没有怨恨，只有悲哀。歌尔得蒙狼狈地站在她身旁，非常同情她，不知对她说什么才好。最后，他小心翼翼地伸出手去，抚摸了她的头发；她站起来，默默无声，由于感觉到他的抚摸而战栗着，开始了嘤嘤啜泣。终于，她镇定下来，羞怯地说道：

“现在你睡觉去吧，歌尔得蒙。我说了一些傻话，我太困了。晚安。”

第 十 六 章

在城外的小丘上，歌尔得蒙熬过了等待幸福的一天。他要是有匹马，就会骑着到那座修道院去，再看一看他师傅雕的美丽圣母像；他渴望再看到它，他在昨夜仿佛梦见了尼克劳斯师傅。噢，他会找时间去的。再说，与阿格妮丝的幸福可能长不了，说不定结局还很糟糕——今天反正是快快活活，他可不能耽误了什么。他今天不想见其他人，不想分散心思；他要到野外去度过这个宁静的秋日，置身于绿树丛中，白云底下。他对玛丽说，他很想到乡下走走，可能很晚回来，希望她给他一个大大的面包，并在晚上不要等他。她什么也没说，便在他的衣袋里塞满了面包和苹果，用刷子刷干净他身上那件第一天即为他缝补好的旧上衣，让他走了。

他到了河对岸，穿过已收获干净的葡萄园，沿着陡直的石级向山岗上爬去，隐没在了岗顶的树林里，随后再不停地往上攀，一直到达了最高峰。阳光透过光秃秃的树顶射下来，暖洋洋的；鸫鸟一听见脚步声便逃进灌木丛，怯生生地蜷缩在里面，瞪着深蓝色的眼睛窥视着他；远远的山脚下，河流如同一条蓝色的飘带，城市小得宛如孩子的玩具，除了做祷告的钟声以外，再也听不见任何声音。峰顶有一些野草凄迷的墙垣与土包，可能是异教时代的城堡和墓穴遗迹。歌尔得蒙在一个土包上坐下来，深秋的枯草在他的身子底下窸窣作响。从这儿可以纵览脚下宽阔的谷地跟河对岸连绵起伏的丘陵和群山，只见最高峰直与蓝天相接，山与天的界线依稀难辨。这一片广阔的土地，直至目力所及的更远更远的地区，都有过他的足迹；对于他，它们一度都是眼前的现实，如今都成了远在他方的回忆。在那些森林中，他度过无数的夜晚，吃过草莓，挨过饿，受过冻；在那些山梁上和荒野里，他曾踽踽独行，时而快乐，时而忧伤，时而精神抖擞，时而精疲力竭。现在在某个不可见的远方，扔着已火化成灰的善良的莱娜的尸骨，他的伙伴罗伯特没准儿还在那儿流浪，如果鼠疫不曾攫走他；在更远一些的地方，躺着完蛋了的维克多；还有一些遥远而神奇的所在，那儿有他度过少年时代的修道院，有生活着一对美丽的骑士千金的城堡，有一个遭到追逐而四处逃奔的可怜的犹太少女丽贝卡，或者她已经丧命了吧。所有这些相隔遥远、各在东西的地方，所有这些荒野和森林，城镇和村庄，城堡和寺院，所有这些人，不管活着或已经死去，都统统深藏在他的心里，彼此联系着，或为他怀念，或为他钟爱，或令他悔恨，或令他憧憬。明朝，他一旦也让死神捉走，这一切便会分崩离析，烟消云散；他这一整本充满女人和爱情、夏晨和冬夜的画册，便不复存在。是啊，是时候了，他该再做点什么，创造点什么，以便留传给后世。

时至今日，他的一生，所有他这些年在人世间的漂泊，都很少留下什么成果。所剩下的，仅仅是他在尼克劳斯的工场中完成的几尊雕像，主要是那个圣约翰；除此而外，便是存在于他头脑中的这本画册，这个非现实的由美好而痛苦的回忆构成的形象世界。他能成功地从这内在世界里挽救出点什么，使其变成客观的存在吗？或者将一直这么继续下去：永远是新的城市，新的景色，新的女人，新的经历，新的形象，一个接一个堆积在他心中，除了使他烦躁和痛苦，同时也给他一种美好的充实感以外，就什么也不让他得到吗？

被人生愚弄是够可悲的，它叫你哭笑不得！人要活着，享受感官的快乐，饱吸夏娃母亲的乳汁，虽然这样活得很逍遥，但难保一死之后便无影无踪，恰似林子里的蘑菇，今朝还鲜艳夺目，明日便腐烂成泥；要么就反抗生命之无常，把自己关在工场里，为匆匆逃去的生命建造一座纪念碑，这样就必须放弃生活享受，仅仅沦为一件工具，虽然做着不朽的工作，自身却枯萎下来，失去自由、生命的充实和乐趣。尼克劳斯师傅即属于后一种人。

唉，人生要是整个只有一种意义，享乐与事业两者可以兼得，而不为这干瘪的“要么这样——要么那样”所分裂，这该有多好！创造，但不以生活为代价！生活，但不放弃高尚的创造！这难道压根儿不可能吗？

也许对某些人来说是可能的。也许有这么一些丈夫和家长，他们既忠诚，又不失去感官的享乐。也许也有这么一些安居乐业者，他们的心并不因缺少自由与冒险而萎靡不振。也许！可这样的人，他从来连一个也不曾见过。

一切存在似乎都是二元的，都基于某种对立；人要么是女人，要么是男人，要么当流浪汉，要么当小市民，要么富于理智，要么富于感情——那儿也同时见不到呼与吸，男和女同体，自由与秩序并存，冲动和理智共生；人总是顾此失彼，但失去的却往往与得到的一样重要、一样可贵！妇女们的情况也许好一些。自然把她们造就成在欢愉中便结出果实，在享受爱情的幸福时便得到孩子。男人却不这么容易有所收获，只能永无休止地渴慕。如此创造万物的上帝，他对自己的创造物是气恼呢，敌视呢，或是幸灾乐祸地嘲笑呢？不，上帝对他创造的鹿与鱼、鸟与花、森林与四季并不气恼。可惜的只是他的创造未能始终如一，说这是他本身的失败和缺陷也罢，说这是他有意以这样的缺陷来激起人们的追求也罢，说这种追求就是魔鬼的果子即原罪也罢。可为什么这种追求与不满就是罪过呢？难道人类所创造的一切美好和神圣的东西，上帝作为贡献收回去的东西，不都是产生于这种追求和不满吗？

歌尔得蒙想得闷闷不乐，便把目光移向山下的城市，看见了市集广场和鱼市场，看见了一座座桥梁、一座座教堂以及市政厅。那儿有壮丽巍峨的主教宫，目前是亨利希伯爵发号施令的所在。在那些塔楼与屋顶下面，住着他的皇后——绝色美人阿格妮丝，她的模样是如此高傲，在爱情中却又如此忘我和专注。歌尔得蒙高兴地想着她，回忆起昨天夜里的情景，不禁生出兴奋与感激之情。为了能度过这样一个销魂之夜，为了使这样一位奇妙的女人幸福快乐，他曾用上了自己的生命，包括所有与女性打交道的知识，所有漂泊流浪、在雪原上过夜的经验，所有与动物、花朵、树林、流水、鱼虾以及蝴蝶交朋友和厮混的体会。为此需用上他在欢愉与危险中锻炼得敏锐的感官，在多年无家可归的生涯中积累了丰富形象的心灵。什么时候他的生命还是一座盛开着阿格妮丝这样的奇葩的花园，什么时候他就不应该抱怨。

歌尔得蒙在秋色浓郁的山岗上度过了一整天，一会儿漫步，一会儿休息，一会儿吃面包，一会儿想阿格妮丝和昨天晚上的情况。天色向晚，他又回到城里，朝着宫堡走去，空气凉飕飕的，市民住宅的窗户已经静静透出红光。他碰见一队唱歌的小孩，每一个都擎着根棍子，棍子上插着个刻成人脸、中间掏空后点着蜡烛的大萝卜。这支小小的游行队伍带来了冬季的气氛，歌尔得蒙目送着它，脸上泛起了笑意。他在宫堡外边踯躅了很久。那个教士的使节团还在宫里，这儿那儿的窗口，都可看见一个穿黑袍的人。他终于潜入宫中，找到了侍女贝尔塔。他重又被藏在存衣室，直到阿格妮丝来殷勤地领他进卧室。她的脸在欢迎他时是温柔的，但一点不兴奋；她感到忧郁、担心，甚至害怕。歌尔得蒙费了九牛二虎之力，才使她高兴了一点。慢慢地，在他的热烈亲吻和软语温存下，她才放宽了心。

“你真讨人喜欢。”她感激地说，“当你温存起人来和说好听的话时，我的小鸟，你的嗓音真圆润啊。我爱你，歌尔得蒙。让咱们远走高飞吧！我不再喜欢这个地方，再说反正也长不了啦，伯爵已奉旨离职，愚蠢的主教很快就要回来了。伯爵今天很凶，那帮教士惹他生了气。唉，我说，你可别让他看见了呀！那样你就活不成喽，我真为你担心。”

在歌尔得蒙的记忆中，又响起一些几乎已经遗忘的声音——很久很久以前，他不是听见过同样的曲调吗？当初，丽迪娅也同样对他讲这样的话，同样带着柔情和恐惧，同样缠缠绵绵、哀哀戚戚。她夜里到他房间里来时，也充满温情、恐惧、担忧和对于结局的种种可怕的想象。他当时很愿听她这支缠绵悱恻又忧心忡忡的曲调。没有秘密，爱情能算什么呢！没有危险，爱情能算什么呢？

他温柔地把阿格妮丝拉到身旁，抚摸着她，握着她的手，凑着她耳朵喃喃低语，吻她的眉毛。她为他竟如此担惊受怕、惴惴不安，这令他既感动，又惊叹。她怀着感激接受他的爱，态度几近谦卑，身子紧紧偎依着他，可仍然并不快活。

就在这时候，她浑身猛地一哆嗦，只听不远处一下关门声，接着又有急促的脚步声朝卧室走来。

“天哪，是他！”她绝望地嚷起来，“是伯爵！快！可以从存衣室出去。快！千万别出卖我哟！”

歌尔得蒙已经被她推进存衣室，站在黑暗中，迟迟疑疑地四下摸索。他听见伯爵在隔壁与阿格妮丝大声讲话。他穿过挂着的衣服，摸向门边，一步一步无声地往前挪动。眼下他已到了进入过道的门前，企图不出响声地打开它。谁知等他伸过手去，才发现门已从外边关死了，不禁猛然一惊，心便疯狂而痛楚地跳起来。也可能出于偶然的不幸，有谁在他进来后在外面把门锁上了。可他不相信是这样。他中了人家的圈套，他完了。在他往里走的那刻，想必有谁看见了他。这将要他的老命。他站在黑暗中，两脚直抖，耳畔立刻又响起阿格妮丝最后讲的话：“千万别出卖我哟！”不，他不会出卖她。他的心尽管怦怦狂跳，意志却已坚定起来，倔强地咬紧了牙关。

一切都发生在瞬息间。这时候，背后的门开了，伯爵从阿格妮丝的卧室中跨出来，左手端着一盏灯，右手提着一柄出了鞘的剑。就在同一刹那，歌尔得蒙一把扯下挂在周围的几件裙子、袍子来，抱在手中。他想让人家把他当成小偷，这样没准儿还有条生路。

伯爵立刻看见了他，向他慢慢地逼过来。

“什么人？在这儿干什么？说！要不我一剑戳死你！”

“请恕罪，”歌尔得蒙低声说，“我是个穷人，而大人您如此富有！我把一切全还出来，大人，您瞧，全部！”

他边说边把衣服放到地上。

“是这样，你原来想偷东西？为一件旧袍子冒生命危险，这样做可不聪明啊。你是本城市民？”

“不，大人，我无家可归。我是个穷人，大人您饶恕……”

“甭说了！我本想了解一下，看你是否还胆大包天，有侮辱夫人的意图。可你反正将被绞死，咱们也无须再调查什么。偷窃已经够你上绞架啦。”

伯爵猛地敲起那锁死的门来，喝道：“你们在吗？把门打开！”

门从外面开了，三名手执利刃的卫士守候在门前。

“把他好好捆起来，”伯爵高声吩咐，扬扬得意的语气中满含讥讽，“他是个在这儿偷东西的流浪汉。把他看牢，明天一早就送这个无赖汉上绞架。”

歌尔得蒙没有反抗，让人缚住双手，领了出去。他被押着穿过长长的走廊，下了楼梯，横过内院，一名内侍提着盏风灯在前开路。到了一道包着铁皮的地窖门前，卫士之间商量和谩骂了几句，原来是没有开门的钥匙。一名卫士接过灯，内侍便跑回去取钥匙了。一行人就站在门前等着，三个武装士兵，一个缚着的犯人。拿着灯的士兵好奇地照囚犯的脸；这时刻，有两个在宫里做客的教士从旁边经过，他俩去宫里的小教堂祷告完回来，停在那儿仔细观察这黑夜里的一幕：三个卫士和一个缚着手的人原地不动地站着。

歌尔得蒙既未留心这些教士，也未留心他的看守。他看得见的只有面前那盏闪闪烁烁的灯，灯光亮花了他的眼睛。在灯光后面的朦胧中，他还看见了一点无形的、巨大的、阴森可怖的东西：形同深渊的结局和死亡。他目光呆滞地站着，什么也不看，什么也不听。一位教士向卫兵们打听情况。当他听说此人是个小偷，明天就一定得死的时候，便问他是否已办过告解。没有，卫士回答，他是刚被抓住的。

“那我明天做早弥撒前带圣体来给他领，同时听他办告解，”教士说，“你们得负责他在这之前不被押走。伯爵大人那儿我今晚就去说。此人就算是个小偷，他也有每个基督徒所拥有的进行忏悔和领圣体的权利。”

卫士们不敢违拗。他们认识这位大人，他是教会使节团的成员之一，他们曾不止一次在伯爵的宴席上见过他。再说，又为什么不该让这可怜的流浪汉忏悔忏悔呢？

教士们走了。歌尔得蒙仍站在那儿，呆若木鸡。内侍终于取回钥匙，开了铁门。犯人被押进去，踉踉跄跄地下了几级台阶。里边只有一张桌子，以及围着桌子的几张无靠背三脚凳；看来是一间酒窖的前室。士兵们拖了一张凳子到桌子前，命令歌尔得蒙坐下。

“明天一早有个神父来，你还可以办一下告解。”一个士兵对他说。说完三人走上去，仔仔细细地锁上了门。

“把灯给我留下吧，老总。”歌尔得蒙请求说。

“不行，老弟，有灯你会捣鬼的。这样也行喽。放聪明点，将就将就。再说这样一盏灯又能点多久呢？不出一小时就熄啦。晚安。”

如今只剩下他一个人在黑暗里，头搁在桌上，坐的是一张小凳。这样坐着挺别扭的，手腕也让绳子勒得隐隐作痛；但这些感觉都是后来才钻进他的意识中。一开始他只木然坐着，头搁在桌上犹如搁在斩首台上似的，心里仅有一个冲动，就是使自己的身体和感官也像他的心一样，服从这无法逃脱的命运，从容赴死。

歌尔得蒙就这么坐了好久好久，身子弯曲得十分难受。对于这强加在他头上的命运，他力图接受它，适应它，理解它，履行它。夜渐渐深了。这夜的结束，也就是他生命的结束，对此他必须理解。明天早上他就不再活着了。他将被吊起来，变成一件鸟儿们落在上面并对它随意啄食的了无生气的东西，变成与尼克劳斯师傅一样，与和木屋一起烧成灰烬的莱娜一样，与那些他在阴惨惨的住宅里和堆得高高的运尸车上看见过的东西一样。要理解和接受这样的命运，是不容易的，甚至是几乎不可能的。他还有许许多多东西不能割舍，还有许许多多的人和地方不曾告别。然而留给他的时间，就仅有今夜这几个小时了。

他必须向美丽的阿格妮丝告别；他再也见不到阿格妮丝那高大的身躯、灿烂的金发、冷静的碧眼，再也见不到那高傲的眼中的温柔颤动，以及她那香肤上的金色汗毛啦。别了，蓝色的星眼；别了，滋润的战栗的芳唇！他真希望能一次再一次地吻她啊。就在今天，在那山岗上，秋阳下，他还这么想她，倾慕她，渴望见到她！而且，他也必须告别那些山岗，告别那秋阳，告别蓝天中的白云，告别树木和森林，告别流浪生涯，告别暮暮朝朝和春夏秋冬。眼下也许玛丽还没有睡，这个生着一双善良而温柔的眼睛、走路一瘸一拐的小可怜，她还坐在厨房里等他，一次一次从瞌睡中惊醒转来，可歌尔得蒙却再也回不去了。

唉，还有那一卷纸和他的画笔，以及所有他还希望塑造出来的许许多多的形象！完了，全完了！就连他再见一见纳尔奇思和可爱的使徒圣约翰像的希望，也只得打消了。

他也必须告别自己的手、自己的眼睛，告别饥和渴，告别面包和酒，告别谈情说爱，告别拨弄琴弦，告别睡梦和苏醒，告别一切。明朝，一只鸟儿从空中飞来，歌尔得蒙再也看不见它；一个姑娘站在窗口歌唱，他再也听不见她。河水仍在流，鱼儿仍在游，秋风仍在吹，黄叶仍在飞，太阳明亮，星空灿烂，年轻人结伴去参加舞会，远处的山峰已覆盖着初雪——一切的一切都将继续进行，所有的树仍将投下绿荫，所有的人眼里仍将流露出欢乐或者忧愁，所有的狗仍将汪汪地吠，所有关在圈里的牛仍将哞哞地叫，可就是哪儿也不会再有他，一切都没有他的份，一切都与他没有关系。

想象中，他嗅到了荒原上早晨的气息，尝到了新酿的葡萄酒和刚摘下的核桃的甘美滋味；五彩缤纷的大千世界飞快地从他痛苦的心中掠过，扰攘喧腾的美好人生鲜明地再现于他的感官里，与他依依惜别；歌尔得蒙遽然间心如刀绞，眼里涌泉般地迸出了热泪。他激动地抽泣着，眼泪簌簌直流，绝望地踏上了这条漫无止境的苦难历程。哦，峡谷和山林，绿色赤杨树下的清流，还有姑娘们和桥畔的月夜，叫我怎能抛下你们啊！哦，辉煌灿烂、美不胜收的形象世界，叫我怎么能离得开你啊！

歌尔得蒙头伏在桌上，痛哭失声。从他窘迫的心田中，升起来一声叹息，一声哀叫：

“啊，妈妈呀！啊，我的妈妈！”

一旦他唤出这个神圣的名字，他内心深处便有一个形象对他做出回答；这是母亲的形象，但并非他想象里和艺术家梦幻中的那位母亲，而是他自己生母的形象，比他离开修道院以来任何时候见到的都更美、更栩栩如生。他向她抱怨自己的不幸，他向她哭诉自己难以忍受的非死不可的哀痛，他把自己交还给她，把森林和太阳，把自己的手和眼，把自己的整个存在和生命通通交还给她，交还到母亲的手中。

他哭着哭着终于睡着了；困倦与睡眠像母亲的手臂似的搂抱着他。他睡了一个或两个钟头，暂时脱离了痛苦。

醒来，他感觉身体剧烈疼痛。他的手腕让绳子勒得痛如火烧，他的背和颈项也一抽一抽地痛。他十分吃力地坐直身子，又意识到了自己的处境。四周一片漆黑，他不清楚自己睡了多长时间，他不知道还有几个小时可以活。也许人家马上就要来提他，送他去死了吧。这时他回忆起，有个神父答应过上他这儿来。可他不相信，领圣体对他有什么用。他不知道，是否最彻底的忏悔和得到赦免，就能送他进天堂。他不知道，是否真有一个天堂，真有一个天父，真有最后的审判和永生。对这些东西，他早已失去了任何信赖。

咳，管他有永生还是没有永生，歌尔得蒙反正不稀罕它；他只想要这不安稳的、易逝的生命，只想要这呼吸，只想要这皮肉之躯，只想活着，除此便别无所求。他发疯似的跳起来，在黑暗中跌跌撞撞地挨到墙边，靠墙站着沉思起来。总得有条活路啊！没准儿那教士能救他，没准儿能使他相信他是无辜的，求他替他说句好话，帮他把刑期推迟或者安排他逃走吧？歌尔得蒙紧紧抓住这个念头，拼命地绞尽脑汁。即便这一步不成，他也不想认输，不能认输。不过，当务之急是努力争取教士同情自己；他将使出浑身解数，去迷惑他，软化他，说服他，讨好他。这个教士是他手中唯一一张好牌，其他考虑统统属于幻想。诚然，侥幸与巧合的情况也可能有：刽子手得了疝气痛啦，绞架突然垮啦，出现了某种事先想象不到的逃跑机会等。反正，歌尔得蒙无论如何不甘心死去；他曾竭力想承认和接受这个命运，但是办不到。他将反抗，他将拼命挣扎，他将用脚去绊看守，他将用身体把刽子手撞翻在地；为了活着，他将拼尽最后一滴血，拼尽最后一口气。

哦，要是他能说动教士把他的手解开就好啦！这一来就好办了许多。

紧接着，他便忍住疼痛，用牙齿咬起绳子来。他使出疯狂的劲头，咬了很久很久，似乎也使绳子松了一些。他站在地牢的黑暗中气喘吁吁，肿胀的手腕和胳臂痛得要命。喘过气来后，他沿着墙壁向前摸索，慢慢地、一步一步地在那潮湿的墙壁上寻找有无突出的棱角。他忽然想起自己进地牢时曾在台阶上踉跄了一下。他去找那台阶，找到后就在台阶前蹲下来，使劲地在它的一道石棱上磨绳子。但磨起来并不容易，常常擦在石头上的不是绳子，而是他自己的手颈骨，痛得他火燎燎的，血好像也流出来了。可他并不泄气。当铁门和门槛间已经依稀透进来一线灰色的晨光时，他终于成功了。绳子已磨断，他可以松掉它，手又自由啦！谁知这以后，他连一个指头也不能再动弹，手肿得已经麻木，胳臂直到肩头发出阵阵痉挛，完全变得僵硬了。他不得不硬着头皮，咬紧牙关，强迫自己的手慢慢活动，以便血脉流通起来。要知道他现在已有一个计划，在他看来是个相当不错的计划。

要是那个教士一点不为所动，不同意帮助他，那么，只要看守让他俩单独待上短短的一会儿，他就一定能结束他。用这些凳子中的任何一张都行。要掐死他恐怕办不到，手和胳臂都不再有这么大力气。是的，用凳子打死他，飞快换上他的教士袍，溜之大吉！等其他人发现人被打死了，他想必已经混到宫外，然后就一个劲地跑吧，跑吧！玛丽会放他进屋并藏起他来。他必须试一试。这是办得到的。

在一生中，歌尔得蒙对于黎明的到来从不曾如此留意过、等待过、渴望过，以及害怕过。他以猎人般犀利的目光盯着铁门下的一线曙光，看着它慢慢亮起来，亮起来，浑身紧张得直打哆嗦。他回到桌前，练习如何把手夹在膝头之间坐在小凳上，使人不致立刻发现他手上的绳子已经没有了。自从手自由了以后，他便不再相信自己会死。他决心闯过这一关，即便整个世界因此被打得粉碎。不管付出什么代价，他都决心活下去。对于自由与生命，他渴望到了鼻子尖都颤抖的程度。谁知道呢，也许外面会有人来救他呢。阿格妮丝是个女人，力量有限，说不定勇气也不够大；她有可能放弃他。不过，她毕竟爱他呀，说不定也会想点办法的。也许侍女贝尔塔会溜进来——不是说还有个马夫是她的亲信吗？如果谁也不来给他通个风，报个信，那好，那他便准备实行自己的计划。万一失败了，他就用凳子砸死看守，一个也罢，两个也罢，更多也罢。他确信有一点占便宜的地方：他的两眼已经习惯了黑暗，在黎明的朦胧中，能大致辨清东西的形状与大小；反之，其他人刚进来时却完全是瞎子。

他像害寒热病似的蹲在桌边，把要对那个他准备争取的教士讲的话仔仔细细考虑了一遍，因为事情必须由此开始。同时，他贪婪地观察着门缝下那一线亮光的缓慢增长。几个钟头以前他还怕得要命的时刻，眼下他又热烈地渴望着它的到来，简直有些急不可耐的样子，心情紧张到了难以长时间忍受的程度。照此下去，他的体力、他的注意力、他的意志力和警觉性，都会慢慢减弱。那个教士和看守必须马上到来，他获救的紧张准备和决心才会处于最佳状态。

终于，外面的世界苏醒过来；终于，敌人向他靠近了。院子里响起脚步声，钥匙插进锁孔中转动了一下；在长时间的死寂以后，这些声音听上去都响得如同打雷一般。

沉重的铁门慢慢开了一道缝，门枢发出嘎嘎嘎的响声。走进来一位教士，没有看守，没有陪同。他端着一盏点有两支蜡烛的灯，独自走了进来。情况完全出乎囚徒的想象。

多么奇怪和令他感动啊，这个进来后便反手把门关严了的教士，他竟穿着一身玛利亚布隆修道院的教团制服；这服装达尼埃尔院长、安塞尔姆神父、马丁神父全穿过，在歌尔得蒙看来它是如此熟悉、如此亲切！

这情景在他心中引起了极大的震动，他不得不掉转开目光。出现这种服装是一个好兆头，使他产生了获救的希望。可是除了打死对方以外，也许仍旧别无办法。他咬紧牙关；因为要打死一个本教团的兄弟，他很难下手。

第十七章

“赞美耶稣基督。”教士打个问讯，把灯放在桌上。歌尔得蒙咕噜了一声作为回答，眼睛盯着地面。

教士一言不发地站着，直到歌尔得蒙感到不安，抬起眼来打量站在他跟前的这个人。

这个人，现在歌尔得蒙心慌意乱地发现，他不仅穿着玛利亚布隆修道院的神父服装，而且还佩戴着院长的徽章。

到了这会儿，他才抬起眼来望着院长的脸。这是一张瘦削的脸，线条清晰、坚毅，两片嘴唇很薄很薄。这是一张他熟悉的脸呀！歌尔得蒙着了迷一样盯着这张脸，这张纯粹由精神和意志塑造成的脸。他伸出哆嗦不定的手去端烛台，举起来靠近陌生人的脸，以便看清这张脸上的眼睛。他看清了它们，烛台在他手中抖得更加厉害，他只好放下。

“纳尔奇思！”他几乎让人听不见地叫了一声，只觉得天旋地转。

“是的，歌尔得蒙，我曾经叫纳尔奇思；但你也许忘了，我早就不再用这个名字。自从我穿上修士服起，便叫约翰了。”

歌尔得蒙大为震惊。突然整个世界都变了样，突然他那超人的努力全崩溃了，使他几乎窒息，浑身颤抖，眼前发黑，脑袋变得如同一个空球，胃也一下子缩紧了，眼眶里辣辣的直想哭。此刻，他心中唯一的渴望是——大哭一场，倒在地上，失去知觉。

可是，看着纳尔奇思，又勾起了他对自己少年时代的回忆，并从这回忆的深处产生出一个对他的警告：当初，他还是个少年，他曾当着这张清秀而严峻的脸，这双深沉而智慧的眼睛，哭着逃走过一次，现在绝不能再这样了。眼下，在他生命中最微妙的时刻，这个纳尔奇思突然幽灵似的再度出现，看样子是来拯救他的——此刻，他能在他面前又抽抽咽咽，晕倒在地吗？不，不，不能！歌尔得蒙支撑着。他克制住心跳，强迫胃部恢复常态，从头脑里赶走了眩晕。此刻，他绝不能表现出软弱。

终于，他以强自镇定下来的声调说道：“你必须允许我仍旧称呼你纳尔奇思。”

“就这么叫我吧，亲爱的。难道你不愿意和我握握手吗？”

歌尔得蒙再次强制自己。他以孩子般执拗而略带讥讽的语气，完全跟当学生时有几次一样，做出了他的回答。

“请原谅，纳尔奇思，”他以冷漠而略显无动于衷的神气说道，“我看见，你已经成为院长；可我仍旧是个流浪汉。而且，我们的谈话尽管对我十分宝贵，可惜却不能长久进行下去。你瞧，纳尔奇思，我已被判了绞刑；再过一个钟头，或者更快一些，我就要上绞架了。我告诉你，只是为了使你了解情况。”

纳尔奇思不动声色。他朋友态度中的这点孩子气与倨傲劲，既使他开心，又叫他感动。但最为他理解和赞赏的，仍是隐藏在背后那使歌尔得蒙不肯哭着扑进他怀抱的自尊心。的确，他把他俩重逢的情景也想象成了另一个样子；但是对眼前这幕小小的喜剧，他却打心眼里感到满意。歌尔得蒙不论用任何别的办法，也不会比这更快讨得他的欢心了。

“噢，噢，”他也同样装得若无其事，“至于说上绞架嘛，我倒可以让你宽宽心。你已获得赦免。我就是受委托来通知你，把你带走，因为人家禁止你再留在这座城市。也就是说，咱们还有足够的时间在一起谈天说地。现在怎么样，愿意跟我握握手了吧？”

他俩相互伸出手来，久久地、紧紧地握在了一起，都很激动；但在他们的言谈中，冷漠的喜剧味道还保持了好一阵。

“好，纳尔奇思，这么说我们将离开这个不那么光彩的避难所，而我就加入你的随从行列中去。你回玛利亚布隆吗？是的？太好了。怎么走呢？骑马？很好。现在的问题是得为我也弄一匹马。”

“马我们会有，兄弟，而且两小时后就启程。啊，你的手怎么竟这样？上帝啊，完全血肉模糊，肿成一团了呀！啊，歌尔得蒙，他们干吗这样对待你！”

“没事儿，纳尔奇思。是我自己把手弄成这样的。我被捆着，不得不把自己解放出来。告诉你，这可不容易。另一方面，你也够勇敢的，不带一个随从就进来看我。”

“怎么叫勇敢？毫无危险嘛。”

“噢，只有个小小的危险，就是被我打死。也就是说，我原来是这么打算的。人家告诉我有个教士要来。我打算结束他，换上他的衣服逃走。一个挺好的计划，嗯？”

“这么说，你不愿意死？你想对死亡进行反抗喽？”

“当然不愿意。可你偏巧就是这个教士，嗯，我自然也不可能料到。”

“就算是吧，”纳尔奇思迟疑地说，“这本身仍然是个罪恶很重的计划。当一位忏悔神父来为你送终时，你真的忍心杀死他吗？”

“你不会被杀死，纳尔奇思，当然不会；或许也不会杀死你的任何一个神父，只要他是穿着玛利亚布隆修道院的制服进来的。是啊，你可以放心。”

说到这里，歌尔得蒙的声音突然变得忧伤而低沉了。

“这将不是我杀死的第一个人。”

他们沉默下来。双方都挺难受。

“关于这些事情，”纳尔奇思冷冷地说，“咱们以后再谈吧。你可以向我办个告解，要是愿意的话。你也可以讲讲你的其他情况。我想要给你讲的事也不少。我很高兴能这样。现在咱们走，好吗？”

“再等一等，纳尔奇思！我突然想起一件事，就是：我可已经叫过你约翰啦。”

“我不明白你的意思。”

“不明白，当然不明白。你一点还不知道哩。好些年以前，我就给你取了约翰这个名字，而且它将永远属于你。你可晓得，我曾当过一名雕刻师，专刻人像，并且打算将来重操旧业。我当时雕得最好的一尊像，是个真人大小的青年，模样就是你，但名字不叫纳尔奇思，而叫约翰。它是站在十字架下的使徒约翰。”

歌尔得蒙站起来，朝门口走去。

“这么说，你还想到我咯？”纳尔奇思低声地问。

“可不是吗，纳尔奇思，”歌尔得蒙同样低声地回答，“我惦记着你，经常经常惦记着你。”

他用力推开沉重的地窖门，灰白的曙光便射了进来。两人不再说话。纳尔奇思带他进了自己住的客房。一名年轻修士，院长的随从，正在忙着收拾行装。歌尔得蒙得到吃的，手也洗了，并且包扎了一下。不一会儿就牵来了马。

上马时，歌尔得蒙说：

“我还有个请求。咱们从鱼市上经过吧，在那儿我还得办点事。”

众人离开了宫堡，歌尔得蒙仰起头张望所有的窗户：也许在哪儿能看见阿格妮丝呢。可他未能见到她。他们经过鱼市，玛丽为了他真是忧心如焚。他向她和她的父母告别，对他们千恩万谢，答应以后再来。玛丽一直站在大门口，直到骑马的人走得再也看不见了，她才慢慢瘸着回房里去。

他们一行四骑：纳尔奇思，歌尔得蒙，一名年轻修士，再加上带着武器的马夫。

“你还记得我那匹小马驹布莱斯吗？”歌尔得蒙问，“它当时留在你们院里了。”

“记得。可你再也见不到它喽，它大概也没等你去看它。它也许死去已有七八年了吧。”

“这么说你记得它！”

“是啊，我记得。”

歌尔得蒙没有因布莱斯的死难过。他倒高兴纳尔奇思对他的布莱斯竟了解得如此清楚，要知道这是个从不关心牲口的事的人，对于修道院里其他任何一匹马，他都不见得能叫出名字来呀。歌尔得蒙高兴极了。

“你也许会笑我，”他又说，“我打听的修道院的第一件事，竟是这匹可怜的马。我这样做是不成体统的。本来我也想问完全不同的事，首先问我们的达尼埃尔院长怎样了。可是，我能想象出来他是死了，所以你才成了他的继承人。一上来净谈死，我原本是想避免的。我眼下不高兴谈论死，为了昨天这一夜，也因为那场我见识得太多的鼠疫。既然现在已经提起来了，也就只好接着谈下去。告诉我，达尼埃尔院长是什么时候和怎样去世的，我很尊敬他，并且说一说，安塞尔姆神父和马丁神父是否还活着。我做了最坏的预料。但至少你并未染上鼠疫，这使我很满意，尽管我从未想到你也会死，一直坚信我们能够再见面。不过信念也可能骗人，可惜我已经有了经验。我的师傅尼克劳斯，一位雕刻家，我也不能想象他会死去；我一心一意指望再见到他，重新到他工场里去干活。谁知当我来找他时，他竟死了。”

“简单讲吧，”纳尔奇思说，“达尼埃尔院长八年前就过世了，无疾而终，毫不痛苦。我并非他的继承人，我当上院长才一年。他的继承人是马丁神父，我们从前的校监，他去年也去世了，还不满七十岁。还有安塞尔姆神父也不在了，他很喜欢你的，后来还常常谈起你。他最后完全不能行走，躺着也活受罪，死于水肿病。是的，我们那儿也闹过瘟疫，死的人可不少。咱们别谈它了吧！你还有其他要问的吗？”

“当然有，很多很多。首先，你怎么会来这座主教城见总督？”

“说来话长，你可能觉得枯燥，与政治有关。伯爵是皇上的宠臣，在好些事情上简直成了他的全权代表；而眼下在皇上和咱们教会之间，又有些事情要交涉。教团便指派我参加使节团，与伯爵谈判。成果微乎其微。”

他不作声了，歌尔得蒙也不再往下问。昨天晚上，纳尔奇思去求伯爵赦免歌尔得蒙，是不得不以对这位死硬的伯爵做某些让步为代价，才换取到他的生命的；这点歌尔得蒙也无须知道。

他们并马前行；歌尔得蒙不久就感到疲劳，只是努力克制自己，坚持坐在鞍上。

过了半晌，纳尔奇思又问：“说你是因偷窃被逮住的，果真如此吗？伯爵坚持讲，你溜进宫堡，潜入内室，在那儿行窃。”

歌尔得蒙笑了。“嗯，看样子我真也像个贼呢。实际上我却是与伯爵的情妇幽会，他本人毫无疑问也心知肚明。我很奇怪，他竟然放我跑掉。”

“喏，他还识时务。”

他们未能赶完当天预定的路程，歌尔得蒙已经疲惫不堪，一双手连缰绳也握不住了。他们在一座村子里歇下来，歌尔得蒙被抬到床上，有些发烧，第二天也躺在床上没让起来。但第三天，他便能上路了，手也很快痊愈，对于骑马旅行开始感到有趣。他多久没再骑过马了啊！他精神振奋起来，变得年轻而有朝气，与马夫做过几次骑赛，一连数小时地向他的朋友问这问那，滔滔不绝，迫不及待。纳尔奇思呢，却不慌不忙而又高兴地回答着他。歌尔得蒙重新被他迷住了；纳尔奇思喜欢他这些如此热情、如此孩子气的问题，这些对于朋友的精神和智慧充满无限信赖的问题。

“我问一下，纳尔奇思：你们也烧死过犹太人吗？”

“烧死犹太人？我们干吗要这样？我们那儿可没有犹太人。”

“不错。不过请告诉我：你能够烧死犹太人吗？你能够想象这种事是可能的吗？”

“不能。我干吗非得这样做呢？你当我是个狂热的人吗？”

“请理解我，纳尔奇思！我是指：你能否想象，你在某种情况下会下令处死犹太人，或者对此表示同意？要知道有许许多多公爵、市长、主教、大主教和其他有权势的人，他们都下过这样的命令。”

“我不会下这样一道命令。不过也许可以想象，我不得不目睹并容忍这一残忍现象。”

“怎么，你会容忍吗？”

“肯定会，要是我没有获得制止它的权力的话。大概你见过烧死犹太人喽，歌尔得蒙？”

“唉，见过。”

“噢，你制止它了吗？没有？瞧你。”

歌尔得蒙细细叙述了丽贝卡的故事，感情非常激动。

“瞧，”他最后愤愤地说，“咱们不得不生活于其中的是怎样一个世界啊？这不是一座地狱吗？它不令人愤恨和恐惧吗？”

“不错。世界就是如此。”

“对啦！”歌尔得蒙恶狠狠地叫起来，“可是从前，你总对我讲，世界是富有神性的，是一个由无数循环构成的大而和谐的整体，造物主坐在它中央的宝座上，存在是美好的，诸如此类。你说，亚里士多德是这么写的，或者圣托马斯[1]的书中是如此记载的。如今我非常渴望来听你解释这个矛盾。”

纳尔奇思莞尔一笑。

---

1 托马斯·阿奎那（Tommaso d'Aquino, 1225—1274），意大利神学家和哲学家，中世纪经院哲学的主要代表。

“你的记忆力很惊人，但有一点却记得不那么准。我崇仰造物主，始终认为他是完满的，而从未说他的造物是完满的。我从来不曾否认过世间存在着恶。至于人世的生活是和谐的、合理的，人生性善良等，亲爱的，这种话还从未有一位真正的思想家讲过。反之，人心的谋划与追求是恶的，倒明明白白写在《圣经》里，而且为我们每一天所证实。”

“很好。我终于弄明白，你们学者怎么看这个问题。也就是说，人是恶的，人世间的生活中尽是卑鄙龌龊，你们也承认。可是在背后的某个地方，在你们的思想和教科书里，又存在什么正义和完美。它们摆在那儿，你们还能证明其存在，可就是从不实行。”

“你对我们神学家积怨真深啊，亲爱的朋友！不过，你仍未成为一位思想家，你把一切全搅混了。你还得再学习学习。你究竟凭什么讲，我们没有实行有关正义的思想呢？我们不是每日每时在做这件事吗？比如我是个院长，领导着一座修道院，在这座修道院中也像外面的世界一样并不完满，存在着罪恶。但是，我们却坚持不懈地以正义的思想对抗原罪，竭力以正义作为衡量我们不完满的人生的准绳，匡正罪恶，使我们的生活与上帝建立起经常性的联系。”

“嗨，我说，纳尔奇思，我指的可不是你个人，不是讲你并非一位好院长。然而，我想起丽贝卡，想起被烧死的犹太人，想起大墓坑，想起无所不在的死，想起陈尸累累、恶臭刺鼻的街道和住宅，想起那整个可怕的惨象，想起无依无靠的孤儿，想起饿毙在链子上的看家狗——当我想起这一切，眼前出现这种种惨象，我就心痛难忍，仿佛觉得我们的母亲把我们生在了一个无望、残酷、魔鬼当道的世界里，与其如此，还不如母亲不生我们更好，上帝不创造这个可怕的世界更好，救主耶稣不为它白白钉死在十字架上更好！”

纳尔奇思和蔼地对他朋友点着头。

“你讲得完全对，”他热情地说，“尽管讲下去吧，把一切全告诉我。只不过，在有一点上你错了：你把你讲的一切都当作思想；它们实际上却是感情！是一个对存在的可怕感到恼火的人的感情。可别忘啦，与这些悲哀而绝望的感情对立地存在着的，还有另一些完全不同的感情啊！当你舒舒服服地骑在马上，欣赏着四周的美景的时候，当你在傍晚潜入宫中——你是够轻率的了——向伯爵的情妇献殷勤的时候，世界在你眼中就完全是另一个模样，闹鼠疫的房子也好，被烧死了的犹太人也好，都一点不妨碍你寻欢作乐。是不是？”

“不错，是这样。因为世界充满了死亡和恐怖，我便不断摘取这地狱中的鲜花，以安慰我的心。我寻欢作乐，以暂时忘记恐怖；但恐怖并不因此就减少一些。”

“你讲得不错。原来你是发现周围的世界充满死亡和恐怖，才逃进欢乐中去。可欢乐并不久长，你不是又要逃进沙漠了吗？”

“是的，正是这样。”

“大多数人的处境都是如此，只有少数人才像你那样有强烈的感受，只有少数人才意识到这些感受的需要。可是告诉我，你除了在这欢乐与恐怖之间、生的欲望与死的感觉之间绝望地摇来摆去之外，还尝试过其他什么道路没有？”

“噢，有的，这还用说！我尝试过艺术。我已经告诉过你，我曾经当过艺术家。一天，我在差不多整整流浪漂泊了三年以后，在一座修道院的教堂中看见了一尊木雕圣母像。它是那样美，我一见便着了迷，打听出制作它的雕刻师，立即动身去寻访。我找到了他，是一位著名的师傅；我成了他的弟子，跟着他学习了三年。”

“这个，你以后可以给我详细讲讲。可艺术究竟给你带来了什么呢？对你有何意义呢？”

“意义就在化无常为永恒。我看见，在人生的愚人游戏和死之舞中，遗留下来长存不衰的有一件东西：艺术品。尽管它们也可能在什么时候消失，或被烧毁，或者朽坏，或被打碎，可是它们毕竟比几代人的生命要长，能在须臾的彼岸，以形象构成一个无声的神圣王国。能参与这样一个王国的建造，我觉得是一件美好的、值得欣慰的事，因为这已差不多化无常为永恒了啊。”

“你这个看法我很赞赏，歌尔得蒙。我希望你能再创作出更多精美的作品来，对你的能力，我很有信心。我希望，你能在玛利亚布隆长期做我的客人，并允许我为你布置一间工作室；我们的修道院很久没有艺术家了。可是我相信，你上面这番话还没有把艺术的奇妙之处全部讲完。我相信，艺术的意义并不仅仅在于用石头、木料、颜料或其他的存在物，从死亡手中夺取即将衰朽的东西，使之保存得更为久远。我见过一些艺术品，一些圣者像和圣母像，我不相信，这些像仅仅忠实地摹写了某些具体的人，艺术家仅仅是把这些曾经生活过的人的形状或颜色保存下来了。”

“可让你说着了，”歌尔得蒙兴奋得嚷起来，“我真没有想到，你对艺术之道竟如此精通！一件杰作的原型并非一个真的、活的形象，虽然这个形象可能是创作的起因。原型不是肉和血，而是精神。它是一个生活在艺术家心灵中的形象。在我心里，纳尔奇思，也生活着许许多多这样的形象；我渴望有朝一日能把它们表现出来，让你看看。”

“太好了！而且现在，亲爱的，你已不知不觉地走进哲学的领域，把它的一个秘密给讲出来啦。”

“你是在开我的玩笑。”

“噢，不。你刚才谈了‘原型’，也就是说谈了那种仅仅存在于创造的精神中，却可以用物质使之成为现实和得到表现的形象。一个艺术形象早在可见之前，在获得现实性之前，便已作为艺术家心中的形象而存在着了！这个形象，噢，这个‘原型’，不多不少便是古代哲学家们所谓的‘理念’[1]。”

“不错，听起来完全有道理。”

“嗯，由于你承认了理念，承认了原型，你便走进了精神世界，走进我们哲学家和神学家的世界中来了，也就

1　原文中，“理念”为“Idee”，“原型”为“Urbild”。

承认了在人生这个混乱而痛苦的屠场中，在肉体存在的无尽头、无意义的死之舞里，存在创造的精神。瞧，自从你在少年时代来到我身边，我便一直在唤醒你心中的这种精神。在你那儿，这种精神不是思想家型的，而是艺术家型的。可它是精神，并且将从这感官世界的沉闷和混乱中，从欢乐与绝望之间永无休止的摇摆中，给你指出道路。哦，朋友，我很幸福，能听见你这样的自白。我曾期待着这一天——自从你离开你的老师纳尔奇思，获得了走自己的路的勇气以后。如今，我们可以重新成为朋友啦。”

此刻，歌尔得蒙觉得自己的生命开始有了意义，他仿佛居高临下，看清了自己人生的三大阶段：依附纳尔奇思并获得解脱——自由自在地漂泊流浪——重新归来，进行内省，开始成熟与收获。

幻觉消失了。但在他与纳尔奇思之间，已经确立起一种适合他的关系，再不是谁依附谁，而是自由的关系，对等的关系。而今，他可以毫不自卑地在这个比他优越的精神人物那儿做客，因为人家承认他是同等的人，是创造者。向他表白自己，用雕像把自己的内心世界向他展示出来，现在已成了歌尔得蒙火一般热烈的欲望，而且越往前走，他的心情越是迫切。可是不时他也产生某些疑虑。

“纳尔奇思，”他警告说，“我担心，你恐怕还不知道你带回修道院的究竟是怎样一个人吧。我不是修士，也不愿成为修士。我了解那三大誓愿，贫穷我乐于接受，但剩下的童贞也好，服从也好，我都不喜欢；这样一些德行在我看来也不够男子汉气。再说虔诚吧，在我身上更荡然无存，我已好多年没有办告解，没有做过祈祷和领圣体了。”

纳尔奇思依然心平气和。“看来你已变成一个异教徒。不过，对异教徒我们也不害怕。你不必为你那许许多多的罪孽再感到骄傲。你曾经过的是世俗生活，你曾经像浪荡子似的胡作非为，你不再知道什么是法规和秩序。的确，你要是当修士，一定会成为一个很坏的修士。然而我邀请你去，完全不是想让你加入教团，而是请你去做我们的客人，并且在我们那儿为你布置一间工作室。还有一点也别忘了：当初，在我们青年时代，是我点醒了你，让你回到世俗生活中去。不管你后来变好或是变坏了，除你自己之外我都有责任。我想看看，你到底变成了什么人；你将回答我这个问题，用语言，用生活，用你的作品。在你回答完这个问题后，或者我发现我们那里已不是你能久住之所，那我便会第一个提出来，请你离开我们。”

每当纳尔奇思如此侃侃而谈，表现出一位修道院院长的气度，冷静而又稳重，对于世俗的人和世俗生活略略流露出嘲讽，这时歌尔得蒙对他的朋友总是满怀敬佩。因为在他看来，纳尔奇思这时明显地变成了一位堂堂男子，虽然是一位属于灵性和教会的男子，有着瘦弱的手和学者型的脸，却充满自信和勇气，俨然是个肩负着重任的领导者。这位成年男子纳尔奇思已不再是当初那个小伙子，也不再是温厚的、沉思的使徒约翰；歌尔得蒙决心用自己的双手，把这个新的纳尔奇思，这个成年的、有骑士气派的纳尔奇思塑造出来。许许多多形象都等着他去塑造：纳尔奇思、达尼埃尔院长、安塞尔姆神父、尼克劳斯师傅、美丽的丽贝卡、娇艳的阿格妮丝，以及其他一些人，朋友和仇敌，活人和死者。不，他不愿成为修士，虔诚的也罢，博学的也罢；他只想创造艺术品。而那一度是他少年时代故乡的地方，又将成为他作品的故乡，这使他感到幸福。

他们在寒冷的晚秋里行进着。一天早上，光秃秃的树枝蒙着厚厚的浓霜，四野丘陵起伏，地上除了淡红色的苔藓外，没有任何其他植物；那连绵的山丘的曲线看上去格外眼熟，不免勾起歌尔得蒙心中的桩桩往事。接着又出现一片高高的槭树林，一条弯弯曲曲的小溪，一座老仓库；一见这些景物，歌尔得蒙的心更是又高兴，又痛楚。他认出，那些山丘他曾和骑士小姐丽迪娅一起骑着马走过，那片荒原就是他在纷飞的雪花中，在骑士驱赶下心情抑郁地重新开始漂泊流浪的地方。随后他又看见小小的赤杨林、磨坊和城堡；歌尔得蒙认出了书房的窗户，心中感到无可言喻的悲痛：当初，在他传奇式的青年时代，就在这扇窗户里倾听骑士讲述自己去罗马朝圣的经历，奉命为他修改拉丁文写的回忆录。一行人进了城堡的院子，他们预定要在这儿住一夜。歌尔得蒙请求院长在这儿不要叫他的名字，并允许他跟马夫一起到用人的桌上去用餐。院长同意了。老骑士不在了，丽迪娅也不知去向，只有几个猎手和仆人还是老的。如今执掌家政的是一位漂亮、高傲、任性的贵夫人，她就是尤丽娅，身边生活着一位丈夫。她仍旧美得惊人，可脾气也挺暴躁。歌尔得蒙既未被她，也未被用人们认出来。饭后，趁着黄昏的暮色，他溜进花园里，看了看篱笆后面已经凋零的花畦；随后又到厩舍门口，瞅了瞅里边的马。他和马夫一起睡在草铺上，回忆沉重地压迫着他的胸口，使他夜里一连醒来好几次。哦，他昔日的生活是何等支离破碎、毫无成果啊！虽说有着丰富的形象，但都跟摔成了碎片的瓷器似的，缺少价值、缺少爱！次日一早，在继续赶路时，他忧心忡忡地仰望那些窗户，想知道还能不能再见尤丽娅一面。不久前，在主教的宫堡里，他也同样张望过，希望能再看一眼阿格妮丝。阿格妮丝他没见着，尤丽娅也没见着。他的整个一生仿佛仅仅是离别，逃遁，遗忘，最后落得两手空空，心灰意冷。接下来的一整天，他都心绪不佳，一言不发，脸色阴沉地歪在马鞍上。纳尔奇思也不去理睬他。

经过几天的旅程，他们终于快到目的地了。在修道院的钟楼和屋顶出现之前，他们走过一片乱石累累的荒地；很久很久以前，歌尔得蒙曾在这儿为安塞尔姆神父采过小连翘，并让吉卜赛女郎莉赛把他变成了男子。

眼下他们到了玛利亚布隆修道院的大门前，在那棵意大利栗子树下下了马。歌尔得蒙深情地抚摸着树干，并且弯下腰去，从地上拾起一个绽开的、带刺的、枯萎的褐色栗子。

第十八章

回修道院后的头几天，歌尔得蒙独自住着一间客房。后来，经他本人要求，他的住处迁到了内院旁边的一栋楼房里，正对着铁作铺。院子很大，四周房子不少，像市集一般热闹。

旧地重游，歌尔得蒙不胜唏嘘感慨。这儿除了院长认识他外，谁也不知道他是何许人。修士和俗人一样都生活得井井有条，各自忙着自己的事，全不来打扰他。可是，院子里的那些树，那些门和窗，那座磨坊和磨轮，那些小径上的铺路石，还有回廊前枯萎的玫瑰花丛，谷仓和斋堂顶上的鹳鸟巢，它们却全都是认识他的。每一个角落都飘逸出他往昔的气息，他青春的气息，如此芳馨、如此动人；爱驱使着他重新观看所有的物件，重新倾听所有的声音：晚祷的钟声，礼拜日弥撒的钟声，推动磨轮的流水在长着青苔的幽暗小水槽中发出的潺潺声，木屐打在石板地上的啪啪声，看大门的修士傍晚去锁门时钥匙串发出的叮叮声。在学生斋堂檐漏下的石水沟旁，仍然蔓生着同样的小草——牛儿草和车前草；在铁作铺前的园子里，那棵古老的苹果树仍远远地伸展着弯曲的枝丫。但是，每次都使歌尔得蒙更加激动不已的是听见那下课的铃声。铃声一响，学童们一下子都“嗵嗵嗵”地冲下楼梯，拥进院子，一张张童稚的脸庞全都那么年轻、痴憨、可爱——他自己过去也真的曾经如此年轻、笨拙、漂亮和天真无邪吗？

可是，除了这所他十分熟悉的修道院，歌尔得蒙也发现了一个近乎陌生的地方。还在头几天，它就闯进了他的眼帘，使他感到它越来越重要，并且慢慢地才与这个他熟悉的地方融为一体。尽管院里没有增加任何新东西，一切情况仍如他当学生时，甚至再早几百年那样，但他观察事物的眼光却不再与当学生时一样了。他观看和体会着这些建筑的尺寸，这些教堂的穹顶，这些古老的壁画，这些立在祭坛上和门廊下的石刻像、木雕像。虽然投进他眼帘的没有任何当时不存在的东西，可他却是现在才发现了它们的美，发现了创造它们的精神。二楼教堂里那尊古老的圣母像，他在少年时虽说也挺喜欢并且临摹过，但只是到了今天他才以清醒的目光看见了它，发觉它乃是一件无与伦比的杰作，自己万难侥幸超越。这样的作品院里很多，都像在家里似的自自然然地耸立于古老的墙壁前、廊柱间和穹顶下，成为独立的存在，但又不是偶然凑在一起，而是由同一种精神所产生。几百年来，在这里所建造、雕塑、绘画以及生活、思考和传授的一切，都一脉相承，源于同一种精神，彼此和谐共存，犹如一棵树的许多枝干枝丫。

在眼前这个宁静和谐却又强有力的世界里，歌尔得蒙觉得自己十分渺小；尤其是他看见约翰院长——他的朋友纳尔奇思井井有条地管理着一切，他自觉渺小的心情更比任何时候都强烈。在博学、严厉的约翰院长和纯朴、善良的达尼埃尔院长之间，尽管存在着巨大的个性差别，但两人都为同一种精神、同一种思想、同一种秩序服务，都通过它们获得荣誉，为它们牺牲个人。因此，他们两人就像他们的装束一样，彼此十分相似。

在歌尔得蒙眼里，处于自己这座修道院中的纳尔奇思真是伟大至极，以至于没多久他就几乎不敢再用“你”和“纳尔奇思”称呼他，虽然纳尔奇思仍一如既往，待他如朋友和客人那般亲切。

“我说，约翰院长，”有一天歌尔得蒙对他说，“看来我得慢慢习惯你这个新名字。我必须告诉你，我在你们这儿觉得很不错。我几乎想向你办一次总告解，在赎清罪过以后再请求你接纳我当个在俗的修士。只不过，这一来我们的友谊就完了，因为你是院长，我成了你的手下。但是照现在这样无所事事地待在你身边，看你辛勤工作，我再也受不了啦。我也渴望干干活，向你表明我是怎样一个人，有何本领，让你看一看把我从绞架上救下来是否值得。”

“对你的想法我感到高兴，”纳尔奇思回答，如今他用词比以往更精确和讲究了，“你随时可以着手布置你的工作室，我马上指示铁匠和木匠，让他们听候你的调遣。这儿就地能解决的材料，你尽管取用！其他必须从外地订购和运送的东西，请开个单子来。现在请听我对你和你的意图谈谈看法吧！你得给我时间表达出自己的思想；因为我是个做学问的人，也希望以我的思想观点来谈谈这件事，但除了学者的语言便没有其他的语言。所以请你能像以往一些年里经常做的那样，耐心地听我讲下去。”

“我尽力而为。你只管讲吧。”

“请你回忆一下，在我们的学生时代我已不止一次对你讲过，我认为你天生是个艺术家。当初，我觉得你会成为一位诗人；因为你在读书和作文时，表现出对理念的和抽象的东西有某种反感，而特别喜爱带有情感和诗意的词语，也即是那些能让人产生某种想象的词语。”

歌尔得蒙打断了他。

“请原谅，难道你所喜欢的那些概念和抽象词，不也是一些想象和形象吗？或者你真的喜欢用那些不能让人产生任何想象的词来进行思考吗？不产生想象就进行思考，这从根本上讲是可能的吗？”

“问得好！但人当然可以不想象就进行思考！思考与想象没任何关系。思考不借助形象，而借助概念和公式。刚好是在形象停止活动的地方，开始了哲学思维。我们在年轻时一度争论的，正是这个问题：对于你来说，世界由形象构成；对于我则由概念构成。我经常告诉你，你不适合当思想家，并且也对你讲，这并非你的缺陷，因为尽管如此，你却会成为形象王国的主宰。注意，我现在要向你解释清楚。当初，要是你没有走向世界，而是做了思想家，你就会酿成不幸。因为你会变成神秘学家。神秘学家，说得简单和粗暴些，就是那种没有摆脱想象的思想家，也就是说根本不是思想家。他们是一些隐秘的艺术家，是不吟诗的诗人，不挥笔的画家，不作曲的音乐家。他们中间有些极富才华和心灵崇高的人，但毫无例外，全都是些不幸的人。你本来也会变成这个样子的。感谢上帝，你并未如此，而成了一位艺术家，掌握了形象世界，成为它的创造者和主宰，没有作为思想家而陷入无用武之地的窘境。”

“我担心，”歌尔得蒙说，“我永远也不明白你那个无须想象就进行思考的思想世界。”

“噢，会的，立刻就会明白。听着：思想家力图通过逻辑去认识和表现世界的本质。他知道，我们的理智及其工具逻辑是一些不完善的手段——正如一位聪明的艺术家也清楚了解，他的画笔或雕刀，永远不能把天使或圣者的光辉本质完满地表现出来。但尽管如此，思想家也好，艺术家也好，却仍以各自的方式在努力着。因为他们不能不这样做，非这样做不可。因为一个人只有尽其天赋所能去努力实现自我，才能做他可以做的最崇高的和唯一有意义的事。所以过去我一再告诉你：别模仿那些思想家或苦修者，要走自己的路，努力实现你自己吧！”

“我懂了一半。可究竟什么叫作‘实现自我’呢？”

“这是一个哲学概念，我无法另作表述。对于我们这些亚里士多德和圣托马斯的弟子来说，一切概念中最崇高的概念是：完满的存在。完满的存在即为上帝。其他存在的一切都是不完整的、部分的、未来的、混合的，由可能性所构成。上帝可并非混合的，而是一个统一体；他并非有可能性，而是完完全全的现实。我们呢，却是暂时的、变化的；我们只是些可能性；对于我们来说，不存在完满，不存在充分的存在。然而，当我们从潜力变成行动，从可能走向实现的时候，我们也就参加了真实的存在，也就进一步接近了完满与神性。这个过程，你只能从亲身的经验中认识到。你是一个艺术家，创造了一些形象。要是你的这样一个形象能真正获得成功，要是你能排除某个人物雕像中的种种偶然因素，使其成为一种纯粹的形态，那么，作为一位艺术家，你便实现了这个人的形象。”

“我明白了。”

“朋友，你现在看见我待的地方和承担的职务，就我的天赋而言，是较易于实现我自己的。你看见我生活在一个适合我，并对我有帮助的团体和传统中。一座修道院并非天国，不足之处比比皆是；但对于我这种类型的人来说，过规规矩矩的修士生活却比过世俗生活有益得多。我不想谈道德伦理；纯粹从实践方面讲，以锻炼和教授纯粹思维为己任的我，就需要避免尘世的干扰诱惑。也就是说，与你相比，我在我们这修道院里要容易实现自我得多。我非常赞赏你也找到了一条路，成为艺术家。要知道，你所经历的困难实在大得多啊。”

听见朋友的称赞，歌尔得蒙既难为情，又高兴，脸不由红了。为了引开话题，他打断纳尔奇思：

“你希望跟我讲的话，大部分我已能明白。可有一点我还总是不懂，也就是你所谓的‘纯粹思维’，没有形象的思维，仅仅运用语言而不产生任何想象的思维。”

“噢，我可以用一个例子给你讲清楚：想想数学的情况吧！那些数字包含什么想象？或者加号和减号包含什么想象？一个方程式包含什么想象吗？完全没有！当你去解算术或代数题时，任何想象也帮不了你的忙；你是在学得来的思想形式的范围内，完成一个形式性的任务。”

“是这样，纳尔奇思。要是你给我写出一连串的数字和符号，我就可以不加任何想象便明白它们，在加号、减号、平方根号和括号等等的引导下，解出这道题。我是说：我曾经能够，现在早就不能了。但是，我不能想象除了训练学生的思维能力，完成这样形式的任务还有其他什么价值。学习运算自然挺好。可我却觉得，一个人要是终身坐着解算术题，没完没了地往纸上画数字，这就既无意义，又很幼稚。”

“你错了，歌尔得蒙。你以为，这个勤奋的数学家一直在做一位教员布置给他的作业。其实，他自己也可以提出问题，它们会必然地、不可避免地出现在他的心中。一个人要作为思想家去探索空间的问题，他就必须先用数学的方法演算和测量一些真实的和假定的空间。”

“不错。但是这作为纯粹思维的空间问题的探索，在我看来事实上也不值得人们去经年累月地劳神费力。‘空间’这个词对我来说，是虚无的和不值得思考的，只要我不同时想象着一个真实的空间，比如星空吧。而观察和测出星空的大小，在我看来倒确确实实是一件有价值的工作。”

纳尔奇思笑眯眯地接过话头：“你原来想说，你认为思想毫无意义，但把思想用于实际的和可见的世界，却是有意义的。我可以回答你：我们绝不缺少运用思想的机会以及毅力。例如纳尔奇思这位思想家吧，他就把思考结果既用到了他的朋友歌尔得蒙身上，又无数次地用到了他手下的每一个修士身上，而且时时刻刻还在这样做。可是，倘使他事先不经过学习和练习，又叫他‘运用’什么呢？还有，艺术家也是不断在训练自己的眼睛和想象力；我们称赞他们的这种训练，即使它只在少数真正的艺术品中显示出效果。你可不能鄙弃思想本身，却又赞成其‘运用’啊！矛盾是一目了然的。这就是说，我应该冷静思考，以其效果来对我的思想做出评价，正像我以你的作品来评价你的艺术一样。眼下你感到焦躁不安，因为在你和你的作品之间存在着障碍。搬掉这些障碍吧！赶快建起工作室来开始你的创造吧！在工作中，许多问题自然会迎刃而解。”

歌尔得蒙所希望的莫过于此。

在院子的大门旁，他发现有一间适合做工场的房子。他叫木匠做一张绘图桌和另外一件工具，并亲手绘了详细的图纸。他开出一张长长的清单，让院里的车大从附近的城市陆陆续续把所需的物品捎回来。他到木工房和森林里去看已采伐下来的木料，从中选出许多适合的，一根一根搬到工场后面的草地上，让它们在那儿干着，还亲手在上边盖了个棚子防晒避雨。他也常常跟铁匠打交道，铁匠的儿子是个好幻想的年轻人，完全被他迷住了，成了他的朋友。他们待在熔铁炉、铁砧、淬火槽和砂轮旁，一混就是半天，制造出各式各样弯的或直的雕刀、凿子、钻子，以及修整木料所需的刮铁。

铁匠的儿子叫埃利希，是个二十岁的小伙子。他到处都帮歌尔得蒙打下手，对他的工作怀着热烈的关注与好奇。他渴望学弹琴，歌尔得蒙答应教他，并且允许他将来在他的工场里尝试做做雕刻活。每当歌尔得蒙在院里感到无聊和烦闷，就可以到埃利希处休息休息，小伙子暗暗喜欢他，对他敬重到了极点。他常常求歌尔得蒙给他讲尼克劳斯师傅和主教城。有时歌尔得蒙也乐于如此，但讲着讲着，会突然大吃一惊：自己怎么竟像个老人似的坐在这儿，给人讲起自己过去的游历和事迹来，他的生活这会儿才真正开始呀。

最近一些时候，他大大地变了，样子看上去比实际年龄老得多；只是人们从前都不认识他，所以谁也不曾察觉。流浪和不安定生活的困苦，早先已损耗了他的精力；特别后来瘟疫时期的无数可怕遭遇，最后让伯爵抓住以及那地牢中的恐怖之夜，都深深震撼了他的内心，给他的外貌留下了这样那样的痕迹：金黄色的胡须里夹着根根白毛，脸上牵起了细细的皱纹，时常出现的失眠之夜，内心偶尔感到的某种倦意，欲望与好奇心的衰减，一种灰溜溜的淡漠和厌烦情绪，诸如此类。在他为自己的工作做准备时，在与埃利希谈天时，在铁匠和木匠的房子里干这干那时，他会振奋起来，变得又活泼又年轻，大家都佩服他，喜欢他；但这种时候一过，人们往往看见他半小时、一小时地闷坐着，毫无生气，神情冷漠，脸上做梦似的挂着微笑。

眼下，对于他最重要的问题，就是从何处着手工作。他在这儿雕的第一件作品，他想以它报答修道院殷勤好客的作品，不应是件随手拈来摆在某个角落满足人好奇心的东西，而应像那些古老的艺术杰作一样，要能完全融合进去，成为这所修道院的整个建筑与生命的一部分。他最希望雕一座祭坛或一个布道台，可惜对这两者院里都不再需要，也没有容纳得下的地方。想来想去，他想起了另一件工作。在神父们的斋堂里，有一个高出地面的壁龛，吃饭的时候总有一位年轻神父坐在里面，念使徒行传给大家听。这个壁龛毫无装饰。歌尔得蒙决定把通向壁龛的扶梯以及龛中的书案，都用一些木雕装点起来，使其差不多像一个布道台，上面要有一些较高的浮雕像，以及几尊几乎完全悬空独立的全身雕像。他把这个计划告诉院长后，受到院长的赞扬和欢迎。

现在终于可以动手工作了——已经下雪，圣诞节也已过去——歌尔得蒙的生活换上了一副崭新的面貌。对修道院来说，他几乎像失了踪，谁也没再见到他。他不再等着下课后从教室里拥出来的学童们，不再到树林中游荡，不再徘徊于回廊底下。而今他在磨坊主家里搭伙——这已经不是他当学生时常去拜访的那位磨坊主。再则，他的工场除了他的助手埃利希，任何人都不得进入。有些日子，连埃利希也听不见他说一句话。

经过深思熟虑，歌尔得蒙为自己的第一件作品提出了如下方案：作品应由两部分构成，一部分表现人世，一部分表现上帝之言。下面为一部分即台阶，应由一根巨大的橡木做材料，围绕着它雕出上帝的造物，将自然界的种种形象以及先民的简朴生活表现出来。上面为另一部分即栏杆，则应托负着四位福音传播者的雕像。四尊雕像之一应该有已故达尼埃尔院长的形象，第二尊应雕成他的继承人、已故马丁神父的模样；而借圣路加的形象，歌尔得蒙则想使尼克劳斯师傅的面貌长存下去。

他碰到了很大的困难，比他预料的困难还大。它们使他忧虑，然而是甜蜜的忧虑；他痴心而绝望地追求他的作品，好像追求一个寡情的女子；他和他的作品进行着无情而耐心的搏斗，就像一个钓了条大梭子鱼的钓翁：鱼每挣扎一下，都给他一个教训，使他变得更加敏感。他忘记了一切，忘记了修道院，也几乎忘记了纳尔奇思。纳尔奇思来过几次，但除去几张素描外，什么都没有看到。

想不到歌尔得蒙有一天提出来一个叫他十分诧异的请

求，要纳尔奇思听他告解。

“以前我不能做这件事，”他坦率地说，“以前我觉得自己太渺小，在你面前感到十分卑微。如今我感到好了一些，已经有了工作，不再是个毫无价值的人。再说，既然我已生活在修道院中，也得适应院里的秩序嘛。”

他觉得时机已经成熟，因此不愿再等。在回修道院头几个星期的恬静生活里，在对重临故地的感慨和对青年时代的回忆中，应埃利希的请求讲述自己的经历时，他已对自己的一生做了一个清清楚楚、有条不紊的回顾。

纳尔奇思接待他时并不显得特别庄重。告解持续了两个小时，院长面无表情地听他朋友讲自己的历险、痛苦与罪恶，提了几个问题，除此未打断他，甚至听到歌尔得蒙承认自己对上帝的公正与仁慈失去了信仰时，仍然无动于衷。当他听出歌尔得蒙受了许多磨难与惊骇，不止一次已濒于毁灭的时候，他却有些吃惊；可随后他又禁不住微微笑了，为他朋友始终保持着天真无邪的本性而深深感动。因为他发觉，歌尔得蒙为之忧虑和忏悔的不虔诚想法，与他本人思想中的怀疑和危机相比，简直算不了什么。

让歌尔得蒙惊讶甚至失望的是，忏悔神父并不把他的那些罪孽看得多严重，虽然因为他不祈祷、不办告解、不领圣体的过失，纳尔奇思狠狠训诫了他，给了他一个惩罚，即在他重新领圣体前的四个星期里，应当过节制和清心寡欲的生活，每天早上去赶早弥撒，每天晚上念三遍《我们的圣父》和一遍《圣母颂》，作为赎罪。

临了，纳尔奇思对他说："我奉劝你，请别以为这样的惩罚太轻。我不清楚你是否还记得弥撒经文。你应该一字一句注意听，专心体会它的含义。至于《我们的圣父》和其他几首赞美诗，我今天就和你一起念，并指出你该特别注意的词句和意义。这些神圣的话，你不可像说凡人的话和听凡人的话那样念和听。当你发现自己是在有口无心地嘀咕，你就应该想想今天的忏悔和我的告诫，就应该从头念起，并照我教你的那样记到心里去——这样的时候是不会少的。"

不知是一个巧妙的机缘呢，还是院长对心灵学的造诣已经如此之高：从这次的忏悔和赎罪中，产生了一个对歌尔得蒙来说是充实和宁静的时期，使他深感幸福。如今，他进行着一项既极其紧张，又使他十分忧虑和满意的工作。他每天早晚做做神功，内容虽说简单，却完成得认认真真，因此每天激动狂躁的心情也得以消除，在他的生活中建立起了一个更完美的秩序，帮助他克服了一个创造者常有的危险的孤独感，将他像孩子似的领进了上帝的国度。他不得不为他的作品独自奋斗，感官与心灵无时无刻不处在狂热的激动之中；但是每次一祈祷，又使他变得纯洁无邪起来。工作时他常常气恼和焦躁得快要烧着似的，要不就兴奋得发狂，早晚的祈祷便有如一盆冰水，他沉浸在里面既冷却了兴奋的狂热，也冷却了绝望的焦灼。

不过这也并非百试百灵。一天紧张工作之余，他间或也在晚上久久静不下心来，有几次甚至干脆忘记了祈祷。还有不少次，他在祈祷时怎么也无法专心致志，总有一个想法在妨碍着他，让他苦恼：这样地祈祷上帝，到头来不过是犯傻而已，上帝也许根本不存在，就算存在也帮助不了他。于是他去向他的朋友诉苦。

“坚持下去，”纳尔奇思说，“你说过的话应当算数不是吗？你不必考虑上帝是否听见你在祈祷，不必考虑你能想象出的那样一个上帝是否存在。你也不必考虑你的努力是不是犯傻。与我们所祷告的上帝比较起来，我们的一切作为都是愚蠢的。你应该绝对禁止自己在做神功时产生这种愚蠢的孩子气的念头。你应当诚心诚意地念你的《我们的圣父》和《圣母颂》，就像你在唱歌和弹琴时一样专注，绝不能自作聪明，心猿意马，而要尽可能准确、完美地把一个一个的音唱出来奏出来。你在唱歌时，从未边唱边考虑是有用还是没有用，而是只顾专心地唱罢了。你在祈祷时同样应当这样。”

情况又有了好转。歌尔得蒙紧张而焦渴的自我，又消融在苍穹似的伟大秩序中；神圣的字句像颗颗明星，辉耀在他头顶，照彻他的心灵。

歌尔得蒙在赎罪期满领过圣体以后，仍日复一日、月复一月地继续在祈祷；院长发现这个情况，心里极为满意。

这期间，歌尔得蒙的工作有了进展。那螺旋向上的阶梯已变成一个小小的世界，充满着植物、动物和人体等各式各样的形象，在葡萄叶和葡萄丛中央的地方，雕着人类祖先诺亚；整个作品俨然是一幅自然界的缩影，一首造物之美的颂歌，布局自由、大气，却暗暗受着一种神秘的秩序的调度。在这几个月里，谁也没被允许进工场参观，只有一心一意盼望将来做个艺术家的埃利希，在旁边打下手。有些日子，连他这个下手也不准进去。但在另一些时候，歌尔得蒙也教教他，指导他试刻一些东西。歌尔得蒙为有了一个崇拜者和弟子而感到高兴；他想在这件工作完成和成功后，求埃利希的父亲把儿子交给他培养，使他成为自己的长期助手。

至于那些福音传播者的像，他是在自己心绪最好、一切都和谐光明与无忧无虑的日子里雕的。他觉得其中最成功的，莫过于以达尼埃尔院长为原型的那尊雕像，在它的脸上闪烁着纯洁善良的光辉，他非常喜欢它。对尼克劳斯师傅的形象他却不怎么满意，虽说埃利希最为欣赏。这个形象表现出矛盾和悲哀，似乎脑子里充斥着创造的打算，同时又深知这创造毫无价值，因而内心失去了和谐与单纯，感到绝望、悲哀。

达尼埃尔院长的像雕成了，歌尔得蒙便吩咐埃利希把工场打扫得干干净净。他用布把作品的其余部分统统遮起来，唯独让那尊像露在外边。然后他去请纳尔奇思。由于纳尔奇思正忙着，他就一直耐心地等候到了第二天中午。他把自己的朋友领进工场，来到那尊他自己满意的雕像前。

纳尔奇思站在那儿，带着一个学者所有的全神贯注表情，不慌不忙地、仔仔细细地端详着雕像。歌尔得蒙立在他身后，一言不发，努力克制内心的激动。“哦，”他暗想，“要是这会儿我们两人中有一个不够格，那就糟了。不论是我的作品欠佳还是他不懂行，总之那么一来，我在这里的全部劳动就都失去了价值。我就等着看结果吧。”

这几分钟在歌尔得蒙看来仿佛长达几个小时，他想起了尼克劳斯师傅捧着他的第一张素描审视的那个时刻。由于紧张，歌尔得蒙两只手相互握住，连热汗也出来了。

纳尔奇思终于转过身来，歌尔得蒙心里的石头立刻掉了下来。他在自己朋友瘦削的脸上看见了某种光彩，某种自少年时代逝去后就再不曾出现过的微笑；它近乎羞涩，流露出友爱与诚挚，它在这张充满精神与毅力的脸上闪闪发光，暂时驱散了这张脸上所有的孤傲神情，让人窥见了一颗满怀仁爱的心。

“歌尔得蒙，”纳尔奇思声音很轻很轻，但仍然字斟句酌地说，“你不会指望我突然间变成一位艺术鉴赏家吧。我不是艺术鉴赏家，你知道。关于你的艺术，我能讲的话都不会不使你感到好笑。不过我还是得说，我一眼看见你这个福音传播者，便认出是我们的达尼埃尔院长，而且又不仅是他个人，是他当时对我们所意味的一切：高贵、善良、纯朴。就像当年他站在我们这些怀着敬爱之心的少年人面前一样，如今已故的院长又带着当时对于我们而言是神圣而难忘的一切，栩栩如生地站在我的面前。亲爱的朋友，这是你送给我的一件珍贵的礼物，你不仅把达尼埃尔院长还给了我们，还让我完全认识了你，第一次完完全全地认识了你。现在我知道你是个怎样的人啦！让咱们别再谈这个问题吧，我没有这种天赋。哦，歌尔得蒙，咱们总算有了今天！”

宽敞的工场里沉寂了。歌尔得蒙看出他朋友的心里很激动。他自己呢，也窘得连气都透不过来。

“唔，”他仅仅说，“我很高兴。不过，你该用膳去了吧。”

第十九章

这件作品歌尔得蒙精雕细刻了两年；从第二年起，他正式收埃利希做了学徒。这旋转阶梯被他雕成一个富于诗意的小小乐土，一片杂树丛生、枝繁叶茂、百鸟欢歌、绿草如茵的远古荒野，这儿那儿都露出动物的脑袋和身躯。在这个和平宁静、欣欣向荣的乐园中，他加进了几个先民生活的场面。歌尔得蒙勤奋的工作难得间断一下。偶尔有一两天，他心烦意乱，工作不下去。遇上这种情况，他便把工作交给徒弟，自己一人步行或骑马到野外去，呼吸一下使他回忆起流浪生活的自由自在的林中气息，上村子里找个农家姑娘玩玩，有时也打打猎，或者一连好几小时躺在草地上，凝视着绿色树冠构成的穹顶，凝视着蔓生猛长的羊齿草和金雀花。他在外面待的时间从未超过一天或两天，回来后又带着新的热情开始工作，欣喜地雕出一些繁茂的植物，温柔地把木头变成一张张人脸，刀法有力地刻成一张张嘴，一只只眼睛，一丛丛卷曲的胡须。除埃利希以外，只有纳尔奇思了解他的工作。他时常来看看，工场已成了他眼下在修道院里最喜欢的地方。他怀着喜悦和惊讶，注视着工作的进展。他朋友长期埋藏在自己心中的不安、倔强和稚气的情感，现在终于抒发出来，开花结果，创造出了一个小小的生机勃勃的世界。归根结底，这也许仍是一种游戏，但无论如何不是比逻辑学、语法学和神学这些游戏更差劲的游戏。

有一次，他若有所思地说：

“歌尔得蒙，我从你这儿学到了许多，我开始懂得什么是艺术了。从前我觉得，与思想和科学比起来，它不是什么值得认真对待的事。我当时这样想：既然人是一个由精神加物质形成的混合体，精神能使他认识永恒，物质却把他往下拖，使他迷恋须臾即逝的东西，那么，为了延长他的生命，赋予它以价值，人就应该努力脱离感官，进入精神境界中去。虽然出于习惯，我也宣称要尊重艺术，但实际上打心眼里却是藐视它的。如今我才看到，通向认识有许多道路，精神并非唯一的一条路，或许也不是最好的路。这是我的路，不错；而且我将在这条路上继续走下去。但是，我看见你走在一条相反的道路上，一条通过感官的道路上，也同样能深刻地认识存在的奥秘，并且能比大多数思想家更加生动地把它表现出来。”

“你现在明白了，”歌尔得蒙说，“为什么我不理解思维能没有想象。”

“我早已明白。我们的思维是一种不断的抽象，不断地脱离感性，努力建立一个纯精神的世界。你呢，恰好是把最无常的、最易逝的事物铭刻在心上，恰好要在无常中揭示出世界的意义来。你不是避而不看无常的事物，而是投身到它中间去；通过你的至诚，无常变成了可以与永恒相比拟的东西，具有至高无上的价值。我们思想家力图接近上帝，方法是使世界和他分离。你接近他的方法不同，你爱他所创造的世界，并且对它进行再创造。两者都是人的事业，难臻十全十美，但相比之下，艺术却更纯真。”

“我不知道你的话对不对，纳尔奇思。不过，我觉得，在驾驭人生、摒弃绝望方面，你们思想家和神学家似乎更加成功。老实说，我早已不羡慕你的学问，朋友，可我却羡慕你的安适、淡泊、宁静。”

“你不该羡慕我，歌尔得蒙。事实上并不存在你所想的那种宁静。不错，宁静也是有的，但并非一种在我们心中长驻的宁静，而只是一种必须用不间断的斗争去争取、每日每时用斗争去争取的宁静。你没见过我斗争，既不了解我在研究学问时的斗争情况，也不了解我在祈祷室中的斗争情况。你不知道倒也好。你所能见到的，只是我不像你那样易于激动，于是认为这就是宁静。然而这是斗争，是同任何真正的生活一样的斗争和牺牲，你的生活也是如此。”

“我们不用对此进行争论。你也并未看到我的所有斗争情况。而且我不知道你是否能理解，当我想到这件作品即将完成时是怎样一种心情。随后它就要被搬去安装起来，人们对我说几句称赞的话，接着我又得回到空空如也的工场里去，心里怀着对自己作品所有不足之处的懊恼——这些不足之处，你们外人是见不到的——感情之空虚与怅然若失，恰如那空空如也的工场。”

“也许是这样，”纳尔奇思说，“在这一点上，谁也不能完全理解谁。但对于所有怀着善良愿望的人们来说，有一点却是共同的：我们的作品到头来总是使我们羞愧，我们总是不得不重新做起，一次一次地重新奉献自己。”

几个星期后，歌尔得蒙的杰作终于完成，并装置就绪。他早已经历过的情形再次重演了：他的作品变成了别人的东西，被观赏、品评、赞扬；人们也称赞他，向他表示敬意，但他的心和他的工场却空空如也，使他简直不知道自己做出的牺牲是否还值得。揭幕那天，他被神父们邀请去赴宴，席间菜肴丰盛，喝的葡萄酒是院里最古老的；歌尔得蒙吃着鱼和野味，但比那陈年葡萄酒更温暖他心的，是纳尔奇思对他的作品和他本人所讲的那些表示敬意的话。它们句句都充满感情和喜悦。

一件院长提出来请他做的新工作业已筹划好了。那是为诺伊泽尔地方的圣母教堂雕一座祭坛；诺伊泽尔的教堂属玛利亚布隆修道院管辖，本堂神父也归院里指派。歌尔得蒙准备为这座祭坛雕一尊圣母像，并希望把自己青年时代的许多难忘的形象之一表现出来，为美丽羞怯的骑士小姐丽迪娅留下一个永恒的纪念。这件工作在他看来不很重要，交给埃利希当作满师的任务去完成，倒也适合。要是埃利希雕成功了，就能一直当他的好助手，代替他工作，使他能腾出手去干他那些至今仍耿耿于怀的事。他领着埃利希去选好了木料，吩咐他把它们修整出来。歌尔得蒙常常留下他一个人干，自己又开始在林子里东游西荡。有一次他几天不回来，埃利希便报告了院长，院长也有些担心：他该不会一去不复返了吧。

他到底回来了，雕了一个星期丽迪娅的像，随后又游荡起来。

他产生了忧虑。自从那个大工程结束以后，他的生活又散散漫漫，不赶早弥撒了，情绪变得极为不安和不满。他现在经常想到尼克劳斯师傅，难道他自己很快也会变得如同尼克劳斯一样，勤勤恳恳，循规蹈矩，技艺精湛，可就是失去了自由与青春活力？前不久发生的一件小事，引起了他的沉思。他在游荡途中碰见一个农家少女，名叫弗朗西丝卡，很叫他喜欢。他竭力想迷住她，把过去用过的种种手段全使了出来，姑娘虽然高兴听他聊天，被他的笑话逗得乐不可支，然而对他的求爱却断然拒绝，使他第一次感到在一个年轻女子的眼中，他歌尔得蒙已经衰老了。他没有再去找她，但对这件事却念念不忘。弗朗西丝卡是对的，他已今非昔比，他自己也感觉得出；倒不是说那几根早生的白发和眼睛周围的皱纹，更主要的是他的气质和心灵已发生了某种变化。他感到自己老了，发现自己已跟尼克劳斯师傅毕肖、酷似。他无可奈何地观察自己，嘲弄自己；他已是个失去自由的定居者，不再称其为山鹰，连野兔也比不上，仅仅是一头家畜而已。他出外游荡，与其说是寻求新的流浪和自由，不如说是寻找往昔的气息，寻找对于他那过去的流浪生活的回忆，其心情之焦灼与绝望，无异于一只寻找消失了的野兽气味的猎犬。他经常在外面待一两天，可玩得稍微痛快一点，良心又觉得过不去，只好再返回修道院来；他感到工场在等着他，他对已经动工的祭坛，对备好的木料，对助手埃利希，都负有应尽的责任。他不再是自由的了，他不再是年轻的了。他下定决心，一等丽迪娅——圣母的像雕成后就踏上旅途，再次去尝试过流浪生活。长时间待在一所修道院的男人堆中，这可不好啊。对于修士们可能是好的，对于他却不好。和男人一起可以痛快而有意义地交谈，他们理解艺术家的工作；然而其他一切，饶舌也好，温存也好，嬉戏也好，调情也好，无所思虑的混日子也好，这些事在男子堆中全办不到，必须再去找女人，再去漂泊流浪，再去看那千变万化的世界。在这儿，他周围一片灰色，一本正经，到处弥漫着沉重迟钝的男子气；他也受到感染，血液流动得迟缓起来。

想到即将再去流浪，歌尔得蒙稍感宽慰，便兢兢业业干起活来，以便早日脱身。当他看见丽迪娅的形象慢慢从木头中显现出来，当他让严谨的衣褶从她高贵的膝头上垂下，他的心就产生一种既疼又喜的悸动，一种对于这个美丽而羞涩的少女形象的怜爱，一种对于往昔、对于他的初恋、对于他早年的流浪生活、对于他已逝的青春的缅怀和惋惜。他潜心雕刻着这个温柔的形象，觉得它与自己生命中最宝贵的东西，与他的青春，与他最亲切的回忆，是融合在一起的。能把她微倾的颈项、温柔而悲哀的嘴唇、模样高贵的双手、修长的手指、丰满圆润的指甲盖刻出来，对歌尔得蒙乃是一种幸福。埃利希每次观赏她的形象，也总会产生钦敬和爱戴。

雕像接近完成时，歌尔得蒙又去请院长来看。纳尔奇思说："这是你最杰出的作品，亲爱的，在我们整个修道院，还没有任何一尊雕像能同它媲美呷。我必须向你承认，最近几个月来我为你担心过不少次。我看见你焦躁不安，模样很痛苦。每当你外出待到一天以上，我便忧虑起来：也许他不会回来了吧。可现在你到底完成了这件宝贵的作品！我为你高兴，为你骄傲！"

"是的，"歌尔得蒙说，"这尊雕像非常成功。不过你听我说，纳尔奇思！它之所以成功，是因为包含着我的整个青春，我的流浪生活，我对许许多多女性的追求和爱。这一切乃是我吸取甘露的必不可少的源泉。可这个源泉很快便要枯竭了，我的心田即将干裂。我将完成这尊圣母像，然后呢，我就得告一段时间的假，具体多久我不知道；我要去寻找我的青春，寻找曾经为我那么珍爱的一切。你能理解这种心情吗？——很好。你知道我是你的客人，而我做这些工作是不曾收取报酬的……”

“我可是经常提出给你报酬哩。”纳尔奇思插进来说。

“不错，我现在就准备收下它。我将请人给自己做一套新衣服；衣服做好了，我就请你给我一匹马和一些银币，随后，我便骑着马回到尘世中去。别反对，纳尔奇思，也不用难过。不是我不喜欢继续待在这儿，我再也找不到比这里更好的地方，而是另有原因。你能满足我的愿望吗？”

关于这事没再多谈。歌尔得蒙让人为自己做了一套普通的骑士服和一双靴子。夏天快到了，他雕完圣母像，对它的双手、脸庞、头发都进行着精心的加工，仿佛这是他最后一件遗世之作似的。而且，他甚至像故意迟迟不肯起程，心甘情愿地让雕像的细致扫尾工作拖住自己似的。日子一天天过去，他却总像有这样那样的事交代不完。纳尔奇思尽管对面临着的分别很难过，有时却也暗笑歌尔得蒙对这尊圣母像一往情深、依依不舍。

可是没想到后来有一天，歌尔得蒙突然来向他告别。经过一夜的考虑，他终于下定了决心。他来找纳尔奇思时穿着一套新衣服，戴着一顶新便帽。在这之前他已办过告解，领了圣体。现在来只是为了道一声“保重”，接受院长对他的祝福。两人都为离别难过，只不过歌尔得蒙表面上装出兴致勃勃和无所谓的样子。

“我还能见到你吗？”纳尔奇思问。

“当然能，只要你这匹漂亮的马不摔断我的脖子，你就肯定见得着我。须知世界上再没有任何人叫你纳尔奇思，让你为他操心啦。你放心好了。别忘记关照埃利希。也别允许任何人动我的圣母像！她得留在我房间里，我说过；你绝不可以把钥匙交出去。”

“你为出去旅行高兴吗？”

歌尔得蒙眨巴了一下眼睛。

“嘿，我曾经为要出走高兴过，事情就是这样。眼下呢，我真要动身了，它又显得不是我所想象的那么令人愉快。尽管你会笑我，可我仍要说，我和你分别心里很不轻松；但我讨厌这种依恋之情，它是一种任何年轻和健康的人都不会患的疾病。尼克劳斯也是有这种病的。嗨，说这些废话干吗！祝福我，亲爱的，我要走啦。”

歌尔得蒙骑着马去了。

纳尔奇思脑子里一直想着他的朋友，为他担心，很想念他。这只飞出笼子的鸟，这个可爱的流浪汉，他究竟还会不会回来呢？而今，这个讨人喜欢的怪人又踏上了他曲折坎坷的旅程，在其强烈而神秘的欲望和好奇心驱使下，萍飘天涯，无以为家，狂热而不知餍足，像一个大孩子。愿上帝与他同在，保佑他平安归来。而今，他又像只蝴蝶一样东飞西飞，去干拈花惹草的罪恶勾当，勾引妇女，追求淫乐，说不定又会杀人，又会铤而走险，以致被关起来送掉性命哪。这个一头金黄色鬈发的孩子真叫人操心哟！他抱怨自己老了，可看待世界的眼光仍是个孩子，怎能不叫人为他担惊受怕！然而，尽管如此，纳尔奇思却打心眼里为他高兴。从根本上讲，他很喜欢这个大孩子的桀骜不驯，任性不羁，敢闯敢冲，哪怕撞掉脑袋上的犄角也在所不顾的劲头。

每天院长的脑子里总有某些时候要想到他的朋友，心中怀着对他的爱和惦念、感激和担心，偶尔也产生一些疑虑和自责。他也许应该多向自己的朋友表露，他有多么爱他，多么希望他就像现在这样，让他知道，通过他和他的艺术，他纳尔奇思得到了多大的收获。这些他向他讲得很少，也许太少太少——谁知道呢，也许讲了他就能留住他呢？

然而，他从歌尔得蒙那儿也不只有收获；因为他也失去了一些东西，失去了很多很多东西，好在没有被他的朋友发现。他生活于其中的世界，他的归宿，他的苦修生活，他的职责，他的学问，他那精心营建起来的思想殿堂，不是都因他的朋友而常常受到猛烈震撼，以致他本人也产生了怀疑吗？无疑，从修道院的观点来看，从理性与道德的观点来看，他自己过的生活是要好一些、正确一些、稳定一些、规矩一些、典范一些；这是一种有条不紊的、兢兢业业的生活，是一种持久的献身，是一种对于彻悟与真理的不倦追求——比起一个艺术家的生活，一个流浪汉和好色之徒的生活，它要纯洁得多、正当得多。可是，从上面看，从上帝的观点看，这种呆呆板板的枯燥生活，这种弃绝人世和感官的幸福，这种远远地回避着污秽与鲜血，这种向哲学与信仰的逃遁，难道就真比歌尔得蒙的生活来得好吗？难道人生来真该过一种循规蹈矩的生活，一切时间和行动都让祈祷的钟声来支配吗？难道人生在世就确实只为了研究亚里士多德和托马斯，只为了学习希腊文，并且禁欲遁世吗？难道人身上的感官、欲望、血液的神秘冲动，犯罪和行乐的本能，产生绝望心理的能力，不也全是上帝的创造吗？每当院长想起他的朋友，这种种问题也便萦绕在他的脑海里。

是啊，歌尔得蒙式的生活也许不仅要纯真一些，合乎人性一些，并且不是清清白白地过一种超尘出世的生活，营建一座充满和谐的思想之园，在它那精心栽培的花圃之间毫无罪孽地踱来踱去，而要投身到残酷的生活洪流和一片混沌中去造孽，然后承担其可怕的后果，归根到底恐怕是更需要勇气和更伟大的吧。也许穿着破鞋在森林中和大道上流浪，日晒雨淋，忍饥挨冻，享受声色之娱，然后又以吃苦作为代价，可能是更艰难、更勇敢和更高尚的吧。

无论如何，歌尔得蒙已向他表明，一个负有崇高使命的人，即使在生活狂热的混沌中沉溺得很深，浑身糊满血污尘垢，也不会变得渺小和卑劣，泯灭心中的神性；他即使无数次在深沉的黑暗中迷途，灵魂的圣殿里圣火仍然不会熄灭，他仍然不会丧失创造力。纳尔奇思对自己朋友乱糟糟的生活已了如指掌，但他并不因此减少对他的友爱和敬重。岂止没有减少，自从他看见那些由内在的规律和秩序协调起来的栩栩如生的形象，那些真诚的、闪耀着灵魂光彩的脸庞，那些纯洁可爱的树木花草，那些乞求怜悯的或获得了恩惠的手，所有那些勇敢的和温柔的、高傲的和神圣的姿态，看见它们如何从歌尔得蒙沾有污点的手里产生出来，他就清楚地知道：在这个艺术家和诱惑者的心中有十分光明灿烂的东西，而且充满着神的恩惠。

在谈话中，他可以轻易地显示出自己比朋友优越，可以轻易地用自己的节制和井井有条的思维去与朋友的热情抗衡。可是，歌尔得蒙那些雕像的每一个细小动作、每一只眼睛、每一张嘴、每一条藤蔓和每一道衣褶，不是都比一个思想家所能做到的一切要真实、生动、不容替代吗？这个内心充满矛盾和痛苦的艺术家，他所创造的形象乃是无数的今人和来人的苦难与追求的象征，无数的人将怀着虔诚与敬畏、恐惧与渴慕的感情，仰望着它们，从它们身上汲取安慰、信心和力量。

纳尔奇思回忆着早年自己给歌尔得蒙以引导和指点的情景，脸上不禁泛起了苦笑。歌尔得蒙对他非常感激，一再承认他比自己优越，承认他是自己的指引者。可现在歌尔得蒙从自己激烈动荡的生活的风暴和痛苦中，不声不响地创造出了这些作品，没有言语，没有说教，没有解释，没有规劝，却是真实的、提高了的生活。相形之下，他自己的知识、苦修以及辩证学说又是多么平庸啊！

这些就是时时让纳尔奇思苦思冥索的问题。正如许多年前，他的劝告曾在歌尔得蒙年轻的心中引起震动，使他进入了一个新的生活领域一样，歌尔得蒙归来，也促使他不断思索，使他内心经常受到震动，产生怀疑，并进行自省。歌尔得蒙如今与他已是旗鼓相当的了；他给予歌尔得蒙的一切，都得到了加倍的报偿。

朋友走后，他有了更多的思考时间。几个星期过去了，栗子树已经开花，嫩绿色的山毛榉叶也变成深绿色，结起了坚硬的果实，门楼高塔上的鹳鸟已孵出雏鸟，并且教会了它们飞行。歌尔得蒙去得越久，纳尔奇思越看出他对自己的宝贵。诚然，他在院里也有几位博学的神父：一位柏拉图专家、一位出色的语法学者，以及一两位敏锐的神学家。此外，他还有一些诚实可靠、真心苦修的修士。但是，他身边没有一个与他同一档次的人，没有一个他可以作为衡量自己的标准的人。只有歌尔得蒙是这样一个人，没谁能够取代他。纳尔奇思如今不得不让他走了，心里格外难过。他深深地怀念自己这位远方的友人。

经常，他走到工场去鼓励歌尔得蒙的助手埃利希。这位助手继续在雕祭坛，对他的师傅真是望眼欲穿。院长有时也打开歌尔得蒙的房间，走进去小心地揭开圣母像上的罩布，久久站在它面前。他不了解它的来历，歌尔得蒙从未对他讲过丽迪娅的故事。但是他感觉到了一切，他看得出，这个少女的形象曾长时间活在他朋友的心中。也许他引诱了她，也许他欺骗和抛弃了她。然而，他却时时刻刻把她珍藏在心里，比最好的丈夫还要忠诚；而且，在他没再见她的许多年以后，他终于雕刻出这个美丽动人的少女形象，并将自己作为一个恋人的全部柔情、全部忠诚、全部渴慕，统统倾注在了她的脸庞、她的姿态以及她那双手上。从斋堂中诵经台上的那些形象，纳尔奇思也能了解他朋友的某些历史。那是一部流浪汉和情人的历史，一部无家可归者和不忠实的男人的历史；只不过在这儿留下来的，全都是善良和忠诚，全都充满着生气勃勃的爱。这样的人生是多么神秘啊，它在流动中是如此浑浊、湍急，但最后剩下的结果却如此高贵、清澈！

纳尔奇思搏斗着。他控制住了自己的感情，没有偏离自己的轨道；他严格履行自己的职责，从不懈怠。不过，他仍忍受着失去爱友的痛苦。当他发觉自己本应属于上帝和圣职的心竟如此依恋歌尔得蒙，不禁万分痛苦。

第 二 十 章

夏天过去了，罂粟花、矢车菊、瞿麦花和翠菊全已枯萎凋零，池塘中的青蛙不再鸣叫，连鹳鸟也高高飞上蓝天，准备回到南方去了。

这时候，歌尔得蒙重又归来了。

他到的那天下午天色昏暗，细雨霏霏，他没有跨进修道院的门槛，便直接从大门边走进他的工场去了。他是步行来的，没有骑马。

埃利希见他进屋，大吃一惊。尽管他一眼就认出了他的师傅，急忙想上去迎接，但这个归来者看上去似乎已完全变成了另一个人：一个假的歌尔得蒙，形容苍老、面色憔悴、脸颊凹陷、一副病态，然而并不愁眉苦脸，倒是笑容可掬。那是一种善良、老成、耐心的笑。只见他行走时很吃力，脚步拖拖拉拉的，好像正在病中，显得非常疲乏的样子。

这个判若两人的歌尔得蒙奇异地注视着他年轻助手的眼睛。对于自己的归来，他完全不当一回事，好像是刚到隔壁房间去了一趟似的。他只让埃利希拉了拉手，一言不发，没打招呼，不作问讯，也不讲任何事情。他仅仅说："我得睡觉了。"看来他真是困得要命。他打发走埃利希，便回到工场旁边的卧室里。一进屋，他就摘下帽子来扔在一旁，脱去皮靴，径直朝床铺走去。他瞅见屋子里站着他的圣母像，就冲她点点头，却并未走过去揭下罩布，对她表示问候。他倒是踱到了小窗前，看见埃利希站在外面发愣，便对他喊：

"埃利希，别告诉任何人我回来了。我非常疲倦。明天再说吧。"

随后他和衣倒在床上，过了一会儿仍旧睡不着，便爬起来吃力地挨到墙边，在墙上挂着的一面小镜子里照了照自己的脸。他细心地观察从镜子中瞅着他的那个歌尔得蒙：一个疲倦的歌尔得蒙，一个疲乏、苍老、憔悴的男子，胡须花白。在那小小的浑浊的镜面上，照出一张蓬头垢面的老人的脸，使他本人觉得陌生而不真实，似乎与他没有多大关系。它使歌尔得蒙想起自己曾经认识的一些人的面孔，想起了尼克劳斯师傅，想起了曾经送他一套侍童服装的老骑士，还想起了教堂中的圣雅各雕像——一个长着大把胡子的老人，戴着一顶朝圣帽，老态龙钟，形容枯槁，可神情却快活而善良。

他仔仔细细地研究着镜子里的面孔，好像要弄清楚这个陌生人的底细似的。他向它点点头，认出了它：是的，这正是他自己，它和他眼下的心境完全一致。一个疲倦的、感官迟钝的老人旅行归来了，一个其貌不扬的、不够体面的人，但尽管如此，他对他毫无反感，相反倒挺喜欢他：在他的脸上，有某种昔日英俊的歌尔得蒙不曾有过的神情，某种在极端的疲乏和憔悴中仍然流露出来的满足和恬淡。他朝他微微一笑，镜子里的也跟着笑起来：这次旅行，他带回来一个好漂亮的人物！他被这次短短的旅程磨损消耗得真够呛，不仅把马、旅行袋和银币全赔进去，还损失和丢掉了其他许多东西：他的青春、健康、自信、脸颊上的红润、眼睛中的光彩等。尽管如此，他仍然喜欢镜子里的形象：他觉得镜子里这个衰老的人比过去长期存在过的那个歌尔得蒙更加可爱。他的确老了，衰弱了，可怜了，可是也不能再加害于人，知足了，容易对付了。他笑起来，挤了挤皱褶累累的眼睑。随后他又躺到床上，睡着了。

第二天，他伏在房里的画案上，企图画点什么。这时，纳尔奇思来看他了。他停在门口，说：

“人家告诉我你回来了。感谢上帝，我非常高兴。因为你没去找我，我就来了。妨碍你工作吗？”

他走近了些；歌尔得蒙抬起头来，向他伸过手去。尽管埃利希已使他有了思想准备，但歌尔得蒙的模样仍叫他心里一惊。他的朋友向他亲切地微笑着。

“可不，我又回来了。你好，纳尔奇思，我们有好一阵没有见面了。原谅我回来后还没去看你。”

纳尔奇思注视着他的眼睛。他不仅看见了这张脸上的憔悴与枯萎，同时还看出了另一些东西，看出了那种恬淡、达观、随和与老年人才有的慈祥等讨人喜欢的神情。凭着他研究人们面貌的老经验，纳尔奇思看出，这个变得如此陌生的、面目全非的歌尔得蒙，已不完全清醒，他的灵魂要么已远离现实，在梦幻的道路上踯躅，要么已经站在通往彼岸的大门口了。

“你病了吗？”他关切地问。

“是的，我病了。我一踏上旅途不几天就病了。可你明白，我不愿意马上往回走。要是我那么快地回来脱去马靴，你们会笑个痛快的。不，我可不乐意这样。我坚持往前走，还转了一些地方；我旅行失败了，心里很羞愧。我口夸得太大。总之，我感到羞愧。嗯，你是个聪明人，能理解是怎么回事。对不起，你问我什么来着？像着了魔似的，我现在总是忘记正要讲的事情。不过关于我母亲，你说得很对。我心头很难过，可又……”

他喃喃低语，话未说完便一笑了之。

“我们会使你恢复健康的，歌尔得蒙，你不能垮掉。可你干吗不一生病就马上回来哟！你在我们面前根本用不着羞愧嘛。你应该立刻往回走。”

歌尔得蒙放声笑起来。

“是的，现在我算明白了。当时却没勇气立刻回来。这样做可够丢人啊！不过现在我回来了。我这会儿又感觉挺不错。”

“你受了很多苦吧？”

“苦？不错，够痛苦的。可是你瞧，受受苦也挺好，它使我变得理智了。我这会儿不再害羞，在你面前也不再害羞。当初，你到地牢里来看我，救我的命，我不得不咬紧牙关，因为我在你面前自惭形秽。眼下完全没这回事了。”

纳尔奇思把手搁在他的胳臂上，他随即沉默不语，微笑着合上眼睛，安然睡着了。院长忧心忡忡，走去找院里的医生安东神父来探视病人。他们回来时，歌尔得蒙还伏在画案上昏睡。他们把他抬上床，医生留下守着他。

他认为歌尔得蒙已病入膏肓，找人来把他抬进一间病室里去，由埃利希日夜看护。

他最后一次旅行的整个经过始终不清楚。他零零碎碎讲了一点，有些情况只能猜测。他多半是痴愣愣地躺着，有时发高烧说胡话，有时也清醒一会儿；每当他清醒时，埃利希就把纳尔奇思叫来，因为纳尔奇思把他同歌尔得蒙的最后一些谈话看得很重要。

歌尔得蒙的自白和忏悔的有些片断是纳尔奇思传下来的，另一些则为他的助手所讲。

“你问病痛什么时候开始的吗？还在刚踏上旅途那会儿。我骑马穿过森林，不想连人带马翻进小溪中，在冰凉的溪水里躺了一夜。这里面，有几根肋骨折了，从此一直疼痛。当时离修道院还不远，可是我不肯回来，闹孩子脾气，因为我想，回来会显得可笑。于是我骑着马坚持往前走；可后来我把马卖了，原因是反正不能再骑，一骑身上就痛。最后，我在一所医院里躺了很长时间。

“我现在留在这儿不走了，纳尔奇思，再也不骑马，再也不漫游，再也不跳舞，再也不和女人们混在一起。唉，不生病我还会在外面待上很久，不知流浪到哪年哪月啊。可我认识到，尘世对我已没有欢乐，于是想：趁还没有下地狱，还是画几幅画，刻几尊像吧，人活一天总得有点快乐哟。”

“你回来了，我说不出有多高兴。”纳尔奇思对他说，“你走后我非常怅惘，没有一天不想念你。我甚至常常担心，怕你再不愿回来了。”

“唔，不回来损失也不大。”歌尔得蒙摇了摇头。

纳尔奇思心如刀割，朝自己的爱友慢慢俯下身去，用嘴唇亲了亲歌尔得蒙的头发和额头，做了他俩结交这么多年从来不曾做过的事。歌尔得蒙起初莫名其妙，过后明白过来，大为激动。

“歌尔得蒙，”他朋友凑近他耳朵低声说，“原谅我，有件事我没能早一些告诉你。本来，当初在主教的宫堡里，我到地牢来探望你时，或者当我看到你完成的第一批雕像时，或者在一个其他什么时机，我就应该对你说。让我今天告诉你吧，我是多么地爱你，你对于我一直有多么宝贵，由于你，我的生活变得多么丰富了啊！这对你不会有多大意义；你对爱情司空见惯，已被许多女人宠爱和娇惯过。可对我却不同；我的一生缺乏爱，缺乏这最美好的东西。我们的院长达尼埃尔曾经对我说，他认为我是个高傲的人，看来他说得对。我对人并不缺乏公正，我总努力想对众人公正而耐心，可就是从来也没爱过他们。院里的两位学者中，更渊博的那位我比较喜欢；我从不明知其平庸而喜欢一个平庸的学者。要是我终究还是知道了什么是爱，那就得归功于你。你是所有人中唯一我能够爱的人。你无法衡量这意味着什么。这意味着沙漠中的甘泉，荒原里的花树。我的心没有枯萎，我的灵魂中还留下了一个可以为圣恩所达到的地方，这完完全全得感谢你。”

歌尔得蒙舒心地微笑着，显得有点腼腆。他用清醒时那种柔和而平静的语气说：

“当初，你把我从绞架上救下来，我们一同骑马回修道院，路上我问起我的小马驹布莱斯，你做了回答。当时我就看出，你这个一向连这匹马和那匹马都分不清的人，对我的小马驹布莱斯却非常关心。我明白，你这样做是因为我，所以心里很高兴。现在看来确实如此，你确实很爱我。而我也是一直爱你的哟，纳尔奇思，我生命的一半意义，就在于争取你对我的爱。我知道你也是喜欢我的，却从未指望你这个骄傲的人什么时候会对我讲出来。现在你对我讲了，而且是在这个我已一无所有的时刻，流浪和自由、世界和女人已全抛弃了我的时刻。我接受你的盛情，并且感激你。”

丽迪娅圣母像站在房内注视着一切。

“你总是想到死亡吗？”纳尔奇思问。

“是的，我经常想到死，想到我的生命将变成什么。少年时代，当我还是个学生，我曾希望成为一个有灵性的人，像你一样。是你向我表明，我不适合于此。于是我便投身到人生的另一方面，感官方面；妇女们使我很容易在这样的生活中找到欢乐，她们是如此热烈和贪婪。不过我也不想讲蔑视她们以及蔑视声色之娱的话，我的确经常是非常幸福。并且我有幸体验到，感性的东西也可以是富有灵智的；艺术便由此产生。可现在两种火焰均已熄灭：我既不再有动物所具有的官能的快感——即使今日还有妇女跟着我跑，我也不会感到幸福了；也不再有创造艺术品的欲望——我雕刻的形象已经够多，再说数量多少并不重要。因此对我来说，死的时候已经到了。我情愿死，而且对死怀着好奇。”

“为什么好奇？”纳尔奇思问。

“噢，这在我可能有些蠢。但我确确实实是好奇。并不是对彼岸怀着好奇心，纳尔奇思，对它我很少去想，要是允许我讲实话，我根本不再相信它。不存在什么彼岸。树枯了就永远死啦，冻僵了的鸟再也不能复生，人死后也一样。人去世后，大家可能怀念他一阵子，但这也不会久。说到我对死之所以好奇，仅仅是因为我一直还相信或幻想，我正处于回到我母亲身边去的途中。我希望，死将是一个巨大的幸福，一个和初恋得到满足时一样巨大的幸福。我怎么也打消不了这样的想法：来接我的将不是手执刈草镰的死神，而是我的母亲，她将带领我回到虚无和纯洁中去。”

歌尔得蒙一连几天不曾开口了。过后有一天，纳尔奇思来探望他，发现他又神志清醒，乐于谈话，便说：

“安东神父讲，你一定常常痛得厉害。可你怎么能一声不哼地忍受着，歌尔得蒙？我觉得，你现在准是找到和平了吧。”

“你是指在主身边的和平吗？不，我没有找到这种和平。我不稀罕那种与他同在的和平。他把世界造得这么糟糕，我们不用去赞美它；再说我对他是否赞美，他也不在乎呀。他把世界搞得很糟。不过，我胸中的痛楚与和平结合在一起了，这却是事实。从前我不能很好忍受痛苦；虽然有时我曾认为死亡对我将是轻松的，事实表明却是个误解。那一夜在亨利希伯爵的地牢里，当情况真的严重起来时，事实就表明：我不能简简单单地死去，我还太强壮、太狂野，我肢体的每一个部分，他们都必须费两倍的力气才可能消灭。可现在呢，情形不同喽。”

他讲得累了，声音微弱起来。纳尔奇思要求他休息。

“不，”他说，“我希望跟你讲。从前我不好意思告诉你，你想必会笑话我。换句话说，我当时骑上马离开这儿，并不是没有一个目的地。我听人传说，亨利希伯爵又被派出来了，他的情妇阿格妮丝陪同随行。算了吧，这在你看来不重要，今天对我也不重要了。可当时一听到消息，我真心急火燎，脑子里除了阿格妮丝再也装不进任何东西；她是我认识和爱过的最美的女人，我一定得再见到她，再和她一起快活一番。我骑马走了一个星期，终于找到了她。谁知彼一时，此一时。我找到了阿格妮丝，她仍跟当初一样娇艳。我终于找到了她，想方设法在她眼前露面，和她打招呼。可你想象一下，纳尔奇思，她竟不理睬我！对于她来说，我已经老了，已经不再英俊、快活，已经不能再引起她任何欲望啦。本来，我的旅程到此已经结束，可我却硬着头皮往前走，不愿灰心失望地回到你们身边来，让人笑话。当我再这么走去时，我已经完全失去力量、青春和机智，结果连人带马摔下一道斜坡，掉进小溪，肋骨折断了，在冷水中躺了一夜。到这时我才生平第一回尝到了真正的疼痛滋味。我一摔下去立刻感到胸口里有什么断了；而这本身却叫我高兴，我乐于听见折断的响声，对此感到满意。我躺在溪水里，看出自己非死不可了，但心情与上次在地牢中完全不同。我对死一点也不反感，死，在我看来似乎不再是坏事。自此以后我常常感觉到剧烈的疼痛，并且做了一个梦，或者如你所说的产生了一个幻觉。我躺在那儿，胸腔里痛得火烧似的，于是我拼命挣扎，大声喊叫；可是，蓦地，我听见一个声音在笑——一个我从童年以后就不曾再听见过的声音。这是我母亲的声音，一个低沉的女性的声音，充满着欢愉和爱。我一看果然是她，她坐在我身旁，把我抱在怀里，撕开我的胸部，手指深深探进我的肋间，以便把我的心解脱出来。我看到这番情景，明白了是怎么回事，身上也就不感觉痛了。现在也一样，当痛楚重新来临，它已不再是痛苦，不再是敌人，而是来解脱我的心的母亲的手指。她来得非常勤，有时用力按着，发出快意的呻吟；有时又笑起来，发出温柔的喃喃声。有时她不在我身边，而在高高的天上；我在云朵间看见她的脸，本身大得也如一片云，在空中飘浮着，发出哀戚的微笑；她这哀戚的微笑对我身体产生一股吸力，要把我的心从胸口里吸出去。”

歌尔得蒙老是谈她，谈起他的母亲。

“你还记得吗？”他在临终前的有一天问纳尔奇思，“我曾经一度把自己的母亲忘记了，可你又把她唤了出来。那时我也感到很痛苦，就像有野兽在咬我心肝似的。当时我们还是少年，还是年轻英俊的小伙子。然而就在那时，母亲已对我发出召唤，我不得不跟她去。她无所不在。吉卜赛女郎莉赛是她，尼克劳斯师傅的美丽圣母像是她，生活是她，爱情是她，欢愉是她，恐惧、饥饿、性欲也是她。眼下她是死亡，她已经把手指伸进我的胸腔内。”

“别讲太多话，亲爱的，”纳尔奇思请求道，“明天再讲吧。”

歌尔得蒙望着他的眼睛，脸上泛起异样的微笑，一种他从最后一次旅行带回来的新的微笑，看上去使他的模样显得如此苍老、衰弱，有时几乎有些痴傻，有时又极其善良和聪明。

“亲爱的朋友，”他喃喃说，“我不能等到明天。我必须与你诀别，为此我得把一切都告诉你。你再注意听一会儿。我想对你讲讲我的母亲，讲她如何用手捏住了我的心。一些年来，我就怀着一个十分珍爱、十分神秘的梦想，就是雕一尊母亲的像；在所有形象中，她对于我是最神圣的，我一直在心中带着她四处漂泊，她是一个充满爱和神秘的形象。还在不久以前，我完全不能忍受这样的想法，就是我可能在未雕出她之前便会死去；我觉得要是这样，我的生命就算虚度了。可现在你瞧，我和她的关系是多么奇特哟：不是我的双手塑造了她的形象，倒是她塑造了我。她的手抓住我的心，要掏它出来，把我变成一个空壳，引诱我向死亡走去；而我的梦想却跟我一起死了，那美丽的形象——伟大的夏娃母亲的形象也就死了。眼下我仍看见她，要是手上还有力气，就可以把她塑造出来。可是她不愿意，不愿意我暴露她的秘密。她宁愿我死。我也心甘情愿地死，她使我死得很轻松。”

纳尔奇思惊恐地听着这些话，为了听得明白，只得把头伏到他朋友的脸上去。有几句他只听了个大概，有几句又听得很清楚，可意义是什么却始终不明白。

这时，病人再一次睁开眼来，久久凝视着朋友的脸。他用目光向他告别。最后他动了动，似乎想要摇摇头，同时低声说：

“可你打算将来怎样死呢，纳尔奇思，你没有母亲？人没有母亲就不能爱，没有母亲也不能死啊。”

他以后再嘀咕些什么，便完全听不懂了。最后两天，纳尔奇思日夜坐在他的床边，看着他咽了气。歌尔得蒙临终前的这几句话像火焰一样，在他心里熊熊燃烧。

译 后 记

上世纪七十年代末八十年代初，我在北京中国社会科学院研究生院攻读硕士，师从导师冯至研究歌德。一连两三年接触的都是《浮士德》等古典作品，尽管重新翻译《少年维特的烦恼》收获不小，可不久还是动了换换口味，尝试一下翻译现代作家的作品的念头。

某天我走访同在外文所的中北欧研究室的学长张佩芬，便向她和她的先生李文俊说出了自己的想法，请他们推荐一部不太长也不太难，但值得介绍的现代德语文学经典给我。

“那你就试着译一下黑塞的《纳尔齐斯与歌尔德蒙》吧。这本书在美国、日本影响巨大，也应该有好的中译本。”张佩芬是我国研究赫尔曼·黑塞的专家，她听了我的话稍作沉吟后说。

《纳尔齐斯与歌尔德蒙》？这本书我此前不但没有读过，甚至连名字也未曾听说。然而我信赖一向对自己友善的张佩芬，于是很快找到赫尔曼·黑塞这部小说细心研读起来，谁知一读便再也放不下了。

在京郊铁狮子坟，在社科院一帮老研究生寄居的北师大学生宿舍里，我用不到两个月的暑假时间，夜以继日地译啊译啊，一气呵成译完了这部二十万字的小说。那年头还只能用钢笔一笔一画地往稿纸上写，一天十多个小时写下来不可能不累，但是心里却异常痛快、得意和满足。坦白交代，我真是所谓的一稿清，没像前两年翻译《少年维特的烦恼》似的小心翼翼地改了又改，抄了再抄。

好个一气呵成！好个一稿清！谁料想正在得意之时，我的身体却出现了状况，躺在床上突然就感觉天旋地转，恶心得直想呕吐。不得已我找了些感冒药来对付，几天后竟终于熬了过去。四十出头毕竟还年轻啊！直到近些年才闹清楚，那是一天到晚埋着头爬格子，闹下颈椎病啦。

我原先认为这本书的书名仅由两个外国人的名字构

成，显得既平淡又冗长，无疑会让人觉得小说内容枯燥乏味。加之作者赫尔曼·黑塞当时在中国还没多大名气，说实话我颇有些担心自己这部译著会遭到读者冷遇。殊不知情况恰恰相反。赫尔曼·黑塞的《纳尔齐斯与歌尔德蒙》，这部我冒着酷暑潜心赶译出来的小说，它竟受到许多不同层次的读者的关注和青睐，成了当年我仅次于《少年维特的烦恼》最受欢迎的译作。特别是一些爱好文艺的青年更是喜欢它：著名旅德画家程丛林告诉我，当时他们在四川美院的同学曾经排队等着看这本书；《四川日报》的文学编辑李中茂则一下子“抢购”了十本，为的是公诸同好；有一年夏天，一位在边远苦寒地区某师范学校工作的藏族青年带着女友来重庆的歌乐山麓看我，给我献上一条雪白的哈达，就因为我是那本给了他人生启示和力量的黑塞小说的译者。最近又在《光明日报》2001年4月19日的“书缘”版读到一篇文章，作者王以培坦陈《纳尔齐斯与歌尔德蒙》对自己的巨大影响，还径直把他和他的朋友诗人西蒙比作书中的一对主人公。

岂止青年。在余秋雨流传甚广的《文化苦旅》中有这么一段让我喜出望外的文字：

> 什么时候，那一位大手笔的艺术家，能告诉我莫高窟的真正秘密？日本井上靖的《敦煌》显然不能令人满意，也许应该有中国人的赫尔曼·黑塞，写一部《纳尔齐斯与歌尔德蒙》(*Narziss und Goldmund*)，把宗教艺术的产生，刻画得如此激动人心，富有现代精神。(《莫高窟》)

出于对张佩芬的感激，我一改译著几乎都自己作序的习惯，恭请她为我的《纳尔齐斯与歌尔德蒙》写了序。

尽管我的译笔和格调特别受到德语文学评论家叶隽博士的高度评价，我对自己近三十年前的“一气呵成”和“一稿清”却长期以来心有戚戚，早就动了修订、润色的念头；要知道，比其问世早两年的《少年维特的烦恼》，尽管翻译时认真得多，初版后也已经修订过不止一次啦。

现在终于等来了修订《纳尔齐斯与歌尔德蒙》的契机：赫尔曼·黑塞逝世即将五十周年，他作品的原文就要进入公共流通领域，国内一些出版社都在计划出版他的代表作。译林出版社盛情邀请我帮助他们在2015年推出新的“黑塞作品”系列，我答应了为其翻译小说《悉达多》以及书评精选《黑塞说书》，并趁机了却自己修订《纳尔齐斯与歌尔德蒙》的夙愿。

我这次修订十分认真，正文修改、润色近千处。经过反复斟酌、推敲，我把主人公名字的音译改作纳尔奇思和歌尔得蒙，书名也就成了《纳尔奇思与歌尔得蒙》。目的不仅是让人一眼看出译林出版社出版的是修订本，而且也让两位主人公更加名如其人一点。

2012年岁尾于德国北威州小城缪尔斯

诺贝尔文学奖颁奖词

瑞典学院常务秘书安德斯·奥斯特林

今年的诺贝尔文学奖获得者是一位德裔作家，他广受评论界赞誉，冷静面对公众的喜爱，进行自己的创作。现年六十九岁的赫尔曼·黑塞作品甚丰，包括长篇小说、短篇小说以及诗歌，部分已经译为瑞典语。

与其他德国作家相比，他较早避开了政治压力；第一次世界大战期间，他定居瑞士，并于1923年获得瑞士国籍。但不应忽视的是，他的出身与个人关系一直都让他有充分理由认同自己既是瑞士人，也是德国人。在战争中避难于中立国，他因此可以在相对安宁的环境里继续自己重要的文学创作；如今，他与托马斯·曼一样，是现代文学中德国文化遗产的最佳代表。

要理解构成黑塞个性的那些相当令人惊异的元素，就必须知道他的个人背景。在这一点上，黑塞比大多数作家都要突出。他来自一个虔信宗教的施瓦本家庭。他的父亲是一位闻名的教会史学家，母亲则是一位传教士的女儿。她有法国血统，在印度受的教育。理所当然，赫尔曼也将要成为一名牧师，于是他被送到了毛尔布伦修道院的神学院。不过他逃出了神学院，跟一位制表匠做学徒，后来在图宾根和巴塞尔的多家书店工作。

年轻时对所继承的虔敬的反叛——但这种虔敬一直保存在心底——在一次痛苦的内心危机中再次出现；那是1914年，作为一个思想成熟之人，也是公认的地区文学名家，他走上了新的道路，远离了他此前田园牧歌式的路径。简要而言，导致黑塞作品这一深刻变化的有两个因素。

第一个当然是第一次世界大战。战争伊始，他想对激动的同行们发表一些关于和平与思考的意见，在自己的小册子中使用了贝多芬的格言“啊，朋友们，何必老调重弹”[1]，这引发了抗议风暴。他遭到德国新闻界的野蛮攻击，显然对这种经历深感震惊。他认为，这证明了自己长久以来所相信的整个欧洲文明已经患病，正在腐坏。必须是处

1 贝多芬《第九交响曲》第四乐章“欢乐颂”第一句歌词，原文是“O Freunde, nicht diese Töne”。该乐章歌词为席勒所创作的诗歌。

于公认规范之外的东西才能带来救赎，可能是来自东方的启示，也可能是深藏于无政府主义理论——用更高的统一来解决善与恶——之中的核心思想。这时，他极为苦恼，满腹怀疑，便到弗洛伊德的精神分析中去寻找解决之道，急切地身体力行，这在黑塞该时期日益胆壮气盛的作品中留下了永久的痕迹。

这场个人危机在《荒原狼》(1927) 这部离奇的小说中得到了极大程度的表现，小说受灵感启发，叙述了人性的分裂，以及一个处在日常生活的社会和道德观念之外的个体内心欲望和理性之间的张力。用这样一则关于一个无家可归、如狼般狩猎、饱受神经衰弱症折磨的男人的寓言，黑塞创作了一部无可匹敌、极具爆发性的作品，它危险甚至可能致命，但同时，在处理主题过程中所融合的嘲讽性的幽默和诗意，又具有解放意义。尽管有着突出的现代问题，但黑塞在这里甚至保存了一种最优秀的德国传统的延续性；这个极度具有影射性的故事最容易让人想起作家 E. T. A. 霍夫曼[1]，《魔鬼的万灵药》的作者。

1 E. T. A. 霍夫曼（E. T. A. Hoffmann，1776—1822），德国作家，常在作品中以讽喻手法揭示人性中带有悲剧性或荒诞的方面，著有长篇小说《魔鬼的万灵药》《公猫摩尔的人生观》等。

黑塞的外祖父是著名印度学家贡德特。因此，甚至在童年时，作家就已经感受到了印度智慧的吸引力。当他成年以后前往所倾慕的国家旅行时，他确实没有解开生命的谜团，但是佛教的影响很快进入他的思想，这种影响绝不限于《悉达多》(1922)；《悉达多》是一个优美的故事，讲述了一位年轻的婆罗门如何在世上找寻生命的意义。

黑塞的创作结合了如此多样的影响，从佛陀和圣方济各到尼采和陀思妥耶夫斯基，以至于人们可能会怀疑，他主要是一位不同哲学的折中实验者。但这种观点大错特错。他的真诚与他的严肃是其创作的基础，即便是在处理最为恣肆的主题时都保持着妥善的控制。

在他最完善的中篇小说中，我们既要直接地也要间接地面对他的个性。他的风格一向令人赞佩，无论是表现叛逆与超凡的狂喜，还是表现冷静的哲学思考，都同样完美。在《回想录》(1937) 中，绝望的盗用公款者克莱因——他逃往意大利以求最后的机会——的故事，以及对他已故兄弟汉斯所做的至为冷静的描绘，都是不同方面的创造性的纯熟范例。

在黑塞近期的创作中，小说巨著《玻璃球游戏》(1943) 占据着特殊地位。这是一个关于神秘思想秩序的幻想，在英雄气质和苦修风格的水平上与耶稣会士相同，其基础则是运用沉思冥想作为一种治疗方法。小说有一种绝对必要的结构，在这一结构中，“游戏”的概念及其在文明中的作用，与荷兰学者赫伊津哈[1]对“游戏的人”(Homo ludens) 所做的精妙研究有着令人称奇的相似性。黑塞满怀壮志。在崩溃时期，保存文化传统是一项意义重大的任务。但是通过把文化转变成仅属于极少数人的狂热追求，并不能让文化永久保持活力。如果有可能把多样化的知识缩减成抽象的公式体系，那我们一方面有证据说文明依赖于有机体系，另一方面则可以说这种高等知识并不能被认为是永久的。它就像玻璃球一样脆弱、容易毁坏；在瓦砾堆中找到这些闪闪发光的玻璃球的孩子不再明白它们意味着什么。这种哲理小说容易遭遇被称为深奥难解的风险，但黑塞用该书格言中几行温和的话为自己做了辩护：“……在某些情况下，对于不负责任者而言，不存在之物可能比存在之物更易描述，付诸语言时也可承担更少责任，而在虔敬又谨严的历史学家这里，情况则相反；没有什么比语言更能破坏描述，也没有什么比把那些既不能证

1 赫伊津哈（Johan Huizinga，1872—1945），荷兰历史学家，著有《中世纪的衰落》《伊拉斯谟》等。

实又不能探究其存在之物呈现于人们眼前更为必要，但正因为这个，虔敬又谨严的人们在一定程度上将它们作为存在之物来对待，以便他们有可能向着自己的存在与未来更进一步。”

如果说对黑塞作为一位散文体作家的声誉评价不一，那么他作为一位诗人，其声望是从未遭到任何质疑的。自从里尔克[1]和格奥尔格[2]去世之后，他便是我们时代最为重要的德语诗人。他将细腻纯净的风格与打动人心的情感温度相结合，具有音乐性的形式在我们时代里无人可以超越。他在延续歌德、艾兴多夫[3]和莫里克[4]的传统的同时，以自己独一无二的色彩使这一传统的诗歌魅力焕然一新。他的诗集《夜的慰藉》(1929) 以非比寻常的澄澈不仅映照出他激动的内心、他健康和患病的阶段、他严苛的自我审视，也映照出他对生命的投入、他在绘画中感受到的欢愉以及他对自然的崇拜。后来的《新诗集》(1937) 则充

---

1 里尔克 (Rainer Maria Rilke，1875—1926)，奥地利象征主义诗人，著有《图像集》《杜伊诺哀歌》等，诗作注重语言形象与音乐节奏，比喻奇特，想象突兀。

2 格奥尔格 (Stefan George，1868—1933)，德国诗人，著有《灵魂之年》《第七枚戒指》等，主张“为艺术而艺术”。

3 艾兴多夫 (Joseph von Eichendorff，1788—1857)，德国诗人、小说家，著有诗歌《破碎的小戒指》《在清凉的土地上》等，诗作多描写自然景色，有民歌特点。

4 莫里克 (Eduard Mörike，1804—1875)，德国诗人、小说家，著有诗歌《博登湖的牧歌》《九月的早晨》等，诗作自然质朴。

溢着暮年的智慧和忧郁的经历，显示出对形象、情绪和旋律的高度敏感性。

在概括性的介绍中，不可能公平地涵盖这位作家诸多处在变化中的特质，正是这些特质令他在我们眼中具有独特的吸引力，也为他赢得了忠实的追随者。他是一位有争议但也自我坦白的诗人，具备德国南部丰富的思想，这一思想在他极为个人化的自由和虔敬的混合中得到了表现。他有着充满激情的反抗倾向，一旦所涉题材对他来说是神圣的，胸中就燃起把梦想家转变成斗士的不灭火焰；如果忽视了这一点，那么人们或许会称他为浪漫主义诗人。黑塞在一篇文章中说，人绝对不能满足于现实，既不应该热爱现实，也不应该膜拜现实，因为这个永远让人失望、卑劣又荒凉的现实是无法改变的，除非证明我们有更为强大的力量，以此来否认它。

授予黑塞此奖并非仅仅是肯定他的盛名，更是向他的诗歌成就致敬；这一成就充分展现了一个奋力斗争的善良之人的形象，他以世所罕见的忠实恪守天职，在一个悲剧性的时代成功地握紧了保卫真正人道主义的武器。

很遗憾，由于健康原因，诗人无法来到斯德哥尔摩。瑞士联邦共和国公使将代替他领奖。

阁下，现在请您接受瑞典学院评出并由国王陛下亲手颁予您的同胞赫尔曼·黑塞的诺贝尔文学奖。

（韩继坤　译）

诺贝尔文学奖领奖词[1]

值诸位此次欢乐相聚之时，我要送上热情而充满敬意的问候，同时，首先为自己未能亲身前来参加而深表遗憾，其次则要向诸位表达谢意。我的健康状况历来脆弱，自1933年后，多次病痛已经毁掉了我的毕生事业，一次复一次在我肩上压上重担，让我永久成为伤病之躯。但我的思想并未折损，我感觉与诸位并无二致，同样认同那种激励诺贝尔基金会的理念，即思想是国际性的、超越民族的，不应服务于战争或者毁灭，而应服务于和平与调停。

不过，我的理想并非要模糊民族个性，这会导致人类在心智上千篇一律。相反，我愿看到在我们所生活的这个可爱世界上，所有形式和色彩的多样化能够长久存在。如此多的种族、

1 由于黑塞未能出席1946年12月10日在斯德哥尔摩市政厅举行的诺贝尔奖晚宴，该领奖词由瑞典首相亨利·瓦洛通代为宣读。

如此多的民族、如此多的语言、如此多样的态度与观念能够并存，这是一件美妙的事情。如果说我对战争、征服和吞并抱有难以调和的恨意与敌意，那我有众多理由这样做，而且还因为，如此多自然成长起来的、高度个体化的、差异极大的人类文明成就，已经沦为这些黑暗力量的受害者。我厌恶这种“宏大的简化者”(grands simplificateurs)，我热爱高度的质感，热爱无法模仿的技艺和独特性带来的感受。作为对你们满怀谢意的客人与同道中人，我要向你们的国家瑞典致意，向她的语言和文明致意，向她的悠久而令人自豪的历史致意，向她在塑造和维持其独特个性方面的坚持不懈致意。虽然我从未去过瑞典，但自从我收到来自瑞典的第一件礼物开始，数十年来，曾有许多美好事物从你们的国家来到我身边；这第一件礼物是四十年前的一本瑞典书，第一版的《基督传奇》，书中有塞尔玛·拉格洛夫[1]的个人献词。在这些年里,我与你们的国家有过珍贵的相互往来，直到最后，你们以这样一件伟大的礼物让我感到了惊喜。请容许我向你们表示深挚的感谢。

（韩继坤　译）

1　塞尔玛·拉格洛夫（1858—1940），瑞典作家，著有《耶路撒冷》《骑鹅旅行记》等，1909年获得诺贝尔文学奖。